# LAS SIETE MAGNÍFICAS

PEDRO ALMAJANO

**Las siete magníficas**



Edición: www.triunfacontulibro.com

*A mi madre, Rosario,*
*y a mi padre, Baldomero,*
*que se fue demasiado pronto.*

# ÍNDICE

# PRIMERA PARTE

# Capítulo 1.
# MAR DE DUDAS

Salí de casa tan desconcertado y triste como no lo había estado en mi vida. Procuraba mantener la energía en los andares, pues soy de los que piensa que no es bueno exhibir el sufrimiento cuando la desgracia ha irrumpido en nuestra vida y nos ha herido, pero sin poder evitar que mis ojos hundidos y asustados me delataran sin querer como delatan a esos boxeadores que han recibido un fuerte castigo y que, a pesar de sus esfuerzos denodados por disimularlo, están a punto de derrumbarse y besar la lona.

La tarde anterior, y a parecidas horas, ya había hecho un esfuerzo semejante por salir a la calle. Y tampoco había sido empresa fácil, pues ya anidaba en mi interior la semilla de la duda; el temible presentimiento de lo que mis ojos terminarían viendo. Entonces, la sensación que me invadió fue de indignación y enorme extrañeza. Carecía de toda lógica el hecho de encontrarme con su ausencia y aquella nota farragosa donde me decía: «Cariño, lo siento mucho, pero tengo que marcharme. Me ha llamado Brígida y me ha dicho que han surgido problemas con la exposición de la que te hablé. Tan pronto los solucionemos, volveré. Te quiero». O podría haber sido normal en alguna de esas parejas que apenas se comunica y acostumbra a guardarse secretos, pero no en nuestro caso, que hacíamos transparente para el otro cada minuto de nuestra vida, cada preocupación y cada sueño.

Casualmente, yo regresaba ese mediodía pletórico y lleno de ganas de verla y abrazarla, y hasta, si me apuran, de tomarla por el talle y realizar entre risas uno de aquellos números de baile que Fred Astaire y Ginger Rogers llevaban a cabo en *Sombrero de copa* o *Ritmo loco*. Y tal vez piensen al leer esto que soy un cursi indomable o que he visto demasiados musicales, pero no hago otra cosa que ajustarme a la verdad. Yo quería a Martina con toda mi alma, y me gustaba demostrárselo a cada momento. Para mí, que había conocido el sabor amargo de la soledad, era un auténtico prodigio el hecho de volver a casa cada día y saber que ella me estaba esperando tan maravillosa, tan bella, tan mía.

Aquella jornada era especial porque comenzaban nuestras vacaciones y llevaba los folletos de un viaje a Marruecos que a Martina, que era pintora y tenía auténtica obsesión con los distintos tipos de luz, le ilusionaba muchísimo. «Me gustaría visitar Marruecos y pintar esos atardeceres rojos del desierto», me dijo un día. Y a mí me faltó tiempo para consultar el precio en una agencia de viajes y tenerlo todo preparado. Era una sorpresa que le tenía reservada. Así que no es difícil imaginar mi grado de agitación cuando recorría casi al trote los escasos cuatro metros que separan el ascensor de nuestra puerta, ni mi enorme frustración cuando vi la dichosa nota en una esquina de la mesa de la cocina ni posteriormente mis esfuerzos apresurados por recordar algo que ella me hubiese comentado sobre una próxima exposición —«la exposición de la que te hablé», me decía—, y que yo hubiese olvidado.

Martina —Mar, que es como yo solía llamarle— regentaba, junto a su amiga Brígida, una academia de pintura que poco a poco se había ido abriendo camino en la ciudad y donde, con enorme paciencia y esfuerzo, orientaban principalmente a niños y jubilados en la difícil tarea de coger unos pinceles por primera vez o de perfeccionarse en el dibujo. Casi todas las noches del año subían las dos amigas a la zona alta del pueblo y hacían retratos rápidos a los turistas ante la cara de asombro de los curiosos que se pasaban las horas muertas viéndolas trabajar. Yo mismo lo hacía en muchas ocasiones, y me llenaba de orgullo ver su facilidad para reproducir las expresiones más complejas y la precisión milimétrica de sus trazos. Eran, sin duda, unas magníficas retratistas, y habían llegado a realizar encargos ocasionales a gente adinerada de Alicante. Incluso alguna vez, hacía ya tiempo, me habían hablado de un proyecto conjunto de varios artistas locales para realizar algo parecido a una exposición. Pero era un asunto que ya casi ni recordaba, y sobre el que ella nunca había vuelto a hacer ningún comentario. Algo que, desde luego, no estaba entre sus mayores preocupaciones de los últimos días y que para nada justificaba aquella maldita nota y aquella desaparición precipitada justo el día en que comenzaban nuestras vacaciones.

Por eso, al verla pasar luego de aquel modo fugaz y casi clandestino en aquel coche que yo conocía tan bien y al lado de Ramón Pelayo, mi jefe, el mundo se me vino encima. Y de pronto dejé de pensar en la supuesta exposición, en las vacaciones frustradas y en la blancura de sus manos cuando se movían diestras sobre el lienzo... Y deseché mi proyecto de pasar el resto de la tarde encerrado, y casi diría que escondido, en una fría sala de algún multicine. Y me perdí, como un sonámbulo, por entre los puestos de baratijas que inundaban la ciudad e invadían las aceras. Y tomé una, dos, tres..., no recuerdo exactamente cuántas cervezas, mientras me cruzaba por el paseo marítimo con centenares de familias que a la caída de la tarde volvían de la playa.

Pensé, con una buena dosis de amargura, en la posibilidad de un conjuro cósmico para torturarme con toda aquella exhibición de placidez e insípida felicidad. Medité sobre lo maravilloso que también me habría resultado aquel crepúsculo si la hubiese llevado prendida de mi brazo, como en otros crepúsculos anteriores que ahora se me antojaban enormemente lejanos e irreales. Y no pude quitarme de la mente la imagen del cabrón de mi jefe, con sus bigotes altivos y solemnes, y su panza de sapo, y sus cincuenta y muchos tacos, y su matrimonio roto, y su camino hacia el éxito jalonado de cadáveres y de damnificados, y su rebosante cuenta bancaria forjada con la especulación más atroz y el sudor de un puñado de empleados fieles sobre cuyas espaldas recaía el enorme peso de su empresa y de su ira. Y pensé también en ella, y en qué demonios podía haber visto en aquel usurero. Y, por más vueltas que le di, no fui capaz de recordar ningún encuentro entre nosotros donde yo hubiese podido presentársela. Porque el nexo entre ambos forzosamente tenía que ser yo. Dos mundos lejanos y opuestos que de manera bien distinta llenaban cada minuto de mi vida, y que inesperadamente habían llegado a juntarse a mis espaldas y a costa de mi dolor.

A continuación, y en medio de una loca concatenación de pensamientos, me vino a la cabeza el nombre de la Inmobiliaria Pelayo S. L., la más importante de la ciudad, de la que él era propietario y yo un modesto asalariado. Me la imaginé, respaldada por él, exponiendo sus cuadros en las mejores galerías de Madrid o de París, y pintando los atardeceres rojos de todos los desiertos. Y me reconocí reflejado en los escaparates como un ser pequeño y desdichado, condenado a vagar sin rumbo el resto de sus días. Y me puse a considerar que, si aquella peculiar urbe podía mudar de habitantes al ritmo que le marcaban las agencias de viaje y los *tour operators*, también ella podía haberse cansado de mi vida gris y de mi futuro previsible y haber buscado otro tipo de hombre más acorde con sus proyectos futuros y sus secretas ambiciones.

Después volví a casa y rebusqué entre sus cosas a la caza de un indicio, de una prueba concluyente de que aquello no era un sueño. Analicé el olor de sus vestidos, vacié sus cajones, inspeccioné sus bolsos inútilmente… Estaba como loco, ansioso, fuera de mí. El coche era el de Pelayo, de eso no había duda: un Volvo color crema tan magnífico como aparatoso. Y el que lo conducía era él, de eso también estaba seguro; llevaba puesta aquella ridícula gorra de jugador de béisbol que se encasquetaba cuando salía de casa en plan deportivo. ¿Y ella? Solo pude verla durante una fracción de segundo. No me miró, iba hablando con Pelayo. No llegué a ver sus ojos. ¡Pude equivocarme! ¡Podía tratarse de alguna otra que se le pareciera! Pero no… Uno no se confunde con las personas a las que ama. Era ella. Era su pelo. Era el movimiento de sus manos cuando gesticula. Eran sus pendientes: unos aros grandes con irisaciones rojas que le regalé por su cumpleaños.

Me dejé caer en el sofá con uno de sus bolsos entre las manos y, de pronto, tras de una cremallera que bien podría haberme pasado desapercibida, dentro de un sobre, doblada, había una foto: una foto oscura y arrugada. Parecía una fotocopia de baja calidad, pero los rostros que allí se exhibían estaban sorprendentemente claros, y ni el mayor de los cataclismos hubiese sido capaz de provocar en mí un efecto más demoledor e inmediato. Se trataba de varias mujeres y un hombre posando en lo que parecía el rincón oscuro de alguna sala de fiestas. El hombre era de mediana edad y lucía tatuajes en los brazos y las piernas. Se cubría con un chaleco de lentejuelas, sin botones, que dejaba al descubierto su pecho corpulento y velludo. Una especie de calzoncillo, también de lentejuelas y muy ceñido —marcando paquete—, y sendos brazaletes a lo genio de las mil y una noches terminaban de completar su aspecto a medio camino entre el de un domador de circo o el de una estrella del porno. Su inquietante sonrisa de autocomplacencia me inclinó rotundamente hacia la segunda de las posibilidades. Le rodeaban siete mujeres vestidas —o mejor dicho desvestidas— al modo en que lo hacen las chicas de los espectáculos eróticos, con solo un tanga negro como indumentaria y unas diminutas estrellas que cubrían sus pezones. Todas ellas aparecían pintarrajeadas de un modo vulgar y se aupaban en unos zapatos dorados de enorme plataforma. El aspecto del conjunto no podía ser más deprimente ni la pose forzada de las chicas más triste. El hombre rodeaba con sus musculosos brazos a dos de ellas, y las demás se disponían alrededor de él de manera simétrica. La que hacía el número siete, de aspecto muy joven, se abrazaba a las piernas del chulo adoptando un aire de mujer fatal fingido y patético. Eran todas ellas hembras de buenas hechuras, aunque algo pálidas y desmejoradas, como si la vida las estuviese tratando a martillazos. No parecía fácil reconocer entre aquella maraña de muslos y carne fresca algún rasgo que diferenciase el pavoroso conjunto de otros que ya hemos contemplado alguna vez a la puerta de tugurios o *night-clubs* del barrio chino.

Sin embargo, y eso fue lo que me heló la sangre en las venas, al igual que en el coche de Pelayo, al igual que en los numerosos retratos y fotos que pululaban por la casa, allí estaba ella, mi Martina —mi Mar, como yo solía llamarla—, con la mirada perdida, demacrada, quizás con cinco o seis kilos menos de los que ahora pesaba, y envejecida con respecto a su edad actual en dos o tres lustros. Ni la largura ni el color de su pelo se correspondían con los actuales —en la foto aparecía con una melena rubia y rizada—, pero era indiscutiblemente ella, y la que estaba a su lado —también profundamente cambiada pero reconocible— era su amiga Brígida, su compañera de trabajo, la que compartía con ella las clases de pintura y la que, quién sabe, quizás en otro tiempo, compartió también con ella aquel pasado secreto bastante menos respetable.

Dejé a un lado la foto y cerré los ojos buscando alivio a lo que parecían los primeros síntomas de una enorme jaqueca. Apreté mecánicamente uno de los botones del mando a distancia y comenzó a sonar un andante de Molter, el de su concierto en re mayor; una música de fondo adecuada para recapacitar. Respiré hondo intentando encontrar en el oxígeno un efecto sedante y una respuesta lógica a todo aquel embrollo. «Vamos a ver —me dije—. Lo que no puedo hacer ahora es perder la serenidad y la cordura. ¡Hay cosas indiscutibles! Martina es pintora. Una pintora fenomenal. Yo mismo lo he podido comprobar durante todos estos años. Ha estudiado Bellas Artes en Madrid y es una estupenda artista. Muy educada. Habla con corrección, viste con elegancia, es dulce conmigo... No tiene sentido que Mar haya podido rozarse en algún momento con tipos como el de la foto».

Antes de conocerme, y según su propio testimonio, había vivido unos años en Guadalajara donde ya tuvo otra academia de dibujo. Una historia amorosa que prefería olvidar, y sobre la que yo respetuosamente nunca había incidido, la impulsó a abandonar aquella ciudad y la trajo a la costa alicantina buscando un nuevo tipo de luz y otro enfoque a su carrera. Eso es lo que ella me había contado, y lo que yo, como es natural, había creído a pies juntillas. Todo muy lógico y muy racional. Nunca le hice demasiadas preguntas sobre su vida anterior, como tampoco ella me las hizo a mí. ¿Para qué? Siempre he dado por sentado que en su pasado habría habido otros hombres y otros romances: ella es una mujer muy atractiva capaz de gustar a cualquiera. Reconozco que me había preguntado algunas veces sobre las razones que podían haber llevado a una mujer como ella a fijarse en un tipo como yo, en un modesto empleado que nunca había tenido demasiado éxito con las mujeres y que no pasaba entonces por su mejor momento. Aquel prodigio lo asumí como se asumen los premios gordos de la lotería, con el gozo agradecido con que se reciben los milagros. ¿Y por qué demonios no podía haber sido agraciado con el primer premio? ¿Por qué tenemos que buscar siempre una explicación lógica a esos acontecimientos maravillosos que nos arrollan de pronto? ¿Por qué no limitarnos a vivirlos, como hice yo, y a disfrutarlos? ¿Y si fuese una recompensa merecida y tardía que la vida me tenía preparada? Yo estaba solo en el mundo y Mar también. ¿No es esa una razón suficiente para que dos personas se encuentren y se quieran? ¿Para qué aguarme la fiesta con indagaciones, preguntas o recelos?

Volví a coger el sobre y comprobé que en él figuraban el nombre de Martina y nuestra dirección. El matasellos era de Soria y muy reciente. La carta había llegado al buzón aquella misma mañana, o la tarde anterior a lo sumo. Dentro no había nada más. Sin embargo, y al dar la vuelta a la foto, descubrí que había algo escrito en su reverso. Era una pregunta que parecía hecha en un tono confidencial, como si se susurrase al oído. Algo que podía ser interpretado de muchas maneras. Que incluso podía tomarse como una advertencia: «*¿Te acuerdas? Yo sí*». La pregunta quedaba en el aire. Inquietante. ¿Qué tenía que recordar? ¿Quizás alguna etapa negra de su vida? ¿Era el chulo de las lentejuelas el que le mandaba la carta tal vez con el objeto de chantajearla? ¿Habría alguna relación entre aquel mensaje y su precipitada huida? ¿Y de qué forma podía encajar Pelayo en todo eso? Cabía otra posibilidad, pensé aferrándome a un agarradero casi imposible: hay grupos de amigos que se hacen fotos en medio de una fiesta, y esas fotos circulan luego entre ellos con el fin de recordar esos momentos y soltar unas buenas carcajadas. Y pensé en ciertos carnavales, como el de Tenerife o el de Río de Janeiro, donde la gente va medio despelotada, y suele hacerse fotos. Martina nunca me había dicho que le gustasen ese tipo de fiestas, pero… Quizás el chico de la foto —quién sabe, igual algún antiguo amigo, o un amor del pasado de esos que yo siempre le he presupuesto— se la había mandado ahora con el único fin de revivir aquel momento tan divertido y provocar en ella la sonrisa o el recuerdo. Quizás la pregunta venía a decir: ¿te acuerdas de lo bien que lo pasamos aquella noche y de lo mucho que nos reímos? Aunque, bien mirado, aquella foto no parecía sugerir momentos felices ni evocaciones festivas. El tipo aquel era un chulo de verdad, y las chicas exhibían todas ellas una desnudez desvalida y sórdida. Una desnudez dirigida a un puñado de babosos, o de reprimidos, que se adivinaban detrás de la foto, escrutándolas, mancillándolas, quizás hasta procurándose placeres solitarios a su costa.

Por eso, al día siguiente, tras una noche de insomnio y sin apenas haber desayunado ni comido, salí de mi apartamento tan desmadejado y triste como no lo había estado en mi vida, procurando, eso sí, mantener las formas y el equilibrio en los andares para que nadie, ni el portero ni los vecinos ni ningún conocido inoportuno se viesen obligados a realizar preguntas dolorosas e incómodas. Preguntas imposibles de contestar cuando se lleva muchas horas naufragando en un turbulento mar de dudas.

# Capítulo 2.
# MARTINA

Martina llegó a mi vida un domingo del mes de julio de hace más de tres años. No eran tiempos felices los que corrían por entonces. Mi madre había muerto hacía solo unos meses, y mi estado de ánimo se debatía entre el aburrimiento y la depresión. Además, he de reconocer que nunca he sido «la alegría de la huerta» —en el barrio de Madrid donde me crie me apodaban *el vampiro* por mi rostro permanentemente serio y muy pálido—, ni ha sido mi mayor cualidad la de granjearme amigos. Es por ello por lo que, al perder a mi madre, me quedé solo en el mundo.

Cuando vivía con ella me quejaba de sus rarezas, de su excesivo celo a la hora de protegerme, de sus razonamientos y sus consejos más propios de la posguerra... Pero con su muerte me descubrí a mí mismo convertido en un solterón abúlico, cuyo único contacto con el mundo me lo procuraban un trabajo rutinario y una ciudad despersonalizada de la que nunca había llegado a sentirme parte, una ciudad en la que no había encontrado la felicidad.

Yo soñaba con una vida plácida en un pueblo pequeño donde el ritmo de los acontecimientos fuese más racional y no se limitase a una simple concatenación de obligaciones y horarios. Un pueblo con fiestas, campanas, niños que van y vuelven de la escuela, y vecinos de los de verdad, de esos que permanecen durante años y que no dudan en hacerte un favor cuando se lo pides, de esos que te saludan por la calle reconociéndote, llamándote por tu nombre.

Mi hogar, por desgracia, era todo lo contrario a ese modelo soñado. Vivía en el décimo piso de un mastodóntico y despersonalizado bloque de apartamentos —residencial San Rafael, se llamaba— en un entorno donde el resto de los inmuebles estaban alquilados casi todo el año a grupos de extranjeros cuyo único fin era divertirse a cualquier precio. Aquel escenario hostil y deshumanizado, aquella soledad impuesta y aquel trabajo ingrato en la inmobiliaria de Pelayo fueron los que me hundieron en el pozo de la melancolía primero y de la depresión más tarde; trampa mortal de la que felizmente pude escapar gracias al fabuloso e inesperado giro que Martina imprimió a mi existencia.

Aquel sábado, como otros tantos, entré en la oficina con el aire distraído de quien todo lo hace repetitivamente. Eran muchos años de desencanto y, aunque a veces soñaba con encontrar otra ocupación mejor remunerada y menos humillante, en el fondo de mi alma tenía miedo, un miedo terrible a no ser capaz de hacer otra cosa, a no tener energías para empezar algo nuevo.

Unos años atrás, justo al acabar el bachillerato, mi ilusión era ser abogado, un hombre importante al que la gente mirase con respeto por la calle. Desgraciadamente, la repentina muerte de mi padre truncó aquel proyecto universitario y despertó en mi interior una voluntad inexcusable de ponerme a trabajar y retirar así a mi madre —ya por aquellos años afectada de una enfermedad reumática incurable— de la pesada tarea de limpiar casas ajenas. Precisamente era en el hogar de los Pelayo donde ella desempeñaba aquella labor y donde, al enterarse de que Ramoncito —hijo menor de la familia y bastante calavera hasta entonces— tenía pensado montar un negocio inmobiliario en Benidorm, decidió ligar mi destino al de aquel mamón que a ella se le antojaba el colmo de la agudeza y la valía profesional. «Es igual que su padre, igual de vivo para los negocios», me soltó de sopetón una noche mientras cenábamos. «Doña Esperanza me ha dicho que se va a Benidorm a construir pisos y a venderlos luego, y que necesita personas de confianza. Y han pensado en ti. Fíjate qué oportunidad, hijo mío. ¡Con las influencias que tiene esta gente! Si logras ganarte su aprecio, tienes un futuro por delante que ríete tú de cualquier carrera. Y además en Benidorm, con la playa en la puerta de casa».

Y así fue cómo abandoné mi barrio, mis sueños de ser abogado, mi ciudad de siempre, mi universo..., y me vine a Benidorm, con mi madre, a comenzar una nueva vida jalonada de jornadas laborales interminables, apartamentos que había que alquilar o vender como fuese, trabajos atrasados que me traía a casa los fines de semana, recorridos de punta a punta de la ciudad bajo un calor sofocante...

Estaba ordenando unos papeles cuando se acercó Pelayo y me dijo:

—Carlos, tengo un trabajito para usted. Me acaba de llamar una pintora que quiere alquilar algo especial, con vistas al mar, algo caprichoso. Enséñele el ático que tenemos en Las Gardenias. Creo que es una magnífica ocasión para quitárnoslo de encima. Se aloja en el hotel Principado, pero hoy está muy ocupada y se ha empeñado en que quiere verlo mañana. Le he dicho que estaría allí a las cuatro en punto. ¿Entendido?

La orden no dejaba lugar a ningún tipo de réplica. Era precisa y tajante. Hay que hacer esto y lo vas a hacer tú. Aunque sea domingo. Aunque posiblemente tengas otros planes. Aunque no piense pagarte ni un céntimo extra por ello. Y yo, tan estúpido y servil como siempre, no dije nada. Me limité a tragar saliva y a asentir con la cabeza. Seguro que cualquier otro con más pillería que yo o, simplemente, menos gilipollas, habría puesto algún pretexto inteligente para intentar zafarse del «encarguito». De hecho, Ibáñez o Badiola, que sabían sus derechos y se limitaban a cumplir escrupulosamente con el horario estipulado, siempre estaban exentos de aquellas embajadas de última hora. E incluso Felipe, mi compañero de mesa, a pesar de hacerle la pelota constantemente y de reírle todas las gracias, luego, y no sé de qué forma, lograba hacerse respetar y nunca se comía aquel tipo de marrones. Pero yo no. Yo siempre estaba a su disposición, y él se aprovechaba. Por eso, cuando salía del despacho dando gritos y pidiendo alguna cosa con urgencia, siempre éramos Carrascosa o yo los elegidos. Carrascosa era su hombre de los recados (bocadillos, puros, cartas al buzón). Se trataba de un abnegado padre de siete hijos que no estaba en disposición de elegir, y a quien, tras estrellarse en un negocio desafortunado, Pelayo había rescatado de la miseria. Se sentía en deuda eterna con él y era capaz de cualquier bajeza con tal de ver satisfechos los caprichos de «su señor». Yo era el hijo de su criada, el hijo de la Pepi. Los veinte años de mi madre limpiando las excrecencias de su familia y sonándole a él los mocos pesaban como una losa entre nosotros y me colocaban ante su oronda figura en un plano de inferioridad casi genética.

No me rebelé. Y mira por dónde, por una vez en mi puñetera vida, el ser sumiso y obediente me condujo a uno de los escasos momentos de felicidad y éxito total de que he podido disfrutar.

Recuerdo que a mi primera cita con Mar llegué puntual y desganado, vestido con ropa de andar por casa y dispuesto a dar carpetazo cuanto antes a aquel asunto tan molesto. Normalmente, y en horas de trabajo, Pelayo nos obligaba a ir de traje y corbata, perfectamente afeitados y convenientemente perfumados. Como aquella tarde no iba a tener que soportar sobre mi persona los ojos escrutadores del «Gran Hermano», decidí comparecer deliberadamente descuidado y oliendo a mi olor natural de tarde sudorosa de verano sin una ducha previa. «¡Si quieres dar buena imagen de tu empresa, pringa tú, cabrón!», pensé ligeramente jocoso mientras bajaba las escaleras. Reconozco que era un modo cobarde de rebelarme contra la autoridad despótica de Pelayo, y que mis «venganzas» no pasaban de ligeras pataletas verbales dichas siempre a sus espaldas y con la seguridad previa de que nunca llegarían a sus oídos. Pero, al menos, me servían de liviano consuelo. Por supuesto que, en lo que consideraba sería una breve actuación profesional, no contemplaba de ninguna manera ni el desgañitarme tratando de convencer al cliente de las múltiples excelencias del apartamento ni la posibilidad de alargar el asunto más de un cuarto de hora. «Esto es lo que hay», pensaba decirle, o «lo toma o lo deja». ¡Y nada más! Para qué acarrear con molestias que luego nadie te agradece, o desvelos por una maldita empresa que no es la tuya.

No sé por qué, mientras la esperaba sentado en la cafetería del hotel, estaba casi seguro de encontrarme con una de esas mujeres maduras que han decidido dar un giro a su vida forzadas por el aburrimiento cotidiano y la apatía del marido. La mayoría —una vez viudas o abandonadas— eligen el clima benigno del Mediterráneo y buscan un apartamento pequeño donde pasar sus últimos años. Se las suele ver sentadas en las terrazas del paseo y hablando hasta por los codos con otras integrantes de su especie. A esta, de inquietudes creativas, le había dado por la pintura, como a otras les da por los bailes de salón, o el punto de cruz... Y, sin duda, debía de tratarse de una mujer de posibles, pues el ático de Las Gardenias —amplio, con magníficas vistas y selecta vida social— no era cualquier cosa. Una jubilada rica, aventuré.

Bebía mi segunda cerveza helada cuando entró en la cafetería una chica alta, delgada, curvilínea, joven. La típica mujer que se lleva a su paso todas las miradas. Seguí de soslayo su devenir lento hacia la barra y, a continuación, ajeno y algo malhumorado, volví a concentrarme en la espuma de mi cerveza. Ya había vuelto a mis vacíos razonamientos cuando noté, con enorme sorpresa, que la chica se colocaba a mi lado, y después me preguntaba con voz delicada y firme:

—¿Es usted de la inmobiliaria?

Tardé algunos segundos en reaccionar, los justos para tragar la cerveza que tenía en la boca y para responder con el mejor de mis tonos de voz:

—Sí, sí, claro. Y... ¿Es usted Martina Quirós?

—La misma.

Aun sin tacones era de mi estatura y poseía los dientes más blancos que jamás había visto. Desde luego, nada que ver con mis previsiones.

—Bueno, pues... encantado —balbucí extendiéndole la mano—. Es usted pintora, ¿no?

—Sí. Profesora de pintura.

Me dedicó una sonrisa maravillosa al tiempo que me enfocaba con sus ojos, unos ojos grandes de color avellana que me deslumbraron.

—Bueno, pues... podemos ir hacia allí.

Pocas veces a lo largo de mi vida había tenido ocasión de caminar al lado de una mujer tan bella. Manteniendo una conversación insulsa, el corazón se me desbocaba en el pecho, al tiempo que maldecía lo descuidado de mi aspecto y aquella barba incipiente que fatalmente me avejentaba. Y no es que tuviese la menor esperanza de que una preciosidad como aquella pudiese fijarse en un simple «enseñapisos» como yo, pero no dejaba de ser un hombre con instintos de seducción, y maldecía haber tenido que elegir precisamente aquella tarde para sacar a relucir mis sentimientos de rebeldía hacia Inmobiliaria Pelayo S. L. Para colmo, tuve que pasar por el mal trago de llevarla en mi coche —un Ford Fiesta con más de diecisiete años que se caía de viejo—, pues otra parte sustancial de mi particular y puntual huelga de celo pasaba por transportar a la clienta en mi destartalado auto en lugar de hacerlo en uno de los utilitarios nuevos de la empresa. ¡Un completo desastre!

Recuerdo que le abrí la puerta con diligencia y que, luego, sin poder ocultar mi nerviosismo, arranqué el cacharro tras los tres intentos de rigor a que me tenía acostumbrado.

—Es un problema del motor de arranque que tengo que solucionar un día de estos, pero ando mal de tiempo y... —le confesé avergonzado, mientras los dos exhibíamos una sonrisa de circunstancias.

—No se preocupe. No tengo prisa —me contestó sin perder la cortesía.

Después, nos precipitamos por la avenida del Mediterráneo camino de la parte alta de la ciudad, y la emoción de sentirla tan cerca, el calor sofocante de julio, y el hecho de que el coche careciese de aire acondicionado, me llevaron a sudar como un cerdo. Pronto reparé, muerto de vergüenza, en cómo decenas de gotas saladas resbalaban por mi frente y mis mejillas hasta perderse bajo el cuello de la camisa. Y, lo que es peor, en los dos cercos oscuros que bordeaban mis axilas, y en el hedor —ahora sí, fácilmente perceptible— que comenzaba a desprender mi cuerpo.

Disimuladamente, al mirarla de reojo, comprobé con estupor que también ella sudaba en el transcurso de lo que sin duda estaría resultándole un trayecto muy incómodo. Me apresuré entonces a indicarle cómo podía bajar la ventanilla, pero por desgracia la manivela se atascaba y tuve que ser yo quien, recostándome sobre ella y en operación harto aparatosa, pude al fin bajarla tras de no pocos esfuerzos y los pitidos de los coches que nos apremiaban a proseguir la marcha. Fueron tan solo unos segundos de contacto entre nosotros, pero la dulce sensación de tenerla tan cerca y de percibir el roce de su cuerpo me condujeron a un estado de excitación y aturdimiento difícilmente descriptibles.

Al cabo de un buen rato llegamos a los apartamentos. En el último tramo de nuestro inolvidable viaje, intenté serenarme y aparentar un cierto aplomo. Sin embargo, una vez allí, perdí los papeles definitivamente y traté de ocultar mi nerviosismo tras de una locuacidad de lo más estúpida.

—El paisaje es precioso. Fíjese en el mar, es muy azul, ¿verdad? Y las gaviotas, ¿qué me dice de las gaviotas?

Después, me dio por alabar los materiales de construcción y me puse a golpear con saña la pared de uno de los dormitorios.

—Este es un tabique de verdad, ¡sólido, firme! No como otros que hay por ahí y que parecen papel de fumar.

Martina, mientras tanto, me miraba sorprendida y se reía.

—Me gusta —dijo al fin.

—¿Cómo? —pregunté descolocado, dando a entender que aquella afirmación me pillaba por sorpresa.

—Que me gusta, y que me lo quedo —sentenció en un tono de punto final—. ¿Hay algún problema?

—No, no, por supuesto —le contesté al tiempo que se encendían todas mis alarmas.

«Se queda con él —pensé—. Ya no tiene ningún motivo para seguir aguantando mis estupideces. Dentro de un momento se despedirá y es muy probable que nunca vuelva a verla. Tengo que hacer algo».

Y, entonces, alocadamente, intenté convencerla de todo lo contrario. De que bajo ningún concepto podía decidirse tan a la ligera y de que era necesario ver al menos tres o cuatro apartamentos más.

—Mire, le voy a ser sincero. Quizás le sorprenda lo que voy a decirle, pero... creo que se precipita. Este apartamento es muy caro y la zona es muy ruidosa por las noches. Además, hay un grupo de vecinos que se empeñará en amargarle la vida como ya lo hizo con los inquilinos anteriores. Usted se merece algo mejor y, si me da su permiso, yo podría enseñarle otros apartamentos con las mismas vistas y sin ninguno de esos inconvenientes. Aunque no sean de mi inmobiliaria. ¿Qué le parece?

No me costó demasiado convencerla. Y así, entre risas, nos pateamos buena parte de la ciudad durante aquella tarde inolvidable. Al final de nuestro recorrido, ya cansada, aceptó sin vacilar mi invitación para cenar en una freiduría que hay cerca de casa. Era una mujer sencilla, de gustos sencillos, con la que me entendía perfectamente. Durante la cena, me habló de su vida en Guadalajara y de su inminente proyecto de iniciar en Benidorm una nueva etapa.

—En estas ciudades turísticas, una pintora tiene bastantes más oportunidades de ganarse la vida —me dijo.

Estaba sola —maravillosa revelación—, aunque una amiga suya, compañera de estudios, tenía proyectado seguirla en su aventura levantina.

Yo estaba obnubilado y emocionado. La observaba con el arrobo con que se admira un tesoro, y al mismo tiempo con el miedo a que sus próximas palabras llevasen encerrado un adiós o la referencia a otra persona que gobernase los entresijos de su corazón. Pero no fue así. Y aunque yo proseguí toda la noche hablando sin parar y enlazando una sandez con otra, no se apagó su sonrisa de actriz americana ni miró su reloj con repentinos ojos de urgencia. Cuando dimos por terminada la velada, me ofrecí a llevarla hasta su hotel en mi viejo cacharro, tortura a la que sorprendentemente accedió. Como también accedió a quedar conmigo al día siguiente. Y a alquilar días más tarde un apartamento en mi urbanización. A las dos semanas de aquella fecha bendita ya éramos una pareja inseparable. Y al mes, justo al mes, se vino a vivir conmigo. Todo resultó tan sencillo como maravilloso.

Por eso empecé a creer en los milagros y a mirar la vida con una sonrisa en la cara. Y por eso ahora, tres años y noventa y tantos días más tarde, solo puedo sentir su ausencia como la mayor y más vil de las derrotas.

# Capítulo 3.
# MORENO

Hay penas demasiado amargas para un solo corazón. En un arranque de fortaleza, o de rabia, intentamos afrontarlas en la soledad de nuestro cuarto o paseando sin rumbo por las calles, pero la tarea es a menudo excesiva y no es fácil resistirnos a la tentación de compartirlas con alguien.

Aquella noche, dándole vueltas a esa idea, y bajando la avenida con la misteriosa foto en el bolsillo, hacía cábalas sobre cuál sería la mejor elección a la hora de buscar un confidente a mis desdichas. El asunto era peliagudo, pues luego ya no habría posibilidad de marcha atrás. Contar los problemas nos compromete a no poder darles la espalda. Confesar algo tan delicado y que lastima de modo tan directo nuestro honor puede traernos consecuencias imprevisibles y nada deseables. Pero es tan liberador poner nuestras obsesiones a la consideración de los demás... Nos hacen tanto bien unas palabras de consuelo, aunque sean falsas, que al final asumimos los riesgos y nos lanzamos al vacío. Todo con tal de poder hacer preguntas del tipo de: ¿qué te parece? ¿Tú qué harías? Son momentos en los que agradecemos que alguien nos diga: «¡Pero estás loco! ¡Cómo puedes pensar semejante cosa de Martina! ¡Si se ve a la legua que está loca por ti!». Y si la solución que proponemos es exageradamente drástica o melodramática —un amante ultrajado siempre tiene que plantearse ese tipo de remedios, aunque solo sea de cara a la galería—, entonces lo que nos complace es oír una respuesta del tipo: «¡Tranquilízate! ¡No hagas locuras!». Y nos reconforta comprobar que hemos provocado en nuestro confidente el gesto nervioso de quien pretende evitar una tragedia y nuestra ruina. Y sus sugerencias de calma provocan en nuestro ánimo la misma sensación de alivio que sentimos cuando alguien nos sujeta y evita que nos abalancemos sobre un mostrenco que nos dobla en peso y estatura. ¡Suéltame que lo mato!, decimos. Pero tampoco hacemos un excesivo esfuerzo por desasirnos de unos brazos cómplices que, más que inmovilizarnos, nos protegen.

El primer impulso de compartir mi pena me llevó directamente al interior de una cabina telefónica y a marcar el número de Felipe Castellanos —mi mejor amigo de la oficina—. Ya estaba a punto de consumar mi desvarío cuando un chispazo de lucidez me empujó a colgar el auricular de un golpe seco al que siguió el característico tintineo de las monedas al caer.

«¿Pero qué coño haces? —me dije—. Piénsalo bien. Felipe es incapaz de guardar un secreto. Y encima es el tipo más guasón del planeta. ¿Qué diablos pretendes? ¿Decirle que Martina ha desaparecido y que la has visto con Pelayo? ¿Soportar durante el resto de tus días su sonrisita maliciosa e irónica cuando te lo cruces? Al día siguiente lo sabrá toda la oficina. ¡Menudo cotilleo! Y yo de hazmerreír oficial».

Di varios pasos en círculo sin saber qué dirección tomar, cuando de pronto me vinieron a la cabeza otro nombre y otro rostro bastante más adecuados. Alguien acostumbrado a escuchar problemas y a dar soluciones, o pareceres. Alguien a quien, como a mí, la vida había tratado con escasa consideración. Se trataba de Miguel Moreno, el dueño del bar La Marina, y la otra persona en el mundo —era triste reconocerlo, pero no había ninguna más— a quien yo podía atreverme a contar una interioridad semejante. Había acudido allí muchas tardes en mis momentos más dolorosos de soledad y había encontrado siempre un trago en buena compañía y un leal camarada con quien charlar de fútbol, de política o de cualquier otro tema intrascendente que aplazase mi encuentro ineludible conmigo mismo, con mis obsesiones y mis melancolías. Por eso ahora, otra vez maltrecho, pensé que no sería malo volver a pisar aquellas baldosas tan desgastadas como acogedoras. Porque si algo se respiraba en el bar de Moreno era casticismo y autenticidad. Un bar de los de siempre, donde se jugaba al mus y donde podías pedir una tapa de tortilla o unos callos a la madrileña. Nada de *pizzas* ni de esas bazofias que comen los turistas. Además, al igual que en el que regentara mi padre allá en Madrid, de sus paredes colgaban retratos y fotos de las mejores alineaciones colchoneras de la historia, pues Moreno era fanático del Atlético de Madrid del mismo modo que lo éramos todos en mi familia, y se podía considerar lugar vedado a las hordas de extranjeros y veraneantes horteras que invadían el resto de los de la zona. «¡Aquí solo se habla el español! ¡Ni hablo otro idioma, ni pienso aprenderlo! —repetía—. ¡Y se come comida española de la de toda la vida!». Esa particularidad, que limitaba muchísimo su clientela, convertía su negocio en un auténtico paraíso para los españoles que vivíamos allí todo el año, y en un lugar con personalidad propia, y sabores y olores gratamente reconocibles.

Solo había un problema: llevaba ya más de dos años sin dejarme caer por allí, y quizás esa circunstancia pudiese haber mermado mi grado de confianza con él, o su disposición a escucharme y a aconsejarme. Desde que compartía mi vida con Mar, desde que ya era una persona feliz y no tenía necesidad de ninguna otra compañía, mis visitas se habían espaciado irremediablemente.

Recordaba el día en que, al poco de empezar a vivir juntos, me presenté en el bar con ella.

—Tengo que darte una sorpresa —le dije—. Esta es Martina. La mujer a la que amo y la prueba evidente de que Dios existe.

No pudo evitar un gesto de sorpresa. Pero luego, poniendo ojos picaruelos, me agarró por los hombros y me dijo con sincera alegría:

—Ya veo que has sabido elegir, ¿eh, bribón? Has tardado, pero lo has hecho bien.

No en vano, ya me había apuntado aquel remedio muchas noches cuando me veía pasar las horas muertas atrincherado en su barra.

—Carlos, cada hombre tiene una forma de ser, y por eso necesita cosas distintas. Algunos como yo, por situaciones que nos han pasado, por hostias que nos ha dado la vida, necesitamos estar solos. Lo preferimos así. Otros se lo pasan acojonantemente siendo libres y aprovechan esa libertad para correrse juergas y follar como cosacos. Pero tú, ni tienes razones para huir de las mujeres ni te diviertes. No puedes seguir así. Te estás muriendo de aburrimiento, y necesitas a tu lado a alguien que te quiera y sepa dar un aliciente a tu vida. Eres carnaza de matrimonio. Hazme caso».

Luego, cuando volvimos a encontrarnos meses más tarde, reconoció al momento los efectos que la felicidad estaba produciendo en mi aspecto.

—¡Joder, Carlos! ¡Pareces otro! Si casi no te conozco. Entre lo poco que vienes por el bar y lo cambiado que estás…

Y yo sonreía satisfecho y algo vanidoso.

¿Qué pensaría ahora cuando le desvelara el triste desenlace de mi historia de amor y me sentase frente a él con el mismo careto funerario de antes, con las mismas ojeras tormentosas de entonces? Sabía que no iba a resultarme nada fácil reconocer el fracaso y que los viejos fantasmas del pasado volverían a caer sobre mí como losas. Pero todo mejor que seguir vagando por las calles sin atreverme a volver a casa o continuar dando vueltas y más vueltas a las mismas conjeturas. Así que, incontrolables y certeros, mis pies se dirigieron presurosos hacia el lugar donde acababa la avenida. Hacia el oscuro pasadizo comercial donde, al fondo, ya podía leerse el rótulo iluminado que rezaba: Bar la Marina.

Entré tan sigiloso que creo que nadie se dio cuenta. Quedaba una cuadrilla de cuatro o cinco amigos bebiendo en la barra y un individuo delgadito y pálido —al que recordaba como asiduo— jugándose los cuartos en la máquina tragaperras. El sobrino de Moreno, Eladio, barría entre las mesas indiferente a todo, y ni se percató de mi presencia cuando pasé a escasos centímetros de él para dirigirme hacia el lugar que solía ocupar normalmente —al fondo, junto al teléfono—. Estaba triste y no pretendía disimularlo. De vez en cuando levantaba la vista buscando la generosa estatura de Moreno, pero no se le veía por ninguna parte —supuse que estaría en la cocina preparando las cosas del día siguiente. Al cabo de dos o tres minutos, salió con una caja llena de tazas limpias y aún humeantes. Al verme, suspendió las actividades al tiempo que dibujaba una amplia sonrisa en señal de bienvenida.

—¡Por todos los demonios! ¡Si es mi viejo amigo Carlitos! ¡Dichosos los ojos que te ven!

Hice un gesto bastante elocuente de no saber muy bien qué responder. Creo que también me encogí de hombros, exhibiendo un indisimulado aire de resignación.

—¿Qué pasa? ¿Algo no va bien? —me preguntó.

Seguí sin despegar los labios, como si alguna poderosa fuerza me impidiese hacerlo. Había posado mis ojos en un enorme retrato del Che Guevara —aparte de furibundo hincha del Atleti, la otra gran pasión de Moreno era el comunismo revolucionario—, y tardé más tiempo del esperado en volver a mirarle y dedicarle una sonrisa triste. Al cabo de unos segundos, con la mirada perdida, le respondí:

—Tengo un problema muy gordo y había pensado que igual tú podrías aconsejarme…

—Un problema muy gordo… ¿Qué problema?

—Creo que Martina me ha abandonado.

—Martina… ¿Aquel bombón que vivía contigo?

Asentí con la cabeza.

—¿Solo lo crees? Ese tipo de cosas no admite término medio. O pasan o no pasan.

—Ayer se fue de casa argumentando un pretexto estúpido. Y después la vi en el coche de mi jefe, sentada a su lado y poniendo rumbo hacia algún lugar que desconozco. ¿Qué te parece?

—¿Con tu jefe? ¿Ellos se conocían de antes?

—Que yo sepa, no.

—Bueno... —murmuró Moreno haciendo un ligero paréntesis antes de contestar—. Supongo que es algo que tarde o temprano tenía que ocurrirte, y me temo que gran parte de la culpa es tuya.

Aquella afirmación, tan categórica como inesperada, me desconcertó.

—¿Culpa mía?

—Sí.

—Pero ¡cómo puedes decir semejante cosa! Si yo se lo he dado todo, si la he querido con toda mi alma...

—No te confundas. No me refiero a eso. ¡Por supuesto que la quieres! Pero a veces no basta con querer.

—No te entiendo.

—Mira. Hace tiempo que no nos vemos, pero me acuerdo de que cuando venías aquí no hacías otra cosa que quejarte de tu jefe. Te quejabas del modo en que te explotaba, de los trabajos que te encargaba los fines de semana, de la forma asquerosa en que te gritaba, de lo poco que te pagaba..., y nunca hacías nada. Te aguantabas. Y yo siempre te advertía de que por ese camino ibas directo al desastre. ¡A los capitalistas hay que plantarles cara! ¡Hay que demostrarles que se tiene dignidad! ¿Sabes cuál es el motivo que ha desencadenado todas las revoluciones desde la de Espartaco a la de Fidel Castro? ¡La dignidad! ¡La lucha por el respeto! Y como tú no has sido capaz de hacerte respetar, ese cabrón se ha pensado que podía pisotearte impunemente. Lo que te ha ocurrido, amigo mío, no es nuevo. Eso ya lo hacían los señores feudales en la Edad Media. Algún día te vio con ella, y pensó: ¡Qué buena está la mujer de Carlos! Y como el que iba de su brazo eras tú: su siervo, su esclavo, su propiedad, seguro que pensó que también ella podría considerarse parte de su patrimonio.

—Oye. Creo que te estás pasando…

—No, no, no. No me estoy pasando. Lo que te digo es muy cierto. Es más, creo recordar que tu madre ya trabajó de criada para él, o para su familia… Mira, Carlos. La gente humilde como tú o como yo solo somos gusanos para ellos. ¿Tú has oído hablar del derecho de pernada? Pues ese es tu problema. Parece una chorrada de hace mil años, pero aquí lo tienes, aplicándose ahora mismo en nuestra sociedad y teniéndote a ti como víctima.

Fui a contestarle algo, pero no me dejó. Tras aquella concluyente frase que cerraba su discurso, dio media vuelta y se dirigió raudo al otro extremo de la barra donde le hacía señas un cliente.

«¡Maldita sea!», me dije. Ya casi había olvidado que para Moreno cualquier problema de la vida cotidiana, hasta el más simple o doméstico, tenía su origen en la omnipresente lucha de clases. Si se le rompían los zapatos, la culpa era de los malditos capitalistas que cada día hacían las suelas más finas, y lo mismo pasaba con los coches. «Los de ellos, los caros —solía decirme—, esos son cojonudos. Pero los del obrero, ¿qué? ¡Los del obrero son una puta mierda!». Si los árbitros pitaban en contra del Atleti, eso se debía a su condición de equipo del proletariado: «Aquí siempre gana el mismo. Mejor dicho, siempre tiene que ganar el mismo: el de la derecha». Y así para todo.

Esperándole ahora, y tras escuchar aquella sarta de estupideces, me arrepentía profundamente de haberle contado nada. Y, sin embargo, y no sé muy bien por qué, una fuerza irresistible me empujaba a seguir desvelándole mis cuitas. «¿Qué hago? —pensé—. ¿Le enseño la foto? Igual es demasiado. Igual se ríe de mí. Porque si ya es bastante duro reconocer que la mujer a la que amas te pone los cuernos con tu jefe, lo que ya clama al cielo es que encima haya sido una estrella del porno. Incluso con Moreno, una de las personas más íntegras y nobles que conocía, me parecía excesivo mantener aquel grado de confidencialidad». Meditando sobre este extremo, volví a escuchar su vozarrón acercándose a mí.

—Sé cómo te sientes —me dijo retomando directamente el tema—. Creo que ya te conté lo mucho que sufrí por un asunto parecido a este. Solo que entre tu caso y el mío hay una diferencia sustancial —aquí el rostro se le tensó y noté cómo apretaba los puños—. A mí la vida no me dio la oportunidad de ajustarle las cuentas a aquel canalla, mientras que tú sí que vas a tener esa posibilidad. Porque supongo que no vas a quedarte con los brazos cruzados mientras ese cabrón se beneficia a tu chica, ¿verdad?

—Bueno, supongo que algo tendré que hacer.

—¿Cómo? ¿Solo lo supones? ¡Nada de suposiciones! Tu obligación es ajustarle las cuentas a ese fascista inmediatamente.

La energía de Moreno y su determinación, lejos de darme ánimos o contagiarme de su entusiasmo, habían logrado arrebatarme las escasas fuerzas que aún me quedaban. Mientras le oía hablar y plantear las cosas de aquella manera tan decidida, sopesaba mis posibilidades de éxito actuando a su estilo, y las encontraba francamente reducidas. Yo no era un hombre de acción, ni me sentía —después de veintitantos años de sumisión y ciega obediencia— capaz de enfrentarme a Pelayo. Incluso descartaba la posibilidad de tener una trifulca con Martina. Si ella había decidido abandonarme para caer en los brazos de aquel indeseable, quién era yo para convencerla de todo lo contrario o para mantenerla a mi lado por la fuerza. De ser así las cosas, en el pecado llevaría la penitencia y no merecería la pena luchar por su amor. Pero todos esos pensamientos y conjeturas no fueron capaces de generar un solo comentario coherente capaz de frenar la cascada dialéctica de Moreno. Muy al contrario. De pronto, y de algún rincón oscuro y poco controlado de mi cerebro, surgió una concesión al materialismo que encolerizó enormemente a mi amigo y que a punto estuvo de dar con mis huesos en la calle.

—Eso que me planteas es muy sencillo para ti —acerté a decirle—, pero a mí me llevaría a perder el trabajo.

—¡Joder! ¡Eres la hostia! —me espetó Moreno mientras se echaba las manos a la cabeza y me miraba escandalizado—. Cómo puedes pensar en tu trabajo cuando está en juego lo más sagrado de tu vida. Cómo puedes anteponer esa ocupación miserable, donde se te trata como a un perro, a tu dignidad. Vuelvo a repetirte esta palabra: dignidad. Más vale pasar hambre que aguantar un derecho de pernada. Según tú, ¿qué deberían de haber hecho aquellos pobres siervos que se dejaban la sangre en los campos de sus señores? ¿Seguir trabajando dócilmente mientras aguantaban cómo el amo se follaba a sus mujeres? ¿Tú les habrías recomendado eso? Pues no señor. Se rebelaron y le cortaron los huevos al tirano. Y gracias a ellos hoy vivimos en un mundo bastante mejor y no en aquel estercolero. Y gracias a su ejemplo no nos arrastramos por el suelo como si fuésemos unos…

Desbordado por la ofuscación, no encontró la palabra adecuada y fue el silencio inesperado que sintió a su alrededor lo que le hizo comprender que tenía clavada en su persona la atención de los pocos clientes que aún quedaban en el local. Una larga e irónica salva de aplausos puso fin a aquella apasionada disertación: «¡Bravo, bravo! ¡Sí, señor! Así se habla».

—Bueno, ya vale. Menos cachondeo, que este es un tema muy serio —replicó Moreno visiblemente molesto.

Volvió de nuevo a la cocina y tardó más de cinco minutos en aparecer. Antes de dirigirse de nuevo a mi lado, encendió la televisión.

—Bueno, con el Estudio Estadio ya podemos olvidarnos de ellos. Aunque, de todas formas —me advirtió, como si fuese yo el que andaba dando voces—, procura bajar el tono, que son una pandilla de comadres. Volviendo a nuestro tema —prosiguió—. Esto no puedes consentirlo de ninguna manera. Ese tipo se merece un escarmiento. Y si tú me lo pidieras, yo estaría dispuesto a ayudarte. Ya sabes que conmigo puedes contar…

—Sí, sí, ya lo sé —le dije mientras hacía con la cabeza gestos ostensibles de agradecimiento, pero interiormente me seguía maldiciendo por no haber tenido en cuenta la personalidad explosiva de Moreno—. Por supuesto. Y no sabes cuánto te lo agradezco, pero me gustaría pararme a reflexionar un poco antes de tomar una decisión. Además, el asunto no es tan sencillo como parece. Mira lo que he encontrado esta tarde. Estaba en el bolso de Martina.

Fue un impulso irresistible el que me animó a sacar la foto. No sé muy bien por qué lo hice, supongo que me quemaba en el bolsillo al igual que el resto de la historia me quemaba en la garganta. No lo sé. Lo cierto es que, antes de que pudiese replanteármelo, ya tenía mi amigo la foto entre sus manos.

—¿Qué es esto? —me preguntó sin poder evitar una sonrisa.

—¿A ti qué te parece?

—No sé. Uno de esos grupos que hace porno en directo o algo parecido.

—¿Eso crees?

—Hombre, yo diría que sí... No tienes más que ver el aspecto de todos ellos.

—¿No crees que podría ser alguna foto de carnaval? ¿Una foto graciosa?

—¿Una foto graciosa? No sé a qué te refieres. Yo, a estas tías, lo que les veo es una pinta de...

No completó la frase. Quizás en el último momento tuvo miedo de emplear un término improcedente. Antes de decir lo que pensaba, prefirió tantear el terreno.

—¿Las conoces?

—La de la esquina es Martina.

—¡Coño!

Me miró con una mezcla de ternura y preocupación; tal vez de la misma forma en que lo habría hecho mi padre si aún viviera, si no se hubiese marchado demasiado pronto. Y supuse que después de verla posando de aquella peculiar manera y abrazada a aquel tipo tan repugnante, ya no le extrañaría demasiado lo de la huida con mi jefe, o con un fontanero, o con el frutero de la esquina... Y no acerté a explicarle, no era fácil que, a pesar de las evidencias acusadoras, aún mantenía la esperanza de que todo tuviese una explicación lógica, y de que al final nuestra vida pudiese recomponerse de alguna manera. Y tampoco le dije que Martina —mi Mar, como yo acostumbraba a llamarla— no dejaba de ser, pese a todo, una mujer maravillosa y enormemente sensata que me había regalado la mejor etapa de mi vida; algo que nunca podría agradecerle suficientemente. O quizás me disponía a decírselo, cuando le oí pronunciar aquella frase tan sorprendente:

—Yo a esta chica la conozco.

—¿Cómo?

Se había puesto unas gafas medio rotas y estudiaba la foto con minuciosidad.

—Yo a esta chica la he visto en algún sitio, y además no hace mucho.

Señalaba a la más joven del grupo: una muchachita de aspecto frágil que se abrazaba a la pierna del chulo.

—Pero ¿dónde? —pregunté sin poder ocultar mi ansiedad.

—No lo sé. Quizás aquí en el bar.

—¿Estás seguro? Aquí entran muy pocas mujeres. No la habrás conocido actuando en algún tugurio...

—No, no, no. Por quién me tomas. Yo odio esos lugares. La última vez que asistí a un espectáculo de ese tipo fue en Madrid y hará por lo menos quince años. No. Yo a esta chica la he visto en otro sitio, pero no caigo dónde. Suele pasarme a veces, aunque yo para las caras soy infalible. Seguro que de repente se me enciende la bombilla y... —chasqueó los dedos sonoramente—. Pero tienes que darme tiempo.

—Piensa, por favor. Sería formidable que lo recordases.

Ahora fui yo quien cogió la foto y volvió a mirarla con detenimiento. Desde el día anterior fueron pocos los momentos en que me vi libre de la tentación constante de mirarla y estudiarla, pero siempre con la imagen de Martina como exclusivo foco de mi atención. Era milagroso que Moreno, de tan solo un vistazo, hubiese podido reconocer a alguien tan maquillado y en actitud tan poco natural. Llevaba, a diferencia de las otras, el pelo recogido en un gorro plateado —como si fuese la *vedette* principal— y solo mostraba con claridad la mirada firme de sus ojos almendrados y la transparencia de su piel profundamente blanca y sedosa. La expresión, como en el resto de las chicas, no estaba libre de un ligero velo de tristeza, pero denotaba una fuerte personalidad; casi un rasgo de rebeldía que la distinguía del resto.

—No sé —murmuró Moreno—. Tal vez alguna representante de bebidas que haya venido por aquí últimamente, o igual es que la he visto en la tele. Quién sabe. De lo que sí estoy seguro es de que yo esta cara la he visto hace poco. No hay duda.

—Prométeme que vas a pensar en ello esta noche, ¿vale?

—Será imposible que deje de hacerlo —me aseguró.

Entraron más clientes que volvieron a reclamar su atención y creí llegado el momento de largarme. Hice un gesto con la mano a mi amigo y salí del local confuso, pero ligeramente aliviado.

Ya en la calle, desde la verbena de algún hotel cercano, una voz que se esforzaba por parecerse a la de Janette hizo llegar a mis oídos esa canción maravillosa que dice:

*Todas las promesas de mi amor se irán contigo,*

*me olvidarás, me olvidarás.*

*Junto a la estación yo lloraré igual que un niño,*

*porque te vas, porque te vas...*

# Capítulo 4.
# NATALIE

Ya en la cama, y dando vueltas entre las sábanas como una peonza, mi charla con Moreno de aquella noche me trajo a la cabeza otra no muy distinta, en la cual, y paseando por la playa, él también me habló de su vida rota, de su gran amor... Fue una madrugada de hace ya algunos años —justo antes de conocer a Martina—. Me quedé en el bar hasta muy tarde —ninguno de los dos teníamos prisa, pues nadie nos esperaba—, y recuerdo que le ayudé a apagar las luces y a bajar las persianas.

La tierra estaba caliente de tanto sol y cerca del mar corría una brisa reconfortadora. Nos habíamos hecho buenos amigos a base de compartir madrugadas en la barra, y creo que fue eso lo que le invitó a sincerarse mientras miraba las olas con añoranza. «Me gustaría contarte algo», me dijo. Y quizás porque lo necesitaba —hay penas demasiado amargas para un solo corazón— o simplemente por matar la noche, me refirió su historia ente bocanadas de aire salado.

Conoció a una mujer muy joven, francesa según me contó, cuando despachaba helados en un chiringuito de la playa.

—Yo estaba recién licenciado de la mili y ella era casi una niña —me dijo—. Se llamaba Natalie, y era la chica más bonita del mundo.

Por la noche, al terminar su trabajo, caminaban abrazados por la orilla de la playa hasta el Finestrat y, asomados al inmenso carrusel de luces y rascacielos del horizonte, se besaban largamente y no dudaban en jurarse amor eterno. Acabó agosto y la chica regresó a Lyon, donde vivía, no sin antes dejarle su dirección y número de teléfono. Fue una despedida dolorosísima con todos los ingredientes de zozobra y emoción que uno pueda imaginarse.

—La chica lloraba y forcejeaba por no irse, mientras sus padres se veían obligados a empujarla hasta el interior del coche —me dijo mientras encendía un cigarro—. Pasaron los meses y fue aumentando en mi interior la sensación de no poder vivir sin ella. Llamaba a su casa muy a menudo, pero casi nunca cogían el teléfono, y cuando lo hacían colgaban de inmediato. Comencé a escribirle numerosas cartas que nunca supe si llegaron a su destino. Eran cartas muy cortas y muy simples, pues ella apenas hablaba español y yo de francés no tengo ni puta idea, pero... estaban inflamadas por la pasión. Le recordaba en todas ellas nuestras noches de Benidorm, aquellas noches eternas amarrados el uno al otro. «No te vayas a olvidar de mí», le prevenía. Y entre las hojas le mandaba alguna foto donde aparecía emperifollado con mis mejores galas. Pasó el tiempo y no obtuve respuesta alguna, con lo que mi ansiedad fue en aumento. Yo sabía, por esa intuición mágica que nos ilumina a los enamorados, que lo nuestro no había terminado y que eran sus padres los culpables de aquel maldito silencio. Ya sabes lo que pasa con esto de las clases sociales; mucha Francia, y mucha *liberté* y *egalité*, pero allí las cosas son como en todas partes: el rico desprecia al pobre por el simple hecho de serlo. Pero, bueno, volvamos a lo que estaba contándote. A pesar de todo lo anterior, no me desanimé y, como tenía algunos ahorros, los invertí en viajar hasta Lyon y buscar su casa. Tal y como me imaginaba, vivía en un barrio residencial lleno de villas enormes y de jardines preciosos; uno de esos barrios donde todo el mundo tiene cara de satisfecho. No puedes imaginarte con cuánta prepotencia y desprecio me recibieron sus padres. Primero, y sin invitarme a pasar, me hicieron un fugaz repaso y, a continuación, sin darme tiempo a reaccionar, me dieron con la puerta en las narices. Ni siquiera me permitieron verla ni me brindaron la oportunidad de hablarles de mí y de mis intenciones. ¡Pero no sabían con quién se la jugaban! ¡No sabían lo terco que puedo llegar a ser, y lo mucho que ya por entonces había leído sobre eso de la resistencia pacífica! Me pasé dos días enteros sin apenas comer ni dormir, recostado en la verja del jardín y escuchando los lamentos de mi pobre Natalie a la que no dejaban salir de casa. Primero, me echaron los perros, y resistí. Luego, salió su padre, al principio conciliador y sonriente, después más airado, y al final amenazándome con un palo de béisbol, y permanecí impasible. Me golpeó repetidas veces, vomitó insultos terribles en aquel idioma que no entendía, y puede que, de no haber sido por la intervención de la madre, algo más sensata, hubiese encontrado allí la muerte. Pero resistí. Unos vecinos que salieron en mi ayuda llamaron a la policía y, posteriormente, con heridas de lo más aparatoso, se me trasladó a un hospital. Solo queda en mi memoria de aquellos terribles momentos el llanto amargo de mi amada llamándome con desesperación y el rumor lejano de unas voces que me curaban y volvían a dejármelo todo en su sitio. Mira —me mostró una cicatriz poderosa que, partiendo de la maraña de su pelo blanco, descendía hasta el comienzo de la ceja—. Este es el precio que tuve que pagar por ella. Ignoro lo que pudo pasar después. Solo sé que algunos días más tarde, Natalie se presentó en el hospital con una maleta y la determinación incontestable de seguirme allá donde yo fuese. Es increíble, ¿verdad? Una chiquilla que apenas me conocía, que ni siquiera dominaba mi idioma, pero que había decidido abandonar a su familia, su hogar lleno de comodidades, para venirse conmigo. Y lo hacía con un brillo emocionado en los ojos que no olvidaré nunca. ¿Crees que puede haber en el mundo una prueba de amor más incontestable?

Tras aquella pregunta que llevaba implícita la respuesta, Moreno detuvo su relato para reprimir alguna lágrima furtiva, y luego prosiguió:

—Abrimos un pequeño restaurante aquí en Benidorm. No el que tengo ahora, sino otro bastante mayor que estaba en el centro.

Yo cocinaba paellas para los turistas, y Natalie, aprovechando que además de francés dominaba el inglés, servía las mesas y atendía la barra. Al principio todo fue de maravilla; pagábamos un alquiler alto, pero ganábamos lo suficiente para ir tirando. Era un trabajo agotador, de sol a sol, que hacíamos sin la ayuda de nadie, pero nos unía un gran amor y eso lo puede todo. Jamás salió de su boca una palabra de reproche o una queja. Había elegido aquel camino junto a mí y estaba dispuesta a recorrerlo hasta el final. Yo sufría por verla trabajar de aquella forma, por no ser capaz de ofrecerle desde el primer momento una vida a la altura de la que ella había dejado allá en Lyon, pero los dos sabíamos que era necesario un importante esfuerzo inicial, preludio de lo que yo vislumbraba como un futuro espléndido. Maquinaba, en el silencio de mi trabajo diario, planes grandiosos para hacer de aquel modesto restaurante toda una cadena cuya especialidad fuese la Paella Moreno. A veces, envalentonado por la ilusión, me imaginaba las vallas publicitarias de toda la ciudad pregonando nuestro lema: *Paellas Moreno, lo mejor del mundo entero*. En esos sueños, veía a mi Natalie elegantísima, vistiendo unos trajes maravillosos y reprochando a sus padres la actitud degradante que tuvieron para conmigo: «Veis, ya os decía yo que era un hombre serio. Un hombre capaz de crear un gran imperio solo para mí». Y esa sed de triunfo me daba fuerzas para trabajar sin descanso.

Recuerdo que, llegado a este punto, se volvió hacia mí algo indeciso, y que incluso llegó a disculparse:

—Perdona. Igual te estoy aburriendo con este rollo tan cursi…

—No, no —le dije como si ya intuyera que algunos años más tarde sería yo quien, acuciado por la necesidad y la desesperación, le contase una historia similar—. Sigue, sigue —le animé.

—El dueño del local era un tal Julio Fargas. Tenía unos doce o catorce locales dispersos por todo Benidorm y vivía de ellos. Yo le odiaba porque solía hablar en francés con Natalie y, bueno, me molestaba que conversasen en un idioma que yo desconocía. No es que desconfiase de ella; al fin y al cabo, me amaba y me lo había demostrado con creces, pero aquel tipo me parecía repulsivo. Era un usurero disfrazado de príncipe que, debido a lo intachable de sus modales y a su buena cartera, lograba deslumbrar a las mujeres. Pasaron los meses, y la temporada siguiente en la que yo había depositado muchas esperanzas fue sorprendentemente mala. Confiado como estaba en que todo iría sobre ruedas, me gasté casi todo lo que teníamos en mejorar el local y contratar a dos personas para dar un mejor servicio. Mis paellas eran las mismas y tardábamos menos tiempo en prepararlas y servirlas, pero aquel maldito verano, no recuerdo exactamente el porqué, hubo una crisis de puta madre y comenzamos a pasarlo mal. La crisis fue de tal calibre que uno de los meses no pude pagar la renta. Y Fargas, que sabía perfectamente la causa de mi retraso, pero que era un perfecto cabrón, me dio quince días para liquidar la deuda. O le pagaba, o su banda de mafiosos me arrojaba a la calle. Y reconozco que aquello me desesperó. Se me agrió el carácter, empecé a beber... Intenté pedir un préstamo a unos amigos de Valencia, pero tuve la callada por respuesta. Los bancos, por supuesto, me dieron la espalda como se la dan a todo el que verdaderamente los necesita. Natalie se volcaba conmigo intentando darme ánimos. Incluso llegó a insinuarme la posibilidad de pedir ayuda a su familia, cosa a la que yo me negué en rotundo; antes hubiese preferido la muerte. Y, aunque el asunto, bien mirado, tampoco era tan grave —en el peor de los casos podíamos habernos ido a otro local y haber comenzado de nuevo—, yo me sentí responsable ante Natalie. ¡Le había prometido tantas cosas y, a las primeras de cambio, empezaba a fallarle! No recuerdo qué pasó exactamente, pero... La víspera de que venciese el plazo señalado por Fargas, Natalie y yo discutimos de manera muy violenta. Estaba rabioso conmigo mismo y descargué mi mal humor sobre ella. Antes de que pudiera evitarlo, me vi deambulando por las calles y bebiendo sin control. Agarré una borrachera terrible y, cuando volví al bar —vivíamos en la parte trasera del mismo—, ella no estaba. No la busqué;

me sentía demasiado mareado y caí rendido en el colchón. Al día siguiente, a primera hora, me despertó un cliente para darme la noticia: Fargas se había matado en un accidente de coche aquella madrugada. Iba con tres amigos y una mujer. Habían muerto los cuatro en el acto. La mujer muerta era muy joven y muy rubia..., casi una niña. Era mi Natalie.

Tardó cuatro o cinco minutos en volver a hablar. Enfilamos el paseo marítimo de vuelta a casa y pasamos por delante de algunas cafeterías que aún permanecían abiertas a ritmo de bolero.

—Siempre me quedará la duda de por qué lo hizo —me dijo al fin—. Durante años, he tratado de convencerme a mí mismo de que quizás, en el último momento, intentó salvar nuestro negocio de la única forma en que ella podía hacerlo. No lo sé. Es posible que sea un ingenuo, o que quizás necesite engañarme para no acabar volviéndome loco. Caben todas las posibilidades. Pero, de cualquier forma, yo lo tenía que haber evitado. Ella me quería, y yo no fui lo bastante hombre para afrontar las dificultades. Aquella noche maldita, mi sitio estaba a su lado. Y no estuve en mi sitio. Me emborraché como un estúpido. ¿Entiendes? Es posible que ella estuviese sacrificándose por nuestro futuro, y yo...

Se puso a llorar con el mismo grado de desesperación con que yo lo haría tres años más tarde. También él intentó encontrar una explicación bondadosa a lo que tanto le había herido:

—Porque no creo que esté volviéndome loco y que esta suposición mía sea una hipótesis descabellada, ¿verdad? ¿O es que soy un cornudo y un gilipollas? ¡Vamos, por favor, dime por lo que más quieras que esta teoría mía no es un cuento chino que me estoy inventando!

—Claro, por supuesto que no lo es. Pudo perfectamente ocurrir como tú dices —le contesté en tono condescendiente; un tono bastante más condescendiente del que él empleó en su bar cuando dio por sentado que Martina era una fulana dispuesta a caer rendida ante mi jefe a la menor insinuación de este—. Es muy probable que ella, al verte tan desesperado, decidiese actuar por su cuenta en un intento de salvar aquello por lo que tanto habíais luchado.

—Estoy seguro de que fue así. Y no sabes cuánto te agradezco que tú también lo creas —concluyó.

Di la enésima vuelta buscando la postura bendita que al fin me conciliase con el sueño. Mientras lo hacía, divagué sobre la existencia de alguna misteriosa relación entre el amor que nos profesan las mujeres y su repentino afán por abandonarnos. Tanto Moreno como yo habíamos disfrutado de un amor que nos colmó de dicha. Pero ahora, desde la soledad impuesta, luchábamos amargamente por encontrar una razón que nos permitiera conservar la cordura y seguir viviendo. Natalie ya estaba muerta. De aquel amor desgraciado solo quedaban los hierros retorcidos de un coche y las lágrimas reiteradas de un hombre que aún la recordaba sin descanso. Pero Mar estaba viva, aún formaba parte del presente, no había pasado a engrosar esa colección de cicatrices que nos acompaña hasta la muerte.

Con esta idea revoloteando en mi cabeza, y cuando ya las primeras luces se abrían paso entre los rascacielos, conseguí por fin sosegar mi espíritu y dormir.

# Capítulo 5.
# PATRICIA

Había logrado refugiarme en el sueño como en una guarida. Descansaba del mundo y de mí mismo, cuando un sonido repetido y puntiagudo vino a sacarme de aquella efímera tregua. Tardé algunos segundos en orientarme y reaccionar. Era el teléfono. ¿Y si fuese ella? Me desembaracé de las sábanas y, empujado por una quimérica emoción, salí corriendo hacia donde sonaba para descolgarlo con manos temblorosas.

—¿Quién es?

—Carlos…

Aquella maldita voz resonó en mis oídos como una bofetada. Aparte de soltar uno o dos juramentos, la decepción me llevó a emprenderla a patadas con la mesita del pasillo. Luego me recosté en la pared y me torturé pensando en lo maravilloso que habría sido volver a escucharla, en lo feliz que me habrían hecho unas palabras suyas diciéndome: «No te preocupes. Todo tiene una explicación. Mañana vuelvo». Y, quién sabe, igual de haber sido así las cosas, hasta le hubiese perdonado al instante lo de su espantada, lo de la foto, lo de Pelayo… Desgraciadamente, era Moreno quien me interpelaba entre enigmático y excitado al otro lado del auricular.

—Carlos. ¿Qué te ocurre? ¿Qué ruidos son esos?

—Nada, no es nada. Estoy medio dormido y me he llevado la mesa por delante, eso es todo… ¿Para qué me llamas?

—¡Ya lo tengo!

—¿Qué es lo que tienes? —Estaba cansado, atolondrado, decepcionado e incluso fastidiado. Un cóctel demasiado enajenante para mantener la lucidez y recordar nuestro asunto pendiente.

—Lo de la foto. Lo de la chica de la foto. ¿No te acuerdas? Ya sé quién es.

—¡Ah! Sí, sí —dije reaccionando al instante—. Por favor, dime…

—Es la cajera de un supermercado de Valencia.

¿Cómo? ¿Había oído bien? ¿Seguía soñando? Desde luego, aquella historia estaba empezando a adquirir unos tintes surrealistas que me asustaban.

—Oye, por favor, si me has despertado para gastarme una broma…

—No es ninguna broma. Estoy seguro, tan seguro como que te estoy hablando ahora.

Vi mentalmente la foto y me pareció inaudito que alguien, sin más armas que las de su memoria, fuese capaz de relacionar aquellos ojos maquillados, aquella nariz y aquella boca tan convencionales con los de una cajera de Valencia, ciudad a la que, por otro lado, no acertaba a relacionar con mi amigo.

—Pero ¿cuándo has estado tú en Valencia?

—Yo soy de Valencia. Ya te lo he dicho alguna vez. Mi madre vive allí, y esa chica es la cajera del supermercado que está justo debajo de su casa. Voy a ver a mi madre con frecuencia. Y, cuando lo hago, soy yo el que se encarga de hacer la compra, con lo que me la topo casi todos los días. Es una chica que siempre me ha llamado la atención por ser alta y bastante guapa. Y sus ojos…, sus ojos tienen «un algo» que también está en la foto. Los abre desmesuradamente cuando mira, como si le sorprendiera lo que está viendo. Creo que es ese detalle el que me ha hecho relacionar las dos caras. Ha sido como una revelación. Me he despertado en mitad de la noche y, de repente, lo he visto claro. Creo que deberíamos pasarnos por allí y preguntarle por lo de la foto, por Martina, y por todas esas cosas que tanto te angustian. Puedo dejar a Eladio al mando del bar y salir contigo hacia Valencia esta misma mañana. ¿Qué te parece?

No supe qué contestar. El día anterior, y quizás empujado a ello por las reprimendas de Moreno, me había hecho el firme propósito de pasar el día apostado cerca de la casa de Pelayo, vigilando. «En algún momento tendrán que entrar o salir juntos —pensaba—. Los pillaré con las manos en la masa». Era un plan audaz y desesperado que se parecía al que ya empleó Moreno en Lyon —«me pasé dos días enteros sin apenas comer ni dormir recostado en la verja del jardín»—, aunque yo pretendía sazonarlo con aditamentos más épicos y melodramáticos. Planeaba plantarme en medio de la carretera obligándoles a parar el coche. Suponía que Martina no sabría qué decir y que Pelayo bajaría del mismo dando voces con su habitual aire de superioridad. «¿Qué demonios hace usted aquí? ¿Se ha vuelto loco?». Y, entonces, quizás tartamudeando y muy nervioso, pero manteniendo la dignidad a la que tanta importancia daba Moreno, les cantaría las cuarenta. «¡Sois una pareja de hijos de puta! Creíais que era un estúpido y que os iba a resultar muy fácil reíros de mí, ¿verdad? Pues no señor. ¡Lo sé todo! ¡Y tengo la foto! —le diría mostrándosela a ella—. La he encontrado en tu bolso. ¡A ver cómo te las apañas ahora para explicarme todo esto!». Me parecía una forma valiente de afrontar el problema. Y aunque era muy probable que después de aquello perdiese definitivamente mi trabajo y el amor de Mar, siempre sería preferible —parafraseando a Moreno— morir como un vagabundo que soportar con mansedumbre aquel medieval derecho de pernada; padecer una soledad honorable a tener que reptar en pos de una felicidad que ya se me había negado de manera definitiva. No obstante, en cuanto Moreno me propuso aquel otro plan y se ofreció tan gentilmente a servirme de chofer y de escudero, sucumbí a la tentación de aplazar mi escenita de marido ofendido para transmutarla en aquella otra posibilidad bastante más apaciguadora de mi curiosidad y menos perturbadora —o eso creía yo— de mi presente y acaso de mi futuro.

—De acuerdo —le dije—. Estoy listo.

Y al cabo de no más de media hora ya estábamos surcando la autopista camino de Valencia.

El barrio de la madre de Moreno era un suburbio obrero que se abría paso entre antiguas huertas y naves industriales gigantescas y destartaladas. La escasez de árboles y abundancia de viento y polvo le daban un aire como de poblado del oeste; y el sol, perezoso pero ya firme, hacía que el toldo del supermercado —que me señaló mi amigo apenas llegamos— estuviese desplegado en toda su longitud desde primeras horas de la mañana. También me sugirió mirar hacia el cielo para informarme de que, en el cuarto piso, dueña y artífice de un balcón superpoblado de plantas, vivía su señora madre, mujer ya octogenaria, pero aún capacitada para gozar de una vida independiente, y a quien prefería —si a mí no me parecía mal— presentarme después de dialogar con la cajera. «Es muy charlatana, y mucho me temo que si subimos ahora no nos deje bajar en toda la mañana». De esa forma y con un nudo de emoción en el estómago, nos adentramos en la tienda. Ocupaba esta una lonja estrecha y profunda, y estaba muy bien surtida de frutas, verduras y todo tipo de comestibles y bebidas. Al fondo se distinguía una zona de carnicería y otra de congelados, y junto a la puerta, dispuestas paralelamente, dos cajas registradoras se convertían en el último escollo que cualquier cliente había de franquear antes de acceder a la calle.

—Cuando yo era crío, esta era la tienda de la señora Eulalia —me informó Moreno con una sonrisa nostálgica—. Una tienda de las de antes, de esas que no cerraba nunca y donde se vendía de todo, como en los bazares. A mí me encantaba porque tenía montañas de chucherías y tebeos. Pero cuando la vieja murió, un sobrino con bastante más visión comercial montó este supermercado, y ahora es dueño de una cadena que se extiende por toda la provincia. El cabrón se está forrando a base de hundir a las tiendas pequeñas.

«Moreno, como siempre, arremetiendo contra el capitalismo salvaje», me dije, mientras avanzábamos por un pasillo atiborrado de cajas de leche. Segundos más tarde, observé con sorpresa cómo mi amigo hacía señas a una dependienta gruesa y de pelo ensortijado que pululaba rellenando estanterías.

—No me digas que es esta la que piensas que...

—¡No, hombre, no! No soy tan idiota. Esta no es, pero puede informarnos.

Cuando la tuvimos delante, pude comprobar que era manifiestamente bizca.

—Hola.

—Hola. —Por la sonrisa de la chica estaba claro que Moreno no era un extraño allí—. Nos gustaría hablar con una compañera tuya que suele estar en la caja. Una chica joven bastante alta...

—¿Patricia?

—Es posible. Nos gustaría hablar con ella.

Se irguió en un movimiento mecánico de coquetería y, bamboleando el trasero, se dirigió a la zona más profunda del local.

—Es muy probable que en la tienda no sepan nada de su vida anterior, así que habrá que actuar con discreción —me sugirió Moreno—. Dile en primer lugar que eres el marido de Martina, y a ver cómo reacciona al escuchar ese nombre.

Asentí con la cabeza mientras planeaba mentalmente una estrategia. Al cabo de uno o dos minutos —que matamos curioseando la sección de galletas—, se presentó ante nosotros una muchacha de pelo corto y lacio, mirada tímida, y manos cuidadosamente arregladas y pintadas. Tan pronto se nos encaró, hizo gala de aquel gesto característico que tanto había chocado a Moreno, y abrió los ojos con desmesura, algo que sin duda le afeaba y delataba. Primero sonrió a Moreno, reconociéndolo al instante y, al dirigirse a mí, se mostró más seria y recelosa, como si desde el principio intuyese que era yo quien tenía algo que preguntarle o reclamarle.

—Soy el marido de Martina —le dije—. De Martina Quirós. Bueno... —precisé de un modo estúpido e innecesario—, en realidad no estamos casados, pero llevamos tres años conviviendo.

Me miró como si le hablase en un idioma desconocido o como si aún no hubiese desconectado de su tarea anterior. Después, se encogió de hombros y pronunció un temeroso: «No conozco a esa persona».

Ya estaba echando mano al bolsillo para sacar la foto, cuando Moreno acudió en mi ayuda.

—La mujer a la que nos referimos desapareció hace algunos días y hemos pensado que tal vez tú podrías ayudarnos a encontrarla.

Sus ojos continuaban tan abiertos que parecían a punto de abandonar las órbitas. La gorda —no demasiado lejos— alargaba el cuello con malsana curiosidad.

Saqué la foto y, dado que la imagen allí mostrada podía dar lugar a incomodidades, retrocedimos algunos pasos hasta encontrar la confidencialidad que nos proporcionaba un gigantesco expositor de compresas.

—¿Es usted esta mujer? —le pregunté señalando con el dedo a la joven que, con expresión pervertida, se abrazaba a la pierna del chulo.

Miró la foto con indisimulado espanto y, luego, levantando la cabeza, nos hizo gestos repetidos de negación.

—No. No soy yo.

Dio media vuelta, y ya se encaminaba nuevamente a sus tareas, cuando Moreno, alcanzándola, insistió:

—Una de estas mujeres, la de mi amigo, desapareció de casa al recibir esta foto. En la parte de atrás hay una frase que no sabemos cómo interpretar. Mire —dijo señalándole las letras—: ¿TE

ACUERDAS? YO SÍ. Tenemos la sospecha de que pueda tratarse de una amenaza. Ayúdenos, por favor.

—¿Por qué no lo denuncian a la policía? —nos respondió secamente.

—No podemos probar nada —intervine yo—. La policía no interviene así como así en las cosas. Tengo miedo de que este individuo pueda hacer daño a Martina, y por eso quiero que alguien me dé algún dato sobre él.

—Yo no puedo darles ninguna información —dijo en voz baja—. Al menos no aquí.

Tragó saliva y, mirando con prevención a su alrededor, nos dijo:

—Salgo a las dos. Espérenme ahí afuera y hablaremos. Pero antes díganme si son policías.

—Por supuesto que no lo somos —afirmó Moreno—. Yo soy el hijo de la señora Valentina, la viuda de Moreno, y este es Carlos González, un amigo en apuros.

Verdaderamente debíamos de tener una pinta bastante sospechosa sacando fotografías del bolsillo y haciendo aquellas preguntas sobre mujeres desaparecidas y presuntos chantajistas de aspecto infame. A Moreno no le sentó nada bien aquella confusión.

—Pásate los mejores años de tu vida corriendo delante de los grises, para que ahora te confundan con uno de ellos. Debo de estar haciéndome viejo —se lamentó.

Después vino la obligada visita a su madre que, avisada previamente, nos esperaba con impaciencia.

—¡Cuánto habéis tardado! Ya me teníais preocupada. ¿Este es tu amigo? ¡Míralo que majo! Y tú, ¿es que acaso no le vas a dar un beso a tu madre?

Era una máquina de hablar que apenas nos permitió meter baza en la hora y media larga que permanecimos allí. Ese limitado espacio de tiempo le bastó para ponernos al día de una telenovela que daban en la tele, de las vicisitudes de varias vecinas y para desempolvar varios álbumes de fotos donde ella aparecía vestida de novia y Moreno de primera comunión. También nos hizo ayudarle a doblar varios pares de sábanas y, al final, cuando tras sacarnos todo tipo de pastas y frutos secos se disponía a enseñarnos una carta del ayuntamiento para que se la descifráramos, Moreno me hizo una seña indicativa de que ya era la hora señalada y se imponía mover el culo. La mujer nos acompañó hasta la puerta molesta por nuestras prisas.

—¿Por qué no coméis primero? Vaya ganas de bajar a la calle con el estómago vacío.

Ansiosos por escuchar a Patricia, nos precipitamos escaleras abajo mientras la pobre señora Valentina seguía sermoneándonos desde el rellano de su piso. Finalmente, algo antes de la hora convenida y sin poder ocultar nuestro nerviosismo, logramos posicionarnos frente a la puerta del súper.

La muchacha, para nuestro gozo, salió puntual y miró a ambos lados de la calle con desconfianza. Había sustituido la bata azul marino por unos vaqueros bastante avejentados y una camiseta de tirantes con una leyenda en inglés.

—En la foto parecía menos larguirucha, ¿verdad? —señaló Moreno puntilloso mientras la chica, después de hacernos un gesto con la mano, se iba acercando hasta nosotros.

Tras saludarnos, lo primero que hizo fue dirigirse a mí para precisar:

—Es un tema del que no me gusta hablar, y si lo hago es por ayudarle a encontrar a su mujer. Como descubra que todo esto es un engaño, me largaré de inmediato. ¿Está claro?

Antes de que ninguno alcanzase a decir nada, ella puso la segunda de sus condiciones.

—No quiero hablar de esto en la calle. Si no tienen inconveniente, preferiría que fuésemos a algún lugar más discreto.

Moreno dijo un nombre, y ella asintió. Se trataba de una tasca en aquella misma acera donde daban unas raciones de tortilla notables y podíamos conversar a nuestras anchas. La situamos justo enfrente de nosotros y pedimos cerveza y tortilla para todos. Patricia bebió un pequeño sorbo, y luego nos miró entre resignada y dispuesta. Fui yo quien empezó con las preguntas, reclamando una iniciativa que sin duda me correspondía.

—Entonces —pregunté sacando la foto por segunda vez—, ¿quién diablos es esta chica que se te parece tanto?

—Es mi hermana Rosa —dijo sin que le fuese necesario volver a mirar aquel rostro tan idéntico al suyo—. Somos gemelas. Hace más de ocho años que no tenemos noticias de ella.

En aquel plural incluía sin duda a otros miembros de la familia, y reflejaba en su voz un dolor tan sincero como resignado.

—¿Se fue de casa?

Hizo un gesto afirmativo y nos miró con cara de circunstancias.

—Se enganchó a las drogas y se convirtió en otra persona.

Bebió otro sorbo de cerveza, y luego, acuciada por nuestro silencio expectante, continuó:

—De niñas estábamos muy unidas. Es algo que supongo les pasará a todas las parejas de gemelas. Lo compartíamos todo: la misma habitación, el mismo colegio, la misma ropa, la misma pasión por la danza… Me es imposible recordar un solo día de mi infancia o de mi primera juventud sin su presencia constante. Nos bastaba con mirarnos para saber lo que pensábamos o queríamos. Había algo que nos diferenciaba del resto y nos unía como si fuésemos dos mitades idénticas de un mismo ser. Con cinco o seis años, mi madre nos apuntó a clases de *ballet*, y enseguida fuimos muy populares aquí en Valencia. Ya se sabe…, las típicas gemelitas muy monas, que encima bailan y que lo hacen con cierta gracia. Rosa era mejor que yo, más tenaz, más trabajadora, más dotada… Le apasionaba lo que hacía, y todo el mundo le auguraba un gran futuro. A los catorce años yo tuve que dejarlo por un problema de columna, y Rosa continuó sola. También por aquel entonces nos separaron en el colegio, y eso fue decisivo. Cada una empezó a hacer su vida independientemente de la otra, e incluso nuestras nuevas amistades fueron muy distintas. En un primer momento, yo creo que ambas lo vivimos como una liberación. Pero ella tomó el camino equivocado. Empezó a salir con gente muy extraña y a hacer cosas que nunca había hecho, como llegar muy tarde por las noches, beber, fumar, protestar por todo... De pronto, la danza dejó de ser el centro de su vida y nuestros niveles de comunicación y confianza bajaron alarmantemente. Todavía compartíamos habitación, y aún se nos seguía confundiendo por la calle, pero nuestro mundo había dejado de ser el mismo. Un día, alguien le advirtió a mi madre de que la habían visto inyectándose heroína en un parque del otro extremo de la ciudad, y ahí fue cuando tomamos conciencia de lo que realmente estaba sucediendo. A mi padre preferimos ocultárselo durante un tiempo, tiempo que creímos sería suficiente para hacerla recapacitar o rehabilitarla de alguna forma, pero ella no puso nada de su parte, y al final el problema de mi hermana resultó tan evidente que terminó por ser de dominio público. Mi padre era una gran persona, un hombre muy luchador y de carácter fuerte, pero que no estaba preparado para una prueba de esas dimensiones. Nosotras éramos sus hijas del alma, la razón de su vida, y de repente se encontraba con aquella terrible realidad. Al principio, tras el lógico enfado y los pertinentes gritos, se puso de nuestra parte en aquel vano intento de sacarla adelante. Sabía de otros casos del vecindario en que los padres, a base de mucha paciencia y dinero, habían logrado ganar la batalla, y él fue el primero en pensar que había alguna posibilidad. Pero pasaron los meses y todo fue inútil. Tras periodos en que parecía que las cosas podían cambiar, llegaban otros de decepciones y dolor. Al final, acuciada por su necesidad insaciable de dinero y de droga, mi hermana llegó a robar en casa, y aquello desbordó la capacidad de aguante de mi padre. Nosotras quizás no hubiésemos podido hacerlo, pero él, con una determinación y una tristeza que terminó por matarle, decidió expulsarla de casa, y desde aquel día no hemos vuelto a tener noticias de su paradero ni de su suerte. Ya ven que no es mucho lo que puedo decirles.

—No sabes si se dedicó al mundo del espectáculo...

—Era una gran bailarina y... Es posible. ¿Pueden dejarme la foto?

—Claro —respondí.

La miró durante algunos instantes, y luego me dijo:

—Esta mujer de la derecha creo que es la misma que estuvo en la tienda hace unos meses y me confundió con mi hermana.

Nos miramos sorprendidos y ansiosos, clavando inmediatamente nuestros ojos en la foto, como si se tratase del mapa de algún tesoro o de la carta decisiva que una pitonisa acabara de sacar de la baraja. Señalaba con su dedo a la más exuberante de todas. Una muchacha rotunda de carnes y en apariencia más madura que las otras.

—Bueno... O creo que podría ser ella, no estoy segura.

—¿Cómo fue ese encuentro? ¿Fue aquí en Valencia? —preguntó Moreno.

—Entró en la tienda como una clienta más, y se sorprendió muchísimo cuando me vio sentada en la caja. No supo qué decir ni me pareció tampoco que sintiese una especial alegría al verme. «Hola, Marcia —me dijo—. ¡Qué sorpresa!».

—¿Marcia?

—Sí. Sorprendentemente fue así cómo me llamó. Llevaba un niño de la mano y la esperaba un coche con matrícula de Zaragoza subido en la acera. Enseguida se dio cuenta de su error pues, aunque nos parecemos muchísimo, la gente que ha convivido con una de nosotras sabe distinguirnos fácilmente. «Así que tú eres la hermana gemela de Marcia —me dijo—. Ella solía hablar de ti». Y antes de que pudiera preguntarle nada, o decirle nada, pagó la compra y desapareció. Me pagó con tarjeta, de modo que pude saber su nombre.

—¿Y podrías darnos ese dato? —pregunté ansioso.

—Sí. Incluso podría darles su dirección y número de teléfono, pues pregunté en información, y con ese nombre solo hay una abonada en Zaragoza.

—¡Bendita seas! —exclamé mientras daba repetidos golpes de júbilo en la mesa.

Rebuscó en su cartera y por fin sacó un papel cuidadosamente doblado.

—Aquí está. Regina Matalobos Hurtado. Y esta es su dirección y su número de teléfono.

Tomé nota de los datos en una servilleta de papel que luego guardé con sumo cuidado en mi cartera.

—¿No llegaste a contactar con ella?

—No. Estuve a punto de hacerlo, pero luego pensé que no merecía la pena. En realidad, lo que mi hermana haya podido hacer con su vida es algo que me trae sin cuidado. Han pasado muchas cosas desde que se fue: ha muerto mi padre, mi madre está destrozada de los nervios…, y todas esas desgracias he tenido que tragármelas yo solita. En todo este tiempo no ha sido capaz de llamar ni de escribir. Hasta es posible que ignore la muerte de nuestro padre. Es muy fácil originar un cataclismo y luego largarte para que otro apechugue con las consecuencias. Para mí, está muerta. Además, ya ni siquiera es mi hermana. Yo tenía una hermana que se llamaba Rosa, y esta, al parecer, se llama Marcia.

—Las *vedettes* suelen cambiar de nombre —apuntó Moreno—. Ahí está el caso de Tania Doris o Norma Duval… Tal vez tu hermana pensó que Rosa era un nombre demasiado convencional.

Por un momento dudé de si también Martina me habría engañado con su nombre. ¿Y si se llamase Pilar o Mercedes? ¿Hasta en eso habría sido capaz de mentirme? O igual no. Igual se arrastró por esos sórdidos mundos haciéndose llamar Frida o Samantha, y fue a mi lado donde recuperó su auténtica identidad. Mientras hacía cábalas sobre este pormenor, Moreno le preguntó:

—En el supuesto de que la encontrásemos, ¿te gustaría verla o hablar con ella?

—No lo sé. Cuando aquella mujer dijo que a veces hablaba de mí, reconozco que algo se removió en mi interior. Pero esa emoción solo duró unos minutos. Ya ven qué camino ha seguido. Primero, las drogas, y ahora posiblemente convertida en puta. No. Creo que ya nos ha hecho sufrir demasiado.

Cogí la foto entre mis manos y observé de nuevo aquellos rostros que ya empezaban a adquirir personalidad e incluso nombre: Marcia, Regina, Brígida, Martina... Después, tomé otra servilleta y se la ofrecí a la pobre Patricia quien, de pronto, manteniendo en sus ojos aquel aire entre asustado y perplejo, había roto a llorar amargamente.

# Capítulo 6.
# BRENDA

Había dos posibilidades. Dos caminos. El primero apuntaba a Zaragoza. Allí Regina podría darme muchas claves de Martina, de Marcia, de la foto... Era la vuelta al pasado. La visión del trozo de película que me había perdido. Qué hizo antes de conocerme. De qué forma se ganó la vida. Quiénes fueron sus amores anteriores... Conocería aspectos insospechados de ella. Asistiría a pasajes de su existencia quizás degradantes y secretos. Aspectos que yo nunca pretendí descubrir, y que ella, seguramente para no herirme o para conservarme a su lado o para borrarlos de su vida, me ocultó.

El segundo apuntaba de vuelta a Benidorm y era el más penoso de los dos. Era el encuentro con un presente que desmentía el pasado y dejaba sin esperanza el futuro. Un sueño truncado, donde su imagen pintando frente al mar o paseando conmigo de la mano sucumbía frente a otra más fugaz y más oscura: una ráfaga de ella dentro de un Volvo color crema y al lado de un tipo con gorra de béisbol.

—¿Qué hacemos? —me preguntó Moreno cuando dos horas más tarde nos introducíamos de nuevo en el coche.

—No lo sé. Me gustaría verla. Si pudiese hablar con ella, aunque solo fuese unos minutos, sería un alivio tan grande...

Estábamos exhaustos. La señora Valentina nos había obsequiado con una pantagruélica comida a la que había seguido un interminable monólogo sobre su tema favorito: «lo cerca que estuvo del papa en su visita a Valencia del 82».

—Llegué a tocarle la sotana con mis manos y por un momento me miró a los ojos. Mis amigas rabiaban de envidia porque no pudieron colarse como yo hasta la primera fila. Le voy a enseñar a tu amigo las fotos que tengo de ese día.

Contra todo pronóstico, la madre de aquel marxista, extremista y revolucionario, se rebeló como una mujer de misa diaria que seguía los preceptos de la Santa Madre Iglesia y del Sumo pontífice a pies juntillas.

—Si todos hiciésemos lo que dice este santo, otro gallo nos cantaría. El mundo está lleno de egoísmo y de maldad, y vosotros, que aún sois jóvenes, tenéis que andar con mucho cuidado. ¡La de padrenuestros que tengo yo rezados por este hijo mío que me ha salido ateo y es incapaz de ir a misa un domingo o de pensar en la salvación de su alma! No sé quién rezará por la mía el día en que me llegue la hora… Él seguro que no —musitó, haciendo pucheros.

—¡Venga, venga! Déjate de monsergas y no des el espectáculo delante de mi amigo —se lamentó Moreno—. Te pasas el día en la iglesia y todavía necesitas que recemos por ti. ¡Pero si todos sabemos que eres una santa, joder!

Ante la presencia de dos lagrimones inmensos en el rostro de la señora Valentina, Moreno aceptó el compromiso.

—Bueno… era una broma. Sabes de sobra que rezaré por ti, y que te encargaré ocho misas si fuera necesario. Y deja ya de pensar que por el hecho de tener un bar y ser soltero me paso el día bebiendo y de juerga. ¡Si me porto mejor que muchos curas!

Después, ya de regreso, Moreno se quejó de los excesos religiosos de su madre, achacándolos al proselitismo desmadrado del clero.

—En cuanto ven a una mujer mayor, sola, y débil, van directos a comerle el tarro. O lo que es peor, a vaciarle los bolsillos. Mi madre antes no era así. Siempre ha sido un poco inocente y excesivamente confiada, pero para nada ese ser mojigato y temeroso en que se ha convertido. Un día de estos voy a presentarme allí con ella y se le va a terminar el chollo a esa manada de buitres.

No contesté. Estaba en otra cosa. Las palabras de Patricia seguían revoloteando en mi cabeza.

Al verme tan preocupado, Moreno se atrevió a sugerir:

—¿Y si entramos en Altea y hablamos directamente con tu jefe? Sabrás donde vive, ¿no?

—Sí. Sí que lo sé. Pero ¿qué podría decirle?

—La verdad. Dile que tu mujer lleva dos días fuera de casa y observa cómo reacciona. Lo normal es que al principio ponga cara de no haber roto un plato y que incluso te mire como diciendo que a él todo eso se la trae floja. Y ahí es donde tienes que soltarle lo de que la viste con él en su coche y todo eso. Seguro que intentará negarlo todo, pero a mí no hay mentiroso que se me resista. Confesará su culpa, y a partir de ahí pasaremos a la fase de ajuste de cuentas.

—Puede que tengas razón —concedí—, y que lo mejor sea coger el toro por los cuernos. Ahora que lo pienso, los lunes nunca va a la oficina y es un día muy propicio para que lo pasen juntos. Me hierve la sangre solo de pensar que pueda estar con ella.

—¡Sí, señor! ¡Así me gusta! ¡Sacando la casta! Ya está bien de reconcomerte los hígados mientras ellos se lo pasan en grande.

Sin embargo, no me gustaba que Moreno se implicase tanto en mi problema. Quería ser yo quien llevase las riendas de todo, y me aterrorizaba que aquel hombre, con más temperamento y energía que yo, pudiese arrebatármelas definitivamente. Moreno tenía una cuenta pendiente con la vida, y muy bien podía estar utilizándome para saciar su odio acumulado y su insatisfecha sed de venganza. «Hay una diferencia sustancial entre los dos casos —me había sugerido en su bar—. A mí la vida no me dio la oportunidad de ajustarle las cuentas a aquel canalla, mientras que tú sí que vas a disponer de ese consuelo».

Para él, Pelayo era la reencarnación maléfica de aquel Fargas que hablaba en francés con su chica y que terminó por arrebatársela. Los dos estaban acostumbrados a comprarlo todo, a poseerlo todo, a destruirlo todo. Incluso estoy seguro de que, aun sin conocerlo, ya lo presentía con los rasgos agitanados y chulescos de su antiguo casero y con su misma prepotencia.

«Conozco muy bien a los de esa calaña. Son unos chulos de mierda que juegan a perdonarte la vida, y a los que conviene poner en su sitio cuanto antes. O les plantas cara, o te aplastan como a un gusano». Esa era su teoría. Y me asustaba que, dejándose arrastrar por ella, diera lugar a estragos de los que luego yo sería responsable. Porque mi estado de ánimo se debatía últimamente entre dos extremos contrapuestos: con momentos en los que me abrasaba la ira, y otros donde la flaqueza daba lugar al desánimo. Un desánimo que me llevaba a perdonar, a tolerar, e incluso a negar lo que horas antes parecía tan obvio. Afortunadamente, estaba allí Moreno para impedirlo —contar los problemas nos compromete a no poder darles la espalda—, aunque yo, en aquel momento, hubiese dado cualquier cosa por verle desaparecer. Sí, bien mirado, lo mejor era que me presentase yo solo ante Pelayo.

—Bueno… Es posible que tengas razón —le contesté—, pero creo que ya te has molestado bastante. No puedes abandonar tu negocio y todas tus cosas por algo que no deja de ser un asunto personal mío…

—Oye. ¿Qué estás diciendo? —me interrumpió—. ¿Acaso crees que voy a dejarte solo? ¿Qué clase de amigo sería si lo hiciese? —afirmó, otorgándose un grado de lealtad y de perseverancia que a mí se me antojó excesivo—. No sé si te has dado cuenta, pero creo que sé manejar este tipo de situaciones bastante mejor que tú. Además, ¿quién te dio la pista que te ha traído hasta aquí? Me he subido a este tren contigo y no pienso bajarme hasta la última estación.

Me recosté sobre el asiento, alarmado y resignado. ¿Y si en lugar de un único problema estuviese empezando a tener dos? Lo miré de reojo y le noté seguro de sí mismo. Envalentonado. Como si todo aquello le hiciese disfrutar. Podía mandarlo a la mierda y quedarme solo, pero era mi amigo. Mi único amigo.

Llegamos a la salida de Altea en un santiamén y nos dirigimos a la zona de la sierra donde Pelayo tenía su mansión. Estaba en lo alto de una loma y se alzaba ufana y silenciosa con unas vistas increíbles. Nos sorprendió, apenas divisamos la verja, la presencia de un individuo en la puerta, un tipo fuerte y de gesto serio que nos obligó a parar el coche dirigiéndose después hacia nosotros con cara de pocos amigos.

—No sabía que Pelayo tuviese un encargado de seguridad en su *chalet*. Normalmente, es el grandullón Peris el que lo protege —dije mirando a Moreno con extrañeza.

—Estos ricos tienen demasiadas cosas que perder, o que esconder. Además, es un símbolo de estatus y una forma de darse importancia. ¿No habías venido nunca por aquí?

—Estuve una vez, hace ya mucho tiempo. Pelayo nos invitó a un cóctel por el décimo aniversario de la empresa. Nunca más he vuelto.

—¿Qué buscan? —nos preguntó el fulano con tono pretendidamente autoritario.

—Queremos hablar con Ramón Pelayo. Tenemos una cita con él — apuntó Moreno en tono igualmente desagradable.

—Eso es imposible, está de vacaciones. Vuelvan el mes que viene.

¿De vacaciones? ¿Se había ido de vacaciones con ella? ¿Había sido capaz de dejarme plantado con los billetes de nuestro viaje a Marruecos en la mano para largarse con ese cabrón? La aseveración de aquel tipo me atravesó como un cuchillo. Un empujón de Moreno fue lo que me obligó a reaccionar.

—Ah, sí... Oiga... —intervine precipitadamente cuando el fulano ya empezaba a darnos la espalda—. Soy Carlos González, empleado de la inmobiliaria. Tengo que dejar en su casa unos papeles muy urgentes. Mire, aquí tiene mi documentación y...

—Tengo órdenes de no dejar pasar a nadie.

—Será solo un momento. Son unos documentos de enorme valor que han de estar en su mesa tan pronto regrese.

—Entréguemelos a mí y yo los dejaré en la casa —me contestó.

—No. Son confidenciales y soy la única persona autorizada a manejarlos. Soy su hombre de confianza. Llevo casi veinte años trabajando para él. Mire.

Saqué de mi cartera una tarjeta de la inmobiliaria con mi nombre y mi rimbombante cargo: RESPONSABLE DE LA SECCIÓN DE VENTAS. Aquello pareció ser suficiente para convencerlo y para que la puerta se abriese automáticamente permitiéndonos acceder al interior.

—¡No están! —grité compungido—. Se han largado al extranjero a disfrutar de su amor. ¿Te das cuenta?

—¡O quizás no! ¿Qué te hace pensar que ese esbirro nos ha dicho la verdad? Quizás se trate de una sucia patraña para que nos demos por vencidos y nos larguemos. Me jode decírtelo, pero tengo la corazonada de que se encuentran ahora mismo retozando en el interior de la casa.

—¡Joder! ¡No me digas eso!

—Bueno... Igual no están retozando. Igual están jugando al parchís, o resolviendo crucigramas... No tengo ni idea. De todas formas, tienes que dar sensación de fortaleza y no derrumbarte a cada paso.

Efectivamente, me estaba derrumbando, y la sola posibilidad de enfrentarme a mi jefe me hacía temblar como un flan. De buena gana me hubiese arrodillado ante Moreno para suplicarle que diese media vuelta. Pero no podía hacerlo. La cosa estaba clara: ahora o nunca.

—No sé qué voy a entregarle, no tengo ningún papel.

—Ten —dijo Moreno mientras sacaba un sobre y un periódico de la guantera—. Mete aquí algunas hojas y escribe su nombre.

De la entrada se accedía a una especie de patio andaluz, con fuente incluida, y de allí se volvía a enfilar un camino ancho y magníficamente asfaltado.

—¡Válgame Dios! Menuda choza tiene este tío —exclamó Moreno, culminando su afirmación con un silbido.

—Se ha hecho de oro a base de comprar y vender en el momento adecuado. Y de trabajarse a los políticos. Si yo te contara...

—Tú sabes muchas cosas sobre él. Puedes hacerle mucho daño si te lo propones. Utiliza esa información para joderle.

—Yo no soy ningún cabrón ni ningún soplón —reconocí—. ¡Pero si me obliga a serlo, lo seré!

—¡Eso es! ¡Así me gusta!

Recorrimos un buen trecho por entre jardines magníficamente cuidados y bordeando lo que parecía un pequeño campo de golf. Al final, desembocamos frente a un caserón enorme, donde otra figura corpulenta custodiaba la entrada.

—Ese es Alberto Peris, su guardaespaldas. Me conoce de la oficina. Con él no habrá problemas

—Es absurdo que esté aquí su guardaespaldas cuando él se ha marchado de vacaciones. ¿A quién demonios tiene que proteger? Aquí hay gato encerrado, amigo mío —aseveró Moreno.

—O puede ser que se haya quedado a custodiar la casa. Seguramente dentro hay cosas de gran valor.

—No. El que está dentro es tu jefe. Me juego lo que quieras. Por cierto, ¿está casado?

—Lo estuvo. Pero se divorció hará cosa de cuatro o cinco años. Últimamente se rumoreaba que tenía un nuevo amor. Él es muy hermético para sus cosas y en la oficina no sabemos casi nada de su vida. Lo que está claro es que tiene el dinero suficiente como para engatusar a cualquier mujer.

—A cualquier mujer que esté dispuesta a venderse —puntualizó Moreno.

—Te aseguro que Martina no es de esa clase de mujeres. Si está con él, no es por eso.

—Bueno... Ya seguiremos con ese tema. Ahora hay que estar

atentos. Puede haber indicios de su presencia donde menos lo esperemos.

El guardaespaldas nos invitó a aparcar en una esquina del jardín y avanzamos con paso lento hacia el edificio bajo su atenta mirada.

—Mucho ojo a partir de ahora —volvió a sugerirme Moreno.

Caminamos hacia la puerta en medio de un silencio absoluto y, una vez allí, nos abrió su ama de llaves de toda la vida, una tal Micaela. Yo la conocía de alguna conversación telefónica mantenida con ella.

—Buenas tardes, Micaela. Soy Carlos González. Creo que usted y yo nos conocemos de haber hablado alguna vez por teléfono. ¿Podría decir al señor Pelayo que me gustaría hablar con él por un asunto de la empresa?

—El señor está fuera y no regresará en una o dos semanas. Me ha comentado Sergio que traían unos documentos para él…

—Sí, pero…

—Traiga —dijo mientras me arrebataba el sobre—. Los dejaré en su despacho.

—¿Cuánto tiempo hace que se fue? —inquirió Moreno con un brillo malicioso en los ojos.

Micaela no pudo reprimir una mueca de desconcierto antes de contestar.

—Me pidió encarecidamente que no informase a nadie sobre ese viaje. Quería descansar y desconectar de todo.

—¿Se ha ido solo?

—Mire. A Carlos lo conozco, pero usted no sé quién es. Como ya les he dicho anteriormente, el señor me insistió mucho en que no diera detalles de su viaje a nadie. Necesitaba un descanso e insistió en que fuera especialmente discreta. De modo que si no desean otra cosa…

Permanecimos en silencio unos segundos, los suficientes para que una chica negra y altísima se situase justo delante de Micaela presta a recibir alguna orden.

—¡Brenda! —le dijo—. Deja esto en el despacho del señor.

La tal Brenda recogió en silencio el sobre y, contoneándose con aires de gacela, desapareció a través de un pasillo luminoso.

—¿Es eso todo? —preguntó Micaela con tono de punto final.

—Solo una pregunta más —inquirió Moreno—. ¿A qué vienen todas estas medidas de seguridad?

—Son las normales. Sergio y Alberto son empleados del señor y trabajan aquí todo el año.

Se cerró la puerta a escasos centímetros de nuestras narices sin darnos tiempo a reaccionar. Bajando los escalones de una piedra blanquísima, inspeccioné con disimulo las puertas del garaje cerradas a cal y canto y el escaso espacio de la casa que dejaban visible algunas cortinas mal cerradas. Nada de nada. Martina podía estar tras aquellas paredes, podía incluso estar viéndome caminar hacia el coche, y yo me marchaba con la triste sensación de haber perdido el tiempo.

Miré hacia Moreno con gesto resignado, pero este, lejos de compartir mi expresión contrariada, sonreía como un niño travieso.

—¿Qué pasa? ¿Por qué te ríes? ¿Has visto algo? —le pregunté tan pronto volví a ocupar mi asiento.

—He visto todo lo que tenía que ver. ¿Tú no has visto nada?

—No.

—¡Parece mentira! ¿Nada de nada?

—Nada.

—¡Válgame Dios! ¡Valiente observador! Anda, saca la foto.

Eché mano a mi cartera y se la di algo molesto de estar siempre a remolque de sus consideraciones o deducciones.

—¿A qué te suena esta cara? —dijo señalando a la chica negra que abrazaba al chulo por la espalda.

—¡Joder! Ahora que lo dices… ¿Tú crees qué…? —dije recordando de pronto a la criada negra de Pelayo.

—No es que lo crea. Lo afirmo.

La miré dos o tres veces más y, aparte del color de la piel y de la enorme estatura, no lograba sacarle demasiados parecidos.

—A mí todas las negras me parecen iguales.

—Pues a mí no. Fíjate bien. Tiene un peinado distinto, y va maquillada de un modo diferente, pero es ella. Observa la forma de los labios y…

—Oye, todas las negras tienen los labios muy parecidos. No pretenderás hacerme creer que por ese simple detalle eres capaz…

—Sí. Sí que lo soy. Podría distinguir a esta negra entre cien negras. ¿Todavía no te fías de mí?

Hablaba con tanta seguridad que me fue imposible rebatirle. Además, le avalaba su éxito con Patricia. No cabía duda alguna de que estaba ante un fisonomista de excepción, y así se lo reconocí mirándole entre sorprendido y admirado.

—Esta foto es la clave de todo. Después de ver a esa chica, estoy convencido de que Pelayo conoce a tu mujer desde hace tiempo. Ahora, lo que tenemos que averiguar es qué demonios les une, qué demonios la llevó a abandonarte el otro día y a reunirse de modo tan urgente con él.

Salimos de la finca a toda pastilla. El sol, cada vez más débil, comenzaba a diluirse en el horizonte.

—Y la única respuesta posible la tenemos en Zaragoza. Hay que hablar con Regina cuanto antes —me dijo.

Luego, y dejando pocas dudas sobre quien llevaba la voz cantante, concluyó:

—Te concedo doce horas de descanso y te espero mañana a las ocho debajo de tu casa, ¿vale?

Después, sacó un cigarro y murmuró satisfecho:

—Si no fuera por mí…

# Capítulo 7.
# REGINA

El miedo es, sin duda, uno de los sentimientos más desconcertantes en su forma y en sus efectos. A veces nos paraliza —nos quedamos quietos como estatuas presintiendo la cercanía del peligro, y nuestra respiración se hace pausada y silenciosa en un intento de fundirnos con el entorno y hacernos así invisibles—, y otras, por el contrario, nos hace reaccionar de manera violenta como respuesta a lo que intuimos es una amenaza inminente, una agresión por parte de otros, o una pérdida. Y entonces nuestros pies o nuestras manos entran en acción sin pedirnos permiso y desencadenan efectos imposibles de controlar. De esta última forma se manifestó el miedo en Regina cuando yo pronuncié ante su puerta aquellas palabras fatídicas:

—Vengo de parte de Martina Quirós. Soy su marido y me gustaría hablar con usted.

Regina nos había abierto su puerta sin reservas y con una sonrisa amable en los labios. Era una mujer que bordeaba la treintena —algo mayor que Martina—, no muy alta, morena, de aspecto bonachón y saludable, y que, a pesar de vivir en un barrio destartalado y oscuro —su vivienda se alzaba en un cuarto piso sin ascensor y en una escalera de paredes descascarilladas y llenas de inscripciones hechas a punta de navaja—, parecía haber logrado erigir tras aquella vetusta puerta un rincón en apariencia habitable y digno.

En la célebre foto de la discoteca destacaba por su exuberancia de formas y su pose menos forzada que la del resto. «No es que se la vea henchida de felicidad —convine con Moreno—, pero al menos parece menos atormentada que las otras». Y cuando la tuvimos delante enfocándonos con sus ojos oscuros y francos, algo en ella nos animó a tratarla con la familiaridad con que uno se dirige a una amiga. Pero fue al escuchar el nombre de Martina cuando su gesto amistoso se evaporó como por arte de magia.

—No conozco a esa mujer. No sé de quién me hablan —acertó a decir mientras le cambiaba el color de la cara e intentaba con sus manos, movidas evidentemente por el miedo, cerrar la puerta y borrar nuestra presencia.

Empujados por el enorme interés que nos suscitaba hablar con ella, llegamos a forcejear ligeramente en un intento de no perderla, pero todo fue en vano.

—¡Por favor! Déjenme cerrar la puerta o llamo a la policía.

—Oiga, no sé qué motivos tendrá para ponerse así, pero le juro que no queremos lastimarle ni… —Fue un portazo seco y sonoro el que dejó mi frase a medio terminar y los dedos de Moreno en un tris de llevarse la peor parte.

Cada uno de nosotros reaccionó de la forma en que se lo ordenaba su carácter. Yo, meditando sobre qué actitud sería la pertinente en circunstancias tan adversas, y mi amigo aporreando la puerta con insistencia, al tiempo que gritaba el que suponíamos era su nombre.

—¡Regina! ¡Regina, por favor, ábranos! Hemos venido desde muy lejos para hablar con usted.

No fue la puerta de Regina la que se abrió, sino justo la de enfrente. Y quien se nos quedó mirando con cara de pocos amigos fue una mujer de más de setenta años sin otra indumentaria que un camisón raído sobre los hombros y un grueso e inquietante bastón negro en su mano derecha.

—¡Qué escándalo es este! ¿No ven que la muchacha no quiere recibirles? ¿Cómo demonios tienen que decírselo?

—Solo pretendíamos hablar con ella, no queríamos hacerle ningún daño. ¿Por qué no la llama usted y le dice que...?

—¡Yo...! ¡Estaría bueno! Si les ha dado con la puerta en las narices será por algo. Regina sabe de sobra con qué tipo de «machitos» es mejor no hablar. Lo que ocurre es que no tiene quien la proteja, y eso no es bueno para una mujer que ha de ganarse la vida tratando con carroña.

De modo que ya disponíamos de los dos primeros datos sobre ella: efectivamente se llamaba Regina y efectivamente se dedicaba al oficio más antiguo del mundo.

—Oiga. Es posible que no nos crea, pero nosotros veníamos con una intención muy respetable...

—Pues claro que es respetable —nos malentendió la vieja, quizás algo sorda—. Tiene un hijo que alimentar y no duda en salir a la calle a buscarle el pan. Es una buena madre. No es de esas que los abandonan.

Se nos quedó mirando durante unos segundos de forma retadora. Tenía vividas, sin duda, muchas noches de vino y de trifulcas; demasiadas situaciones difíciles acumuladas en el fondo de los ojos para que se arredrara ante nosotros.

—¿Hace mucho tiempo que Regina vive aquí? —pregunté lo más educadamente que pude.

Continuó su inspección visual cada vez más llena de desconfianza, y luego, y a modo de contestación y de advertencia, nos dijo:

—No se metan con esa chica. Es buena. La han maltratado mucho, ha sufrido mucho y, sin embargo, solo piensa en cómo hacer favores a la gente y en cómo sacar adelante a su hijo. A mí me ayuda. Es la única persona en el mundo que me pregunta de vez en cuando si me apetece una taza de café o si me queda comida en la nevera. Vende su cuerpo porque no tiene otra cosa que vender. También yo lo vendí de joven, y puedo asegurarles que en mi vida he hecho mal a nadie. No sé si serán policías o chulos, pero sean lo que sean, ya están marchándose de aquí con viento fresco.

—No sabrá si anteriormente trabajó en algún *cabaret*...

—¡Fuera de aquí! ¡No tengo por qué darles explicaciones de nada!

—¡Somos persones libres en un país libre —recalcó Moreno— y no será una vieja chocha como usted la que nos diga lo que tenemos que hacer!

—¿Me han llamado chocha? ¿Me han llamado vieja chocha? ¡Rafael, ven aquí!

Un escalofrío nos recorrió el espinazo a la espera del tal Rafael. ¿A quién se referiría? ¿A otro anciano loco? ¿A algún hijo esquizofrénico y de instintos asesinos? De pronto, como surgido de una novela de Conan Doyle, se plantó ante nosotros un perrazo negro que parecía disfrutar enseñándonos su buena colección de dientes. Un ejemplar de esos que te quitan las ganas de seguir discutiendo o de continuar haciendo preguntas.

—Bueno, bueno —exclamamos a coro—. No hace falta que se ponga usted así. Nos vamos. Pero que conste que veníamos con la mejor de las intenciones.

El perro comenzó a ladrar de forma harto elocuente, mientras nosotros retrocedíamos haciendo gestos ostensibles de calma con las manos. A continuación, nos lanzamos escaleras abajo como alma que lleva el diablo. Fue a la altura del primer piso donde nos detuvimos y meditamos sobre la postura a tomar.

—¡Maldita vieja! ¡La madre que la parió! —se lamentó Moreno todavía no muy repuesto del susto—. No nos queda otro remedio que esperar a Regina en el portal. Es de suponer que en algún momento tendrá que salir a buscar algo, o a comprar algo... Quién podía imaginar este contratiempo.

No fue en el portal donde nos instalamos, sino en un pequeño parque destartalado compuesto por un par de columpios, un tobogán, del cual era imposible deducir su color primitivo, y dos bancos de madera enterrados entre cáscaras de pipas. No era el mejor lugar para aposentar nuestros traseros, pero desde allí se vigilaba toda la calle.

—¿Por qué crees que reaccionó de esa manera al oír el nombre de Martina? —pregunté a mi circunspecto amigo mientras pisoteaba las cáscaras.

—Es evidente que tu chica no le trae buenos recuerdos. Quizás no se llevasen bien. Pero esta mujer es la clave. Es otra de las de la foto. ¿Te das cuenta de lo bien que nos están saliendo las cosas? No podemos irnos de aquí sin haber hablado con ella. Si es necesario esperar, esperaremos.

Que para bucear en el pasado secreto de Martina me viese obligado a entrevistarme con una puta de Zaragoza era un dato que hablaba por sí solo sobre la magnitud de mi infortunio. ¿Con qué clase de persona había convivido aquellos tres últimos años? Y que, para lograrlo, tuviésemos que permanecer allí sentados cual desocupada pareja de adolescentes, no parecía sino una nueva jugarreta del destino.

Miré hacia mi derecha y percibí la figura enérgica y algo melancólica de Moreno; después, hacia mi izquierda, y solo me llegó un suave viento del sur y el olor de los pucheros que ya se preparaban en las casas y en alguno de los bares que salpicaban la calle. Una calle acostumbrada al movimiento perpetuo y al trabajo.

Y, entonces, desde aquel silencio mantenido por ambos, hube de reconocer que no estaba nada mal el hecho de tener al bueno de Moreno compartiendo mis emociones y mis disgustos. Él también había buscado respuestas durante años sin encontrarlas. Él también lo habría dado todo por estar sentado, como yo, frente a una pared que prometía descubrimientos y verdades. A él ninguna puta de Zaragoza podía consolarle ni matarle. No hay cuchillo más punzante que el de la incertidumbre y más cuando sabemos que esta será eterna. En su interior, dos lecturas contrapuestas de la realidad se enfrentaban cada día en despiadado combate, y el campo de batalla era su alma, y no había vencedores ni vencidos, ni desenlaces felices o fatales, solo una pelea continua que amenazaba con hacerle trizas. Por eso, tras aquel mostrador trastocado en trinchera de su bar, siempre estaba dispuesto a escuchar cualquier historia para aplazar ese momento maldito de tener que escucharse a sí mismo, de tener que consolarse a sí mismo.

Pasada algo más de una hora, y cuando el hambre parecía a punto de vencernos, la vimos salir clandestina y temerosa en compañía de un niño. Unas gafas oscuras y el pelo recogido en un moño intentaban hacerla invisible, pero la reconocimos al instante. Apenas nos vio, se quedó inmóvil durante unos segundos, como si pretendiese estudiarnos o adelantarse a nuestras intenciones. Después, echó a correr con el niño entre los brazos hasta que se la tragó el ajetreo de una calle contigua llena de tráfico y de tiendas. Moreno y yo salimos tras su estela exhibiendo la rapidez de dos tortugas reumáticas, y al doblar la segunda de las esquinas ya no hallamos ningún resquicio de su presencia.

—¿La ves? —me preguntó Moreno.

—No. Está claro que nos ha dado esquinazo.

—Pero es imposible, llevaba un niño en brazos. No ha podido correr más que nosotros

—Es inútil —reconocí entre jadeos—. Con lo fácil que resulta en las películas y lo jodido que es en la realidad. Me parece que a este paso no vamos a conseguir nada. Somos un completo desastre.

—¡Oye, no seas derrotista! ¡Lo estamos haciendo muy bien! —protestó Moreno visiblemente molesto—. Ya sabemos el nombre de tres de las chicas. ¿Cuántos detectives profesionales hubiesen logrado eso en tan poco tiempo? Posiblemente ninguno. Solo nos falta rematar la faena. Tarde o temprano tendrá que volver a casa, y te aseguro que esta vez responderá a nuestras preguntas por las buenas o por las malas. Pero ahora, y mientras hacemos tiempo, ¿qué tal si nos metemos en alguno de estos bares y comemos algo? No sé a ti, pero a mí me resulta más fácil pensar con el estómago lleno.

Y así fue cómo terminamos felizmente acomodados en un modesto bar de los de futbolín de madera y menú del día. Un bar que, por no dar demasiadas vueltas, se alzaba justo al lado del portal de Regina y era punto confluente de obreros de la construcción, estudiantes de bajo presupuesto y las empleadas de una peluquería de la zona.

—¿Qué va a ser? —nos preguntó un camarero con pintas de presidiario.

—Yo, un buen plato de judías con chorizo —escogió Moreno sin pensárselo dos veces, e invitándome con ostensibles gestos a que me sumase a su elección.

Y para cuando quisimos darnos cuenta, ya nos habíamos metido entre pecho y espalda doble plato de potaje y un redondo de ternera con patatas que casi nos hace olvidar el verdadero motivo de nuestra estancia allí. Fue a los postres cuando de nuevo surgió el tema:

—No hay nada como una buena comida para verlo todo de otro color —sentenció Moreno—. En cuanto terminemos el postre, volvemos al tajo. Y te digo yo que esta vez nos deja entrar por cojones. ¡Ni perros, ni viejas, ni hostias! Si hace falta mando la puerta a tomar viento. Es una pena no haber acertado en la forma de presentarnos —me dijo tras beber otro sorbo de vino—. Igual de haberlo hecho como amigos de Marcia o de su hermana, nos hubiese dejado pasar sin mayores problemas. También es casualidad que fueran precisamente Martina y ella las que no tenían buena relación.

—Pues esa es otra de las cosas que no entiendo. Si algo destaca en Martina es su buen carácter. Es casi imposible discutir con ella.

Moreno sonrió con cierta ironía.

—¿De qué te ríes?

—De que la tienes en un pedestal, y de que estás enamorado como un perro.

—¿Y eso es malo?

—No. Es bueno, pero muy doloroso.

Estuvimos un buen rato sin hablar, y en aquel paréntesis comunicativo me dio por pensar en el hijo de Regina y en sus tristes circunstancias. Me lo imaginé creciendo marcado por la inexistencia de un padre y sobreviviendo cada día gracias a los esfuerzos y penurias de aquella mujer luchadora. «Tiene un hijo que alimentar y no duda en salir a la calle a buscarle el pan», nos había dicho la vecina. Supuse que cada bloc, cada lápiz y cada jersey del niño estarían fatalmente teñidos del olor penetrante de los bares de alterne, del frío y de las noches en vela que los habían hecho posibles.

—Estoy pensando en el hijo de Regina. Yo conocí a muchos chavales como él en el barrio de Madrid donde vivíamos. La mayoría procedían de matrimonios rotos o de madres que se habían quedado preñadas muy jóvenes y a las que el novio había abandonado. Crecían en la calle. Con once o doce años, probaban los primeros porros y dejaban de acudir al colegio. Los hijos de las que fregaban portales eran los que peor lo tenían porque de ellos no podía ocuparse nadie. Las que se dedicaban a la prostitución manejaban más dinero y, curiosamente, hasta disponían de más tiempo para ejercer el papel de madres. Algunas hasta se permitían el lujo de llevar a sus hijos a internados donde lograban salvarlos, alejarlos definitivamente del barrio y sus tentaciones. Muchos de mis amigos de entonces, buenos chavales con los que yo jugaba al fútbol o al billar, eran chicos de aquellos. Pocos pudieron salvarse de la droga y del SIDA. Hasta yo mismo estuve en peligro de haber sucumbido a toda aquella mierda. Creo que fueron los buenos consejos y el hecho de tener una familia como Dios manda lo que me salvó.

No hubo tiempo para más. En el bar se había iniciado un trajín de gente saliendo y entrando que, de haber estado más atentos, a buen seguro nos habría puesto sobre aviso. Desgraciadamente, para cuando quisimos darnos cuenta, ya teníamos enfrente a un tipo alto y bigotudo moviendo una placa brillante a la altura de nuestros ojos.

—Policía. Están ustedes detenidos. Levántense de la mesa y hagan el favor de acompañarme.

—Supongo que será una broma…

—Mi compañero, el agente Gutiérrez, tendrá sumo placer en leerles sus derechos si así lo requieren.

—Pero ¿qué diablos está diciendo? ¿De qué se nos acusa?

—De intento de asesinato sobre la persona de Regina Matalobos. Está muy grave.

—Pero si nosotros no hemos hecho nada…

—Hay testigos de que han intentado abordarla en su casa y de que la han perseguido después cuando llevaba a su hijo al colegio. Tiene tres puñaladas en el cuerpo, y me temo que todo apunta hacia ustedes. No tengo nada más que decirles.

—No puede ser. Esto es una locura…

Salimos del bar escoltados por tres policías de paisano y un agente municipal. Desde uno de los balcones más altos, la vieja dando voces y el perro ladrando al unísono aplaudían entusiasmados nuestro viaje precipitado hacia el infierno.

# Capítulo 8.
# LAS SIETE MAGNÍFICAS

Moreno se empeñó en llamar a su abogado: un viejo picapleitos que solía frecuentar el bar y que destacaba tanto por su escaso prestigio profesional como por su afición desmesurada a la bebida. Yo lo conocía de vista, de la época en que solíamos compartir la barra, y nunca logré disociar su imagen de un perpetuo vaso de güisqui y el aire lánguido de quien ya está de vuelta.

Se pasó Moreno toda la tarde intentando localizarlo sin éxito.

—Quizás esté jugando al póquer —me confesó a modo de inquietante revelación—. De todos modos, te puedo asegurar que es un extraordinario profesional.

Quizás le faltó un punto de franqueza para atreverse a apostillar: «Cuando está sobrio». O prefirió no acrecentar mi desasosiego con aquel detalle y lo pasó por alto. Aun así, tenía gran confianza en él y, cada pocos minutos, pedía permiso para abandonar aquella especie de calabozo en que estábamos confinados y poner a prueba su paciencia y sus nervios dejando que las señales de llamada discurriesen pausadas hasta agotarse y desvanecerse.

Jamás le había visto tan hundido. Él, que se jactaba de haber sabido capear los mayores temporales de la vida, vagaba ahora como alma en pena sin poder contener su furia ni dejar de lamentarse de aquella situación que, por otra parte, no dejaba de serle familiar.

—Si yo te contara la de veces que he estado detenido... Las

tengo pasadas de todos los colores en tiempos de Franco. Y en unas comisarías que te pondrían los pelos de punta con solo verlas —me confesó—. Pero era por una causa justa, por algo digno, no bajo la acusación de haber querido matar a una pobre desgraciada que encima es madre de un mocoso —se lamentaba.

Y aunque no percibí matiz alguno de reproche en sus palabras, me sentía culpable de todo cuanto nos pasaba y obligado a sugerir raquíticos motivos de ánimo o de consuelo.

—Esto va a solucionarse —le decía en un tono de falsa seguridad—. Tiene que solucionarse porque somos inocentes, y la verdad siempre triunfa —«Al menos en las películas», pensaba para mí.

Me parecía imposible que un tipo como yo, tan escrupulosamente cumplidor de las leyes, se viera ahora poco menos que arrojado al corredor de la muerte. Me sentía mal, y la expresión entre perpleja y abatida de mi amigo no colaboraba a disipar aquel ambiente de tragedia.

Según avanzó la tarde, el lugar se fue animando con la llegada de nuevos detenidos: algunos acusados de conducir con una copa de más, otros acusados de robar coches o carteras, y la mayoría sorprendidos mientras traficaban en la calle o cerca de las discotecas y bares de moda. Todos ellos protagonistas de delitos menores en comparación con el nuestro. De pecadillos veniales de la delincuencia que se saldarían con una noche de encierro o una pequeña sanción económica. Nosotros, en cambio, aguardábamos fúnebres el momento de pasar a disposición judicial e incluso se nos había advertido de la conveniencia de buscarnos un buen abogado. Por eso mismo insistía Moreno en sus llamadas desesperadas a Valcárcel —menudo nombrecito el del picapleitos—, y por eso también se le estaba apagando el brillo de los ojos y se le iba perfilando aquella cara de cadáver. Al final nos quedamos quietos como estatuas, el uno frente al otro, sin ganas de hablar ni de movernos, preguntándonos desasosegados por el estado actual de Regina —tal vez en aquellos momentos agonizando y sin capacidad para delatar a su auténtico agresor—, y por la reacción de nuestros seres más próximos al enterarse de la noticia: la madre de Moreno —tan religiosa ella—, Martina —donde quiera que estuviese—, mis amigos de la oficina —tan cotillas—, un hermano de mi madre que vivía en Barcelona, Pelayo... Qué pensarían todos ellos, me preguntaba, cuando supieran de nuestras terribles circunstancias, quizás enterándose de las mismas por el telediario, o por alguno de esos programas morbosos tan de moda en la televisión y dedicados exclusivamente a chapotear en todo tipo de sucesos y de crímenes. Programas donde se entrevistaba a los asesinos y a parientes de los asesinos, y a parientes de las víctimas, e incluso a las propias víctimas si estas aún eran capaces de articular palabra al tiempo que estiraban la pata.

Pasamos la noche en una minúscula habitación pintada de un color indefinible. Por ser sospechosos de asesinato se nos separó del resto de los detenidos de aquel día. No sé si alguno de los dos llegó a dormir; yo desde luego no pude. Fue a primera hora de la mañana cuando nos sobresaltó una voz ronca y con acento andaluz.

—¡Venga, muchachos! El inspector quiere hablar con vosotros.

Salimos del calabozo tambaleándonos y nos reunimos en el vestíbulo de la comisaría con un individuo trajeado y extrañamente sonriente.

—Acompáñenme a mi despacho, por favor.

Nos introdujo en un habitáculo pequeño e impersonal —todo era minúsculo en aquel edificio—, y nos invitó a sentarnos en dos sillas de formica con las patas roñosas.

—Voy a empezar presentándome. Soy el inspector Francisco Gándara.

Aparentaba unos cincuenta años y fumaba un puro enorme. Guardó unos segundos de prudente silencio y, a continuación, entró en harina.

—Han tenido mucha suerte —dijo mirándonos con gravedad—. Regina Matalobos está fuera de peligro. Es una mujer fuerte y, aunque recuperarse de las lesiones le llevará algún tiempo, hemos conseguido tomarle declaración hace apenas unos minutos. Nos ha dicho el nombre del agresor, con lo que ustedes quedan libres sin cargos.

Resoplamos aliviados, sonriendo por primera vez desde hacía muchas horas.

—No obstante… —recalcó el inspector interrumpiendo nuestras muestras de alivio—, quiero que me contesten a algunas preguntas.

Se hizo otro breve silencio que él aprovechó para abrir una gruesa carpeta, y luego prosiguió:

—Si a la buena de Regina Matalobos le hubiese dado por «estirar la pata», la situación de ustedes en este momento sería francamente desesperada. Contábamos con dos testimonios en su contra: uno, el de una vecina de la víctima, Dña. Clotilde Espino, que ayer testificó haberles visto merodear por la casa durante toda la mañana, y que les definió como dos tipos violentos y de aspecto muy sospechoso; y otro, el del dependiente de una tienda de ultramarinos, don Antonio Pacheco, que les vio correr tras la víctima justo unos minutos antes del intento de asesinato. Estas dos declaraciones, junto a la circunstancia de que nadie fuese testigo directo del apuñalamiento, les colocaban en teoría como máximos sospechosos del delito. No para mí —apuntilló con la sonrisa autosuficiente de quien cree que se las sabe todas—, que tengo sobrada experiencia en este tipo de casos, y me es difícil suponerles con la sangre fría suficiente como para, después de dejar medio muerta a una mujer, meterse en el bar más próximo al domicilio de esta y ponerse hasta las trancas de judías con chorizo, pero sí posiblemente para las personas que tuviesen la difícil misión de juzgarles. Yo, además, conocía datos del pasado de esa mujer que orientaban las sospechas en otra dirección. Pero no soy juez, y por eso mismo les he dicho que su situación era decididamente complicada. Así que ahora, y algo más tranquilos, me encantaría oír su respuesta a la siguiente pregunta: ¿qué coño pintaban ustedes persiguiendo a esa mujer en un día tan inoportuno como el de ayer?

Le conté toda la historia. Le hablé de la extraña desaparición de Martina, de la foto con aquella inquietante frase que encontré en su bolso —este detalle interesó especialmente al inspector—, de la amistad que me unía con Moreno y que hizo que este se incorporara a la aventura, de su memoria portentosa que me llevó a dar con Patricia primero y luego con Regina, de nuestra excursión hasta Zaragoza para hablar con ella y de los líos en la escalera con la vieja y el perro. Eludí voluntariamente sacar a colación el nombre de Pelayo. Esa vertiente escabrosa del asunto la consideraba demasiado personal como para meter a la policía de por medio. Lo que hubiese pendiente entre mi jefe y yo tendríamos que dilucidarlo de hombre a hombre, sin intermediarios ni interferencias legales. Además, tenía las ideas demasiado confusas como para estar seguro de nada. Tampoco consideré oportuno hablarle de la visión fugaz de la negrita en la mansión de Pelayo; otro suceso que ahora percibía más próximo a la alucinación que a la realidad.

—También quiero advertirle sobre la posibilidad de que Martina esté corriendo un grave peligro —me dijo—. Estamos ante el caso de un psicópata sin escrúpulos dispuesto a llevar a cabo una vieja y muy acariciada venganza. Además, y no sé si estaré en lo cierto, de sus palabras anteriores me ha parecido deducir una cierta ignorancia sobre el pasado de la que viene siendo su actual compañera sentimental. ¿Es así?

Me sentí molesto e incluso creo que llegué a ruborizarme un poco. Es terrible que un desconocido tenga que iluminarnos sobre el pasado de la mujer con la que convivimos y a la que amamos. Aun así, tuve que reconocerlo.

—Sí. Por lo que veo, lo desconozco casi todo.

—¿No ha oído hablar de *Las siete magníficas*?

Me traía a la memoria el título de una película del oeste y el de una célebre delantera del equipo de fútbol de aquella ciudad, pero la variante femenina del término me era completamente desconocida.

—No.

—¿Y usted? —preguntó dirigiéndose a Moreno, que sorprendentemente aún no había abierto la boca.

Hizo un gesto de negación con la cabeza, lo que dio pie a que el inspector, tras un ligero carraspeo, prosiguiera con su explicación:

—Les estoy hablando de la compañía de..., digamos *vedettes*, más famosa que ha tenido esta ciudad en los últimos tiempos. Fue todo un fenómeno social hará cinco o seis años. Un caso de homicidio, que me tocó seguir muy de cerca, puso fin a aquel exitoso grupo, y sacó a la luz todo un mundo de sordidez y de horrores que fue muy comentado por la prensa y, en general, por la opinión pública de Zaragoza.

Me mostró una gruesa carpeta y, mirándome, me dijo:

—Aquí está todo.

Todo lo que podía herirme, o matarme, o desengañarme. Todo lo que estaba obligado a saber.

—No sé cómo pedírselo —le dije—, pero me gustaría que me contase, aunque fuese a grandes rasgos, qué fue lo que sucedió.

—¿De verdad quiere saberlo?

—Por supuesto que quiero saberlo.

—¿Aunque su amigo esté delante?

—Sí.

—No tenemos mucho tiempo, pero si usted se compromete desde ahora a colaborar con nosotros, yo estaría dispuesto a contarle algunas cosas. ¿De acuerdo?

Asentí con determinación y luego le pregunté:

—¿Usted conoce a Martina?

—Sí. La conocí mejor a raíz de la investigación, pero he de confesar que había asistido a alguna de sus actuaciones. Como ya le he dicho antes, hubo pocos hombres en Zaragoza que se perdiesen el *show* de *Las siete magníficas*, y yo no fui una excepción.

—¿Dónde actuaban? —pregunté.

—En cualquier sitio donde hubiese un pequeño escenario y una manada de machos en celo dispuestos a divertirse. Creo que se recorrieron casi todas las salas de fiesta y tugurios de Aragón, pero sin llegar a tener un local propio o fijo. Su hogar y medio de transporte era una autocaravana roja de grandes dimensiones. Una autocaravana que era frecuente toparse cuando se transitaba por estas carreteras. Allí convivían las siete chicas y Lorenzo Andrade, el hombre de la foto, y el tipo a quien Regina ha acusado esta misma mañana de intento de asesinato. Un canalla en toda regla que ejercía de chulo, de mánager, de protagonista del espectáculo y de proxeneta. El cabrón, y perdonen que utilice este término, pero es el que mejor se adapta a su personalidad, era una especie de superdotado sexual que, después de que las siete chicas bailasen sobre el escenario y se fuesen quitando la ropa, se las beneficiaba en vivo y en directo ante un público ávido de sensaciones fuertes. Un público mayoritariamente masculino que no cesaba de rugir y de gritar barbaridades. Estaba casado con una de ellas, no recuerdo ahora mismo con cual… —echó un vistazo a los papeles—. ¡Ah, sí! Con Antonia. Que, por cierto, falleció hará cosa de un año. Todavía recuerdo lo mucho que sufrió y sus visitas a la cárcel cada domingo cual si fuera el perro fiel de aquel miserable que tanto la había explotado y humillado. ¡Hay que ver hasta qué punto son dependientes algunas mujeres de los hombres que las maltratan! Es algo que nunca lograré entender.

Volvió a encender su puro lentamente y se recostó en el sillón.

—Porque si algo pudimos constatar cuando nos metimos a saco en las interioridades de aquel grupo humano fue que Lorenzo las torturaba, las vejaba y las explotaba de la forma más terrible que ustedes puedan imaginarse. Yo tuve la ocasión de interrogarlas a raíz de los sucesos que vinieron más tarde, y me contaron cosas que ponen los pelos de punta.

Me miró como si pudiese leer en mis ojos y, adelantándose a mis pensamientos, me dijo:

—A usted quizás no le dijo nada por temor a hacerle daño, o porque a veces el no contar las cosas es también una forma de olvidarlas, de arrinconarlas... No todo el mundo está preparado para desvelar un pasado tan difícil a la persona que ama. El hecho de no querer contárselo, en el fondo, no deja de ser una prueba evidente de que usted le importaba —sentenció a modo de consuelo—. Mire —dijo sosteniendo una foto sacada de la carpeta—, esta es otra de las fotos promocionales del grupo. Aquí están todas: Brenda, Regina, Antonia, Dominique, Marcia, Brígida y... Martina.

¡No podía ser! Me lo estaban demostrando y yo seguía empeñado en no creerlo. No podía aceptar que Martina, mi Mar, hubiese sido en otro tiempo una vulgar ramera de esas que bailan desnudas ante un puñado de indeseables. Tenía que haber un error, tenía que tratarse de una broma de mal gusto. Ella era una mujer muy especial, una artista llena de sensibilidad y capaz de plasmar en un lienzo toda la belleza de un paisaje o los mil matices de un rostro. Ella no podía haber caído tan bajo. No. ¡Era imposible!

—Bueno, prosigamos. No sé por dónde iba. Ah, sí... Luego, y una vez acabada la función, cuando el auditorio estaba de lo más calentito, las muchachas se dejaban invitar por los clientes y, concertando el precio con Lorenzo, podías llevártelas a la cama de una en una, de dos en dos, o incluso a las siete juntas. Se comentó de un notario de Valencia que hacía esto último con cierta regularidad.

No pude más, me levanté de la silla y me dirigí hacia algún punto inconcreto del despacho como un zombi.

—Vamos, tranquilízate —me dijo Moreno, mientras el inspector me observaba con ojos que no podían ocultar una carga de sorna o de divertida conmiseración.

—Ya le he dicho hace un momento que esto no era precisamente una historia de Walt Disney. De usted depende que siga o...

—Siga, por favor —le ordené.

—El grupo era de lo más heterogéneo. Cuando las interrogué, me llevé algunas sorpresas. Había una dominicana, Brenda —ese nombre provocó entre Moreno y yo un cruce instantáneo de miradas—, una negrita preciosa que había llegado a España huyendo de la triste realidad de su país, y a la que Lorenzo reclutó en un «putiferio» de carretera comprándola a sus anteriores dueños. Una andaluza, Antonia, que, a pesar de ser su mujer legal, no por ello se libraba de las palizas y del trato carnal con los clientes, y que, debido a su carácter enormemente dependiente y simple, le seguía a todas partes de la forma más rastrera que puedan imaginarse. Una bailarina de ballet clásico bastante notable de nombre Marcia, chica muy atractiva y muy joven que..., quién sabe, quizás podía haber triunfado en el mundo de la danza de no haber caído en las garras de la droga y de aquel monstruo. Dominique, una francesa bella y frágil como el cristal, pero que por una raya de coca era capaz de hacer pactos hasta con el mismísimo diablo. Regina, el motivo que nos ha traído aquí, y a la que yo definiría como una buena mujer necesitada en extremo de dar y recibir afecto. Y, por último, Brígida y Martina: dos mujeres asombrosas con las que se podía hablar de arte bizantino o de los impresionistas franceses justo después de que alguna de ellas hubiese realizado con esmero un *striptease* privado en la habitación o un servicio erótico de lo más completo. Reconozco que me desconcertó enormemente el hecho de que dos mujeres de aquel nivel intelectual hubiesen podido terminar así. Eran refinadas, cultas... Luego me contaron que fue la necesidad de dinero en su etapa de estudiantes lo que las empujó a iniciarse en aquel tipo de vida. Empezaron como azafatas de congreso contratadas por una agencia de publicidad para poner la cara y lucir palmito en convenciones y simposios de todo pelaje.

Al principio se limitaron a entregar folletos o servir canapés, pero luego se les insinuó que, acompañando a ciertos tipos importantes el fin de semana, lograrían sacar tres o cuatro veces más dinero. Ellas aceptaron, pues eran dos jóvenes liberadas y sin demasiados prejuicios, y hasta llegaron a pensar que era un modo fácil y casi divertido de pagarse los estudios y acceder de paso a un mundo de lujos, gente distinguida y contactos interesantes. Pero no fue así. De pronto, y sin saber muy bien cómo, se vieron obligadas a prestar sus servicios a individuos indeseables, elementos del hampa que las arrastraron al mundo de las drogas y la vida peligrosa. A los pocos meses eran ya dos simples putas toxicómanas cuya única obsesión era encontrar el dinero suficiente para procurarse una dosis que les permitiera sobrevivir. Abandonaron la universidad y poco después terminaron viviendo en la calle como dos menesterosas. Martina no tenía padres, tan solo un hermano en Estados Unidos con el que no podía contar, y a Brígida, su familia le dio la espalda de un modo miserable. El panorama era muy negro, y cuando Lorenzo se las encontró malvendiendo su cuerpo en la Casa de Campo y les propuso un techo y droga a cambio de participar en su espectáculo, ellas aceptaron.

Gándara detuvo su relato para dar una calada profunda al puro y se hizo el más riguroso de los silencios. Yo, para entonces, hundida la cara entre las manos, no era capaz de decir nada. Solo quería morirme.

—¿Reconoce usted estas marcas? —me preguntó el inspector mientras me mostraba la foto de una mujer que, en primer plano y de espaldas, se recogía los cabellos para mostrar una nuca llena de señales y de cicatrices.

—Claro que sí. Las he visto muchas veces —le contesté—. Eran de Martina.

—Exacto.

—Ya no las tiene —le aclaré—. Un cirujano plástico se las quitó el año pasado. Su melena las ocultaba completamente, pero ella las odiaba y, desde que la conocí, siempre tuvo en mente el proyecto de eliminarlas.

—No me diga que nunca sintió curiosidad por saber cómo se las había producido.

—Por supuesto que sí —le contesté—. Eran unas marcas lo suficientemente aparatosas como para despertar el interés de cualquiera. Hablamos de ello en más de una ocasión y siempre me dijo que se debían a un accidente de la infancia. Unas quemaduras producto de un descuido doméstico.

Sacó algunas fotos más y puso ante mis ojos otras nucas con parecidas cicatrices. Otros cabellos levantados por otras manos, pero que ocultaban tras de sí un drama idéntico.

—Estas marcas se las hacía Lorenzo con cigarrillos y una cuchilla de afeitar cada vez que alguna de las chicas se mostraba rebelde o intentaba escapar. La razón por la que escogía esta zona y no otra para dar rienda suelta a su sadismo era la de su invisibilidad en el escenario. Quería hacer daño a las chicas, pero que nadie pudiese notarlo. La mercancía tenía que estar impoluta cuando se exhibiese en el espectáculo. Cuerpos perfectos compatibles con torturas terribles.

—¡Cómo se puede ser tan hijo de puta! —exclamó Moreno sin poder aguantarse—. Ese individuo no merece vivir.

—Pero vive y está suelto —contestó Gándara—. Han pasado tres años en la cárcel y ahora anda por ahí dando puñaladas.

—¿Y por qué demonios está en la calle? —pregunté.

—Al final se le declaró culpable de homicidio involuntario con la eximente de locura temporal, y eso, con buena conducta y un abogado al que se le pague lo necesario, puede salir relativamente barato.

—Por favor, cuéntenos qué pasó.

—Pasó lo que tenía que pasar. Llega un momento en que el vaso se desborda y ya no hay posibilidad de vuelta atrás. Todo empezó cuando uno de los clientes habituales, Sebastián Cuesta —un empresario muy solvente—, se interesó por Marcia de manera un tanto obsesiva. Lorenzo, como buen conocedor del negocio, era enormemente astuto y se mosqueaba cuando alguna de las chicas era solicitada con demasiada frecuencia por un mismo individuo. Sabía que eso, a la larga, podía traerle complicaciones. Marcia, por otra parte, y al igual que las demás, estaba harta de aquel infierno y dispuesta a todo con tal de abandonarlo. Había caído en él de un modo muy parecido a como lo habían hecho Martina y Brígida, empujada también por su adicción a las drogas y la posterior necesidad de dinero. Cuesta se enamoró perdidamente de ella y estaba dispuesto a redimirla de aquella vida miserable, de modo que, intuyendo la forma en que podían funcionar las cosas, habló con Lorenzo a la búsqueda de un acuerdo económico que liberase a la chica. En teoría, y desde el punto de vista legal, la muchacha se podía ir en cuanto quisiera, ya que no había ningún contrato laboral ni de otro tipo que la ligase a aquel pervertido, pero en el mundo de la prostitución la realidad tiene muy poco que ver con la legalidad, y el macarra es, «de facto», el dueño y señor absoluto de todo cuanto concierne a sus protegidas. Cuesta le ofreció una considerable suma de dinero, pero Lorenzo no aceptó. Marcia era una gran bailarina, y en el aspecto musical ella llevaba la voz cantante en el grupo. *Las siete magníficas* se hubiesen resentido enormemente con su marcha y, dado que el negocio funcionaba a las mil maravillas, no era cuestión de desestabilizarlo, así que su respuesta fue concluyente y negativa. Otros quizás se hubiesen dado por vencidos, pero Cuesta la amaba de verdad, y para ella significaba la posibilidad de acceder a una nueva vida. Así que planearon huir juntos. Acordaron hacerlo un domingo por la mañana cuando, después de la agotadora función sabatina, todos durmiesen. Y así fue cómo al domingo siguiente, y con una pequeña maleta en la mano, Marcia se armó de valor y se dirigió de puntillas hacia la puerta de la *roulotte*, mientras Cuesta la esperaba sentado al volante de su coche y con el corazón a punto de estallarle. Como pueden imaginarse, no es fácil escapar sin hacer ruido de un espacio tan angosto. Allí todos dormían apiñados; las chicas todas juntas en una zona de literas, y Lorenzo y Antonia en otro compartimento algo más independiente. De modo que lo que ocurrió a continuación fue tan inevitable como terrible. Lorenzo, desconfiado por naturaleza y con un sexto sentido que le avisaba de cada movimiento, notó algo extraño y se levantó sigiloso de la cama. Llegó justo a tiempo para sorprenderla cuando ya había logrado abrir la puerta con una copia clandestina de la llave y se disponía a dar el salto que la devolviese a la libertad. La cogió por el brazo y tiró de ella hacia dentro. Hubo golpes, arañazos, tirones de pelo... Por primera vez una de las chicas osó enfrentarse a él, y la pelea adquirió tintes de combate a muerte. Fue en medio de aquel escándalo de golpes y gritos cuando Cuesta accedió al interior y se abalanzó sobre Lorenzo. Parecía que entre los dos pares de brazos lograrían sujetarle y reducirle, pero no fue así. De un fuerte empujón, se desembarazó de Marcia y, luego, agarrando a Cuesta por las solapas, lo arrojó lleno de rabia contra el suelo. Lorenzo era, y por lo visto sigue siéndolo, un tipo violento por naturaleza y con el que siempre hay que estar alerta. Pero cuando realmente se transformaba en un ser irracional, cuando de verdad daba pánico, era cuando le entraban unos temblores rayanos en el paroxismo y se le cambiaba el color de la cara. A partir de ese momento su ira era incontenible y sus reacciones impredecibles. Y esa temida transformación fue la que las chicas contemplaron con horror en su proxeneta. Y con aquel rostro desencajado y aquellas convulsiones en sus brazos y en sus manos, fue cómo Lorenzo volvió a encararse con Cuesta para, sin piedad alguna, estrellar repetidamente la cabeza del desdichado empresario contra las paredes de la *roulotte*. Y debió de hacerlo numerosas veces hasta que la sangre dejó su rastro fatal por entre los muebles y los cristales rotos, hasta que Cuesta dejó de gritar y de quejarse porque ya no tenía capacidad para hacerlo ni fuerzas para huir ni aliento para respirar. Y fue en aquel momento cuando lo dejó caer como un fardo ante la mirada atónita y paralizada de las chicas. Y cuando debió de decir: «De lo que ha pasado aquí ni una palabra a nadie o de lo contrario os mato». Después, de sus entrañas de criminal, sacó la frialdad suficiente para tomar el mando de la situación y exigir la ayuda de todas ellas en la pesada tarea de introducir al desafortunado pretendiente en una bolsa de plástico de las que utilizaban para guardar los trajes, y posteriormente en el maletero de su propio coche. Habían actuado aquella noche en la discoteca Samurai — una de aquí, de Zaragoza, no sé si la conocen—, y estaban aparcados en una amplia y desierta explanada que hay delante, de modo que Lorenzo se sentía seguro y con la convicción de que nadie podía haberles visto ni oído. No había dejado de cavilar, mientras lo embalaban, sobre la forma más segura de desembarazarse de él, y creyó haberla encontrado. Solo era cuestión de llevarla a cabo con prontitud y destreza, pero antes tenía que propinar a Marcia el correctivo severo y ejemplarizante que se imponía en esos casos. El fiambre de Cuesta podía esperar en el interior del maletero, pero el rigor inapelable y cruel de su justicia todopoderosa, no. Así que se introdujo con ella en el pequeño reservado que hacía las veces de habitación y estuvo casi media hora torturándola. No solo le quemó en la nuca, sino también en los labios y en los pechos, y no paró hasta verla sangrar por la nariz y por uno de los oídos. Esta vez, empujado quizás por la tensión nerviosa, olvidó que la chica tenía que actuar aquella misma noche.

Dio otra calada profunda y nos miró con ojos chispeantes. Después, tras unos segundos de respiro, prosiguió:

—Tras aplicar el duro correctivo, las dejó encerradas y salió en dirección a una escarpada zona de monte que se encontraba a escasos kilómetros de allí.

—¿Cómo podían aguantar ese trato? —preguntó Moreno—. ¿Por qué no se abalanzaron todas sobre él cuando peleaba con Marcia y con Cuesta?

—Le temían demasiado. Su presencia les arrebataba la fuerza

y la voluntad. El miedo despierta invariablemente en nosotros el instinto de supervivencia. Yo he visto morir de miedo, y las chicas no creo que sintiesen algo muy distinto a esa sensación.

—¿Qué pasó después? —preguntamos casi al unísono.

—Llevaron a Marcia, que apenas podía sostenerse, hasta su litera, y se dispusieron a recoger la sangre del suelo tal y como Lorenzo les había ordenado. Estaban todas bajo los efectos de un *shock* nervioso terrible, y lo hacían en silencio, diciéndose con la mirada cosas que no se atrevían a decir con palabras... Fue entonces cuando alguna de ellas, no quisieron decirme exactamente cuál, explotó. Primero rompió a llorar lágrimas que quizás llevasen años esperando salir de sus ojos. Lágrimas enturbiadas por la espera, pero balsámicas sin duda. Y el rumor de esas lágrimas liberadoras debió de llegar hasta las demás cuando frotaban el suelo como autistas. Y debió de ser aquel llanto, quizás ya generalizado, el que les insufló la fuerza suficiente para acordar entre ellas que no era digno seguir aguantando aquello. Y, de pronto, en una especie de catarsis maravillosa, dejaron las jofainas y las esponjas, y la emprendieron a patadas con todo lo que había a su alrededor. Y después de destrozarlo todo, con las manos oliendo a lejía y a sangre, forzaron la puerta hasta abrirla. Y enfervorizadas por aquel impulso, llorando y riendo al mismo tiempo, corrieron hasta la entrada de la discoteca. Y, tras despertar al guarda, telefonearon a la policía que no tardó en llegar. Solo Antonia y Marcia permanecieron ajenas a semejante revolución. Antonia, inmóvil en su silla, fiel a pesar de todo y quizás sin entender muy bien lo que pasaba, y Marcia demasiado herida para reír o para correr, pero con un dolor distinto al de otras veces, más liviano, más soportable; un dolor que podía ser el último.

No dijo nada más. Hablaba como un rapsoda, como alguien que disfrutase escuchándose a sí mismo. Ni un actor profesional hubiese sabido imprimir a su discurso una mayor fuerza dramática. Nuestros rostros ensimismados eran la mejor prueba de su éxito.

—Y a Lorenzo lo condenaron a solo tres años…

—Sí. El juez consideró que se trataba de un caso de enajenación mental transitoria. Los médicos confirmaron una personalidad patológica y él alegó no recordar nada de lo sucedido. Las chicas le acusaron de malos tratos, pero las testificaciones de Antonia a su favor y el historial delictivo y de dependencia de las drogas de casi todas ellas, les restaron mucha fuerza. Él se defendió diciendo que las había salvado de vivir en la calle y que les había dado techo y un trabajo. Sus abogados lo supieron hacer muy bien. Tan bien que, el día del juicio, más que un proxeneta y asesino, parecía la Madre Teresa de Calcuta. Hace una semana salió en libertad, y esta misma mañana Regina nos ha confirmado que el tipo que la apuñaló era él. La agresión fue por la espalda, pero ella reconoció al instante aquellas manos que tantas veces le habían acariciado y torturado. Esto es todo cuanto puedo contarles.

Y dicho esto, se levantó. Y, cuando ya nos dirigíamos hacia la puerta, con el tono de voz de quien de pronto recuerda algo importante, nos dijo:

—¡Ah! Se me olvidaba comentarles que, no contento con intentar matar a la madre, ha secuestrado al niño. A su hijo. Porque el padre del niño es él: Lorenzo Andrade.

# Capítulo 9.
# PELAYO

La noticia salió publicada en el diario local. Fue a eso de las diez de la mañana cuando, desayunando un café con *croissant* en el bar de Moreno y hojeando medio dormido el periódico, la descubrí como titular destacado en la sección de sucesos: «Asesinada en Villajoyosa una súbdita francesa». Y luego, abriéndose paso entre anuncios de inmobiliarias y concesionarios, continuaba así: «Apareció ayer, a primeras horas de la mañana, el cadáver de la súbdita francesa Dominique Dumat en una céntrica calle de Villajoyosa. El cuerpo presentaba un corte seco en el cuello que sin duda le produjo una muerte instantánea».

Intenté recordar los otros cinco nombres que junto al de Martina y Brígida componían el infortunado grupo: Antonia, Marcia, Brenda, Regina y... ¿Dominique? Me sonaba que era un nombre francés, un nombre delicado y dulzón como suelen serlo casi todos los nombres gabachos, pero no estaba seguro de que coincidiese con el de la noticia. Decidí recurrir a aquella especie de computadora con patas que era Moreno, y le pregunté, casi con el mismo tono imperativo con que se hacen las preguntas en los concursos:

—¿Cómo se llamaba la chica francesa de *Las siete magníficas*?

—Dominique —contestó sin dudar—. Una francesa bella y frágil como el cristal, pero que por una raya de coca era capaz de hacer pactos hasta con el mismísimo diablo —completó en todo un alarde memorístico e imitando el tono relamido de Gándara.

—Dime entonces qué te parece esto...

Leyó el artículo despacio, tan despacio que llegó a crisparme los nervios. Luego, concluyó:

—Podría ser ella. Dominique Dumat. Treinta años. Y la entierran hoy en Hendaya. Eso pertenece a Francia, pero está justo en la frontera con España. He pasado por allí alguna vez...

—Tú crees que...

Intenté completar la frase, pero para entonces Moreno ya se había desembarazado del delantal y daba consignas apresuradas a Eladio. La cara de cabreo de este me puso en la clave de que nuestra partida hacia Hendaya era inminente. «Yo no puedo ocuparme de todo. La cocina, la barra...», le oí decir al díscolo empleado mientras me dedicaba una mirada llena de odio. Pero Moreno, obsesionado como estaba en resolver «mi caso», oyó sus reproches como quien oye el murmullo de la lluvia o el del tráfico. «Es un asunto muy urgente. De vida o muerte», aclaró, mientras me hacía gestos con la mano de que estaría listo en cuestión de segundos. Y no fueron más de sesenta o setenta los que tardó en estar a mi lado. Y lo hizo sorprendentemente transformado, repeinado y hasta oliendo a colonia de supermercado.

—¿Estás listo? —me preguntó.

Supongo que era yo quien en aquellos momentos tan decisivos de mi vida debiera de haber aportado las mayores muestras de determinación y premura. Pero contrariamente a lo previsible, el desánimo y la pereza me ataban al taburete.

—Esa Dominique del periódico está muerta, de manera que no puede decirnos nada nuevo —farfullé a modo de excusa—. Y, además, es probable que no se trate de nuestra Dominique. Hay millones de francesas con ese nombre.

—Pero de momento es la única que aparece en los periódicos muerta a puñaladas. ¿Quieres saber toda la verdad sobre Martina? —me preguntó.

—¡Por supuesto que quiero! Es lo que más deseo en el mundo.

—¿Y vas a quedarte ahí sentado cuando sabes que puede ser la siguiente de la lista? Algo me dice que a ese funeral va a asistir mucha gente interesante. Quién sabe, igual hasta la propia Martina.

La remota suposición de que mi amigo estuviese en lo cierto hizo que me levantase automáticamente del asiento. Deseaba encontrarme con ella, aunque fuese por última vez. Lo deseaba con toda mi alma. Y aunque estaba seguro de que ya nunca volvería a ser la misma ante mis ojos, quería recibir una postrera mirada que me lo explicase todo sin palabras. Con eso sería suficiente. No obstante, estaba convencido de que esta vez el error de Moreno era mayúsculo, y de que las casualidades anteriores no volverían a repetirse. Así que lo seguí hasta su coche con aire desganado y comenzamos un viaje trepidante que, tras un número indeterminado de horas y bajo una lluvia más propia de latitudes tropicales que de la costa cantábrica, acabó por situarnos ante la negra y estrecha verja que daba acceso al cementerio de Hendaya.

Nada me produce mayor inquietud que los cementerios. Mi imaginación desbordante y mi personalidad aprensiva y claustrofóbica hacen que recree con fatal realismo todo ese mundo oscuro y silencioso que debe esconderse bajo las lápidas. Y me imagino horrorizado la descomposición lenta y maloliente de los cuerpos. Y pienso en ese día en que también el mío será solo un montón de huesos polvorientos y anónimos. Y, además, al mirar de reojo las edades de los difuntos, tomo conciencia del paso inexorable de la vida, y me veo a mí mismo con la mitad de la mía ya consumida y una buena colección de canas adornándome las sienes. Y me pregunto cuánto tiempo me queda, ¿diez años, veinte meses, un mes…?

«Quede lo que quede —pensé—, de poco me servirá ese tiempo si Mar ya no está a mi lado. Sin su presencia confortadora, todo ese periodo será lo que en términos baloncestísticos llaman "minutos de la basura", instantes finales de un partido ya decidido que ni sirven para cambiar el desenlace del mismo ni para encandilar al público. Tiempo de relleno incapaz de mudarnos la suerte cuando se ha perdido lo que más se quiere; cuando todo lo bueno ya nos ha sucedido y en el fondo empezamos a estar un poco muertos».

—Esto está vacío. Aquí no hay nadie —farfullé en un tono inequívoco de protesta ante lo incómodo y quizás inútil de nuestro precipitado viaje.

Eran las cinco y media de la tarde y allí no se veía un alma. Tal vez el entierro de Dominique hubiese consistido en uno de esos trámites acelerados y lúgubres donde se echa tierra sobre el difunto a toda prisa, mientras se recitan mecánicamente escogidos pasajes de la Biblia —casi siempre los mismos—, y se promete la vida eterna a quien nunca llegó a anhelarla ni a merecerla ni a vivir siquiera según los cánones que al parecer dan derecho a ella. De nada habría servido entonces nuestra carrera desesperada ni el remojón impenitente que estaban sufriendo nuestros huesos a lo largo de aquel camposanto pequeño y coqueto, con vistas al mar, que no parecía mal sitio para descansar eternamente.

De pronto, oímos algo parecido a un parloteo que provenía de detrás de unos enormes panteones. Era un murmullo difuso que se mezclaba con ruidos de pasos. Al poco, llegué a percibir con cierta nitidez que algunas de las voces hablaban en francés, pero que otras, las más cercanas a nosotros, lo hacían en español, en un español contundente y claro. Y fue eso lo que me aflojó las fuerzas y me detuvo en seco sin dejarme avanzar ni un milímetro más.

—¿Qué te pasa? —me preguntó Moreno extrañado.

—No sé. No me encuentro bien. Creo que sería mejor volver al coche.

—¿Qué dices? ¿Te has vuelto loco?

Me agarró por el hombro cuando, confuso como un sonámbulo, tomaba ya una dirección errática que pudiese salvarme de lo que presagiaba. Realmente me sentía mal. Escuchar aquella voz me había producido una taquicardia repentina y una sensación de inestabilidad y ahogo, que yo, sumido en la zozobra como estaba, juzgué antesala de un infarto o de cualquier otra tragedia.

—Creo que voy a vomitar. Todo me da vueltas —dije poniendo una excusa que me permitiese huir, o esconderme.

De entre los árboles, como fantasmas, surgió una pareja que compartía paraguas y gesto preocupado. Tras ellos, un individuo corpulento e impermeabilizado parecía tomar buena nota de cuanto sucedía a su alrededor. Por detrás, un cortejo de diez o doce personas, que por su aspecto catalogué de parientes o de trabajadores del propio cementerio, se fue disgregando sin que mediase una despedida. La pareja caminaba despacio, sin haber reparado aún en nuestra presencia. El hombre era gordo y bigotudo, y la mujer, alta y de piel casi transparente, ocultaba sus ojos tras unas aparatosas gafas oscuras.

Metido de lleno como estaba en mi repentino ataque de ansiedad, apenas reparé en la forma meticulosa con que el hombre la protegía de la lluvia ni en el aire de gran dama que lucía esta, enjoyada de manera ostentosa y vestida con ropas de marca. Estarían a diez o doce metros de nosotros cuando el gordo alzó la vista y ahí sí que fui capaz de apreciar mi misma palidez en su rostro y el mismo temblor de mis manos en las suyas. También él se detuvo de pronto como dudando de proseguir su avance y, en su confusión, hasta llegó a mover inconscientemente su mano derecha, la que sostenía el paraguas, dejando desguarnecida a la muchacha que soltó un alarido de protesta. Después, con sus ojos clavados en los míos, vino muy serio a nuestro encuentro. Pensé que era llegado el momento de hacer las presentaciones.

—Te presento a Ramón Pelayo, mi jefe. Y este es Miguel…

—¿Qué demonios hace usted aquí? —me preguntó Pelayo interrumpiendo los formalismos.

—Busco a Martina —le contesté con un inesperado aplomo y una voz también transformada.

—¿Y la buscas en este cementerio? —intervino la mujer con

un gesto entre divertido y cínico, mientras hacía sonar las pulseras y aspiraba el humo de su cigarro.

—Es Carlos González, el hombre que vive con ella —le apuntó Pelayo a modo de privada explicación.

—¡Ah! No tenía el gusto de conocerte, pero me han hablado de ti.

Se quitó las gafas y nos mostró sus ojos enormemente grandes y enormemente abiertos. Unos ojos que ya nos resultaban familiares de tanto verlos relampaguear en la penumbra de la foto, o duplicados en el rostro de Patricia cuando lloraba melancólica mientras comía pedazos de tortilla. Unos ojos que parecían querer taladrarnos o desnudarnos.

—Martina está en un lugar seguro —aseveró Pelayo—. Yo me he encargado personalmente de que eso sea así.

—¿Y no se le ha pasado por la cabeza que a quien le corresponde protegerla es a Carlos y no a usted? —preguntó Moreno incisivo.

—Oiga, ¿quién es este tío? —me preguntó mi jefe molesto.

—Eso pretendía decirle antes. Es Miguel Moreno, un amigo de Benidorm que está ayudándome…

—Pues dígale de mi parte que se vaya a la mierda.

—Es curioso —prosiguió Moreno retador—. Llevo unos cuantos días intentando imaginarme cómo demonios sería usted, y le aseguro que es más arrogante y maleducado de lo que suponía.

El agua seguía cayendo y empapándonos hasta la sangre. El tipo corpulento —que no era otro que Alberto Peris, su guardaespaldas— observaba la escena con inquietante frialdad, posiblemente a la espera de alguna orden o consigna ya convenida que le empujase a intervenir. Pensé que mi condición de empleado ejemplar, o de esclavo útil, bien podrían librarme de sufrir los golpes, pero la situación de Moreno, y más si continuaba por aquella senda de altivez y desnuda sinceridad, la juzgué de muy comprometida.

—A mí nadie me habla en ese tono —contestó Pelayo—. No

lo consiento. Lo que tengamos que decirnos Carlos y yo nos lo diremos en privado y cara a cara, ¿entiende? Así que... ¡largo de aquí!

—Ustedes los ricos se creen con derecho a todo, ¿verdad? A agredir, a atemorizar, a humillar, a dar órdenes... ¿Pues sabe lo que le digo? Que yo su dinero me la paso por los cojones.

Aquella intervención, a todas luces temeraria, se bastó para precipitar los acontecimientos. El forzudo de Peris, como por arte de magia, abandonó su papel de mayestática estatua y se abalanzó sobre el pobre Moreno inmovilizándole a pesar de los retorcimientos desesperados de este. Después, con pasmosa facilidad, lo sujetó por ambos brazos a la vez y, sin dejar que sus gastados mocasines alcanzasen a tocar el suelo, giró su cuerpo en dirección a la calle.

—¡Deja a mi amigo! —grité mientras me abalanzaba sobre él e intentaba desestabilizarle de un modo ridículo.

Un impacto terrible —o quizás un ligero contacto con su brazo de hierro— me hizo caer fulminado en medio de uno de los cientos de charcos que alfombraban el sendero. Mis gafas habían volado y ahora todo formaba parte de una inmensa nebulosa gris; solo el constante martilleo del agua sobre el rostro me daba plena consciencia del delicado momento que estaba viviendo. Pelayo me acercó las gafas y así, sentado todavía en mitad de aquel pequeño océano, acerté a distinguir en lontananza las dos figuras entrelazadas que se perdían entre forcejeos y gritos de: ¡Fascista, cabrón, asesino! y otras lindezas semejantes que brotaban de la boca de mi amigo.

—No se preocupe. A ese bocazas no va a pasarle nada —me tranquilizó Pelayo—. Ya sabe que Alberto es un buen profesional. Por cierto, creo que es una imprudencia mojarse de esa manera, puede coger una neumonía. Le sugiero que vayamos a mi coche y hablemos.

Les seguí hasta el Volvo color crema que, sólido y poderoso, descansaba en una calle contigua. Miré a ambos lados buscando la presencia de mi compañero de aventuras —o lo que pudiese quedar de él—, pero no encontré ni rastro. Al poco, Peris se presentó satisfecho ante nosotros y, mascando chicle al más puro estilo americano, se cuadró ante Pelayo como diciendo: «¿Se le ofrece algo más?».

—¿Qué has hecho con mi amigo? —le pregunté.

—Ya está mucho más relajado —contestó enigmático y risueño—. Me ha dicho cuál era su coche y lo he dejado allí durmiendo la siesta. No creo que se mueva en la próxima media hora.

—¿Por qué no esperáis a que se recupere y luego os tomáis algo los tres? —sugirió Pelayo mientras sacaba de la cartera un opulento billete—. Eso sí, sin bajar la guardia ni un instante. ¿Está claro?

Luego, tras besar a la chica con arrobo, se dirigió a mí con el mismo aire de superioridad que solía utilizar en la oficina, y me ordenó:

—Vamos a mi coche. Quiero hablar con usted.

Me acomodé en el soberbio asiento de cuero del copiloto y ambos observamos en silencio cómo Marcia y el matón se alejaban bajo el aguacero.

—Es una gran mujer, ¿no cree? —me preguntó Pelayo.

Asentí desconcertado y algo temeroso.

—Sí, sí que lo es. Y una gran bailarina por lo que me han dicho.

—Efectivamente —se sorprendió Pelayo—. ¿Qué más sabe sobre ella?

—Sé que se llama Marcia y que tiene una hermana gemela que vive en Valencia.

El rostro de mi jefe no pudo evitar un gesto de desconcierto, aunque enseguida se dispuso a contratacarme.

—¡Asombroso! ¡Es usted muy sagaz! Un auténtico Sherlock Holmes. ¿Y de Martina? ¿Qué sabe de Martina?

Me miró entre divertido y sarcástico. Hubiese sido un magnífico momento para abalanzarme sobre él y freírlo a puñetazos, o para rodear su cuello con mis manos y darme el gustazo de apretarlas hasta que su respiración fuese solo un mal recuerdo. Pero lamentablemente volvieron a faltarme arrestos y me cobijé tras mi triste silencio de empleado sumiso e inofensivo.

—¿Cómo ha sabido que podía encontrarme aquí? —prosiguió ante mi falta de respuesta—. Lo de venir la otra tarde a mi casa con aquel sobre lleno de hojas de periódico, ya me pareció sorprendente. Pero que haya seguido mi pista hasta este lugar, me deja perplejo.

Le mostré la foto y le conté a grandes rasgos las peripecias de los últimos días: lo de verlos juntos en el coche, lo de Patricia, lo de Regina y su apuñalamiento, lo que me había contado Gándara sobre *Las siete magníficas*, lo de la esquela en el diario de Alicante…

—Efectivamente. Yo estaba seguro de conocerlo casi todo sobre ella —le dije—, pero está claro que no es así. Ignoraba que hubiese llevado ese tipo de vida, ignoraba que le conociese a usted… ¡Ella nunca me contó nada! ¿Por qué?

—Porque yo se lo prohibí. Esa fue la cortapisa que hubo de aceptar para poder vivir con usted.

—¿Cómo?

—Lo que oye. Cuando rescaté a Martina y al resto de las chicas de aquella vida miserable, hubieron de aceptar algunas condiciones. A todas les ofrecí un futuro muy por encima de lo que entonces eran capaces de soñar. Solo Antonia y Regina quedaron al margen. La primera de ellas porque me repugnaba, y la segunda porque no aceptó las condiciones que yo le propuse. Tenía un hijo, y al parecer quería comenzar con él una nueva vida. Ya ve. Total, para seguir siendo puta y terminar acuchillada. Las demás aceptaron mi oferta.

—¿Qué oferta? ¿De qué me está hablando?

—Tendría que empezar por el principio. Es una historia algo

compleja —ajustó la gabardina a su cuerpo y cruzó los brazos. Fijó la mirada en algún punto inconcreto del horizonte gris, y fue de esa guisa como empezó a hablarme—. ¿Se acuerda de Construcciones Alonso, una constructora de Zaragoza con la que estuve asociado hace algunos años? —esperó paciente a que yo, con cierta indecisión, asintiese—. Pues bien, el mantener aquella sociedad me obligó a ir mucho por allí. Por entonces mi matrimonio con Adela era un desastre total, y yo estaba deseoso de... digamos, nuevas experiencias. Alfredo Alonso, mi socio, era un asiduo del mundo de la noche y, aprovechando mis continuas visitas, se encargó de mostrarme los secretos de la ciudad. Yo ya conocía el mundo nocturno de Ámsterdam, Londres, Berlín, Barcelona..., y había estado con todo tipo de mujeres: asiáticas, indias, nórdicas... Lo que para Alonso era un universo repleto de excitantes emociones, para mí no pasaba de ser el típico ambiente pretendidamente golfo de una ciudad de provincias: anodinos estriptis, gordas estrafalarias que enseñaban el culo en vetustos cafés cantantes, travestismo del más sórdido... Hasta que un día me llevó a una especie de discoteca donde actuaba un grupo llamado *Las siete magníficas.* Él ya me había hablado con anterioridad de aquel grupo como si fuera el «no va más» del espectáculo porno, pero yo supuse que no distaría demasiado de lo visto hasta entonces. La discoteca era un auténtico antro: pequeña, destartalada, anticuada, mal oliente... Me dieron ganas de largarme apenas entré, pero Alonso insistía en que merecía la pena y no quise desairarle. El espectáculo, según pude aprenderme de memoria luego, seguía siempre el mismo desarrollo: primero aparecía Lorenzo, con su tanga dorado y su colección de abalorios —pendientes, brazaletes, etc.— y ejecutaba unas ridículas contorsiones más propias de una barata función circense que de un espectáculo que pretendía ser excitante. El público le chillaba y le silbaba porque todos deseaban ver a las chicas, pero él, tal vez por un absurdo afán de protagonismo o simplemente por encrespar los ánimos, nunca prescindía de aquella latosa introducción. Después, era Antonia la que, vestida de azafata, o de enfermera, o de maestra de escuela, le tomaba el relevo y se desnudaba sin demasiada gracia al ritmo de un *rock* acelerado y bullanguero. Ya estaba a punto de dormirme en el asiento, cuando apareció en escena una muchachita espigada y muy bella, una especie de ninfa angelical vestida de bailarina clásica que lo transformó todo. De pronto, los ritmos estruendosos dejaron paso a otro tipo de música, y lo que antes era una desagradable pachanga se transformó en una maravillosa melodía de Stravinski que ella fue capaz de interpretar con enorme sentimiento y exquisita sensibilidad. Y, lentamente, al ritmo cadencioso que marcaban los violines, se fue quitando la ropa con tanta delicadeza y tanto erotismo que los gritos y frases obscenas dejaron paso a un respetuoso silencio, porque hasta los cerdos son capaces de reconocer el arte cuando este es tan diáfano, y hasta un sórdido estriptis hecho en el más oscuro de los tugurios puede destilar emoción cuando quien lo realiza es una artista. Luego salían las demás. Primero Brenda marcándose una especie de samba y destapando su cuerpo de ébano al calor de los tambores, y más tarde Dominique, Brígida y Regina, escenificando una historia que discurría en algún voluptuoso harén de las mil y una noches, y donde, si bien los decorados y la puesta en escena movían a la risa, la belleza de las chicas iluminaba el escenario como una hoguera. Y, para terminar, nuestra queridísima Martina descendía hasta la zona de público para que fuesen los propios espectadores los que gozasen del placer de desnudarla, y de olerla, y de tocarla... Después, Lorenzo, una a una, pausadamente, las poseía a todas en un monumental alarde de vigor físico y de poder masculino. Siete mujeres para él; toda una hazaña, ¿no cree? Sentí malsana envidia al verlo disfrutar de las siete, lo reconozco, y me excité como pocas veces recordaba haberme excitado. Y a duras penas pude aguantar hasta el final de la función, donde a los simples mortales, y previo pago, se nos permitía gozar en privado de todo lo que aquel fantoche había gozado en público. Recuerdo que, todavía bajo el hechizo de su maravilloso baile, elegí a Marcia para pasar la noche, y que hacerle el amor fue como tocar el cielo con los dedos. A partir de entonces, me convertí en asiduo a su espectáculo y a la enorme variedad de placeres que aquellas mujeres eran capaces de proporcionarme. A raíz de aquellas noches locas, me enteré de su tragedia personal. Lorenzo las utilizaba como si fuesen objetos de su propiedad, mercancía humana que alquilaba al mejor postor y que luego maltrataba, ultrajaba, e incluso violaba. Ellas, curiosamente, aceptaban su triste realidad con resignación y hasta con una cierta conformidad; se habían acostumbrado a aquel tipo de vida e incluso la preferían a la que anteriormente habían padecido tiradas en la calle y abandonadas a su suerte. Al menos sentían el calor de una cierta protección, aunque el precio a pagar fuera monstruosamente caro. Cuando detuvieron a Lorenzo, el futuro de las chicas no auguraba nada bueno. La mayoría dependía de las drogas y parecía aguardarles la dureza de la calle o el maltrato en manos de otros chulos. Y ahí fue donde yo intervine, ofreciéndoles una vida segura a mi lado que cinco de ellas aceptaron. «Yo os ofrezco todo aquello que Lorenzo nunca os dio», les dije. «Seré vuestro dueño, pero un dueño justo». Y a fe que lo cumplí. Primero les pagué a todas ellas una cura de desintoxicación en la mejor clínica de España. «Os hago libres —les recalqué—, porque quiero que me complazcáis desde la libertad». Y les dejé muy claro que la condición de abandono de las drogas sería la primera que habrían de acatar: «Aquella que vuelva a probarlas será abandonada a su suerte», les advertí. Y también lo cumplí. De hecho, la causa de que ayer Dominique careciera de mi protección y estuviese a expensas de los instintos asesinos de ese loco, no fue otra que la de su recaída en el mundo de la droga —hizo una pausa para coger aire y continuó—: La eché del grupo cumpliendo mi palabra. Sin embargo, como puede ver, su tragedia me ha conmovido hasta el punto de no permitir que su cadáver quedase tirado en medio de una acera de Villajoyosa. Me enteré de que su familia era de aquí, y he sido yo quien ha corrido con todos los gastos de traerla y de enterrarla. Ella me dio buenos momentos, y yo tenía que agradecérselo de alguna manera. Cuando sellamos nuestro trato, yo les prometí no fallarles nunca y es algo que he cumplido a rajatabla. También les dejé muy claras las contraprestaciones que exigía. Ellas se comprometían a actuar para mí cuando yo quisiera y a satisfacerme en la forma y manera en que yo lo considerase oportuno. Pasaban a trabajar para mí. Solo para mí. Y así fue cómo me las traje a Benidorm, y cómo, dejando bien claro que era Marcia la elegida para desempeñar a los ojos del mundo las funciones de esposa, les abrí a todas ellas las puertas del futuro para que hiciesen aquello que siempre habían deseado. Y así fue cómo a Dominique le monté un bar en Villajoyosa, y a Martina y a Brígida una academia de dibujo en Benidorm, y a Brenda la incorporé como miembro de mi servicio doméstico, pues, lo que son las cosas, su máxima ilusión en esta vida era la de trabajar en una casa grande luciendo uno de esos uniformes negros con cofia que había visto en las telenovelas. Incluso una de ellas, Martina, nuestra queridísima Martina, en el colmo de la excentricidad y del inconformismo, se atrevió a pedirme un deseo que parecía imposible de conceder. «Quiero vivir con un hombre bueno, con un hombre que me quiera y me respete de la forma en que yo nunca he sido querida ni respetada por nadie». Y yo, tras mucho meditarlo, le contesté: «Esta bien. ¿Por qué no?». Pero con una condición: yo elegiría a ese hombre. Y pensé en usted. Y le dije: «Ya lo tengo. El hombre que buscas te estará esperando este domingo a las cuatro de la tarde en el hotel Principado. Está pasando por un momento difícil, pero es una buena persona». Le prohibí, como ya le he dicho antes, contarle todo lo relativo a su pasado o a nuestra relación, y le di vía libre para vivir junto a usted del mismo modo en que miles de mujeres conviven junto a miles de hombres en miles de ciudades. Y así fue cómo muchas tardes, sin que usted, amigo González lo supiera, ella se transformaba para mí en una de *Las siete magníficas,* y llevaba a cabo su espectáculo en mi casa. ¿Qué hubiese ganado usted enterándose de ello? Le hubiese causado un enorme dolor para nada. ¿No lo entiende?

—No más dolor del que está causándome ahora —le dije—. ¡Un dolor terrible!

—No exagere. No se haga la víctima. Usted, amigo González, estaba necesitado de alguien. Era penoso verlo deambular por la oficina con aquel gesto permanentemente amargo y abatido. Su mal aspecto era algo que estaba en boca de todos y que ni siquiera a mí me pasó desapercibido. Usted necesitaba a Martina y yo se la proporcioné. No creo que nunca nadie le haya hecho un regalo como ese. No sabe la satisfacción que me produjo el ver cómo de repente se transformaba en un hombre optimista y vital. Los dos salieron ganando. También ella necesitaba a alguien como usted, a alguien que le reconciliase con el mundo y le proporcionara un cariño sincero. Había sufrido mucho, había conocido seres monstruosos, y necesitaba la paz y la seguridad de alguien con sus cualidades. Yo simplemente me limité a unir dos espíritus que se necesitaban, pero sin renunciar a mis derechos. A mí no me servía la Martina esposa y compañera, no me era necesaria en el papel de mujer que se despierta a mi lado cada mañana o que me prepara la cena por las noches. Pero a usted sí. Y por eso le cedí esa faceta de Martina, porque le aprecio, y porque me pareció el hombre indicado. La Martina viciosa y decadente, la que me excitaba, era justo la que usted hubiese despreciado, por eso preferí que permaneciese oculta a sus ojos. Podíamos ser felices los tres. Los humanos somos muy complejos; la sexualidad es muy compleja. Yo alcanzo mi plenitud de esa manera, necesito de ciertos ceremoniales y de ciertas atmósferas. Todas mis fantasías se hicieron realidad cuando vi aquel espectáculo, y me dije: ¡Esto es lo que quiero! Pero lo quiero en privado y para mí. De modo que si bien hay un lado de Martina que me pertenece, el otro es suyo. Yo se lo doy. Podemos compartir esas dos mitades.

—Usted es un enfermo y además está loco. Cómo se le puede pasar por la cabeza que yo acepte semejante locura. Yo quiero a Martina en su totalidad, la quiero entera. Esa teoría de las dos mitades es… es algo monstruoso. No se puede dividir a nadie en trocitos. ¡Y encima se piensa que tengo que estarle agradecido! Usted ha destrozado mi vida, la está destrozando ahora mismo. Me ha hecho vivir un falso sueño con no sé qué perversas intenciones. Y no solo ha destrozado mi vida, ha destrozado también la de

Martina, y la de todas esas mujeres. Las trata como si fuesen mercancía, o como si se tratase de objetos inanimados. No veo ninguna diferencia entre usted y Lorenzo. Mi amigo tenía razón. Usted se piensa que puede disponer de las personas como si fueran muñecos, que puede jugar con los sentimientos más sagrados…

—Veo que no me ha entendido y es una auténtica lástima. Martina es mucho más inteligente que usted. Ella sí que ha sabido entender que la vida no es un ente monolítico donde tengamos que ceñirnos a unos determinados corsés o a unos prejuicios insensatos, sino una estructura maleable y elástica capaz de adaptarse a nuestras necesidades o a nuestros deseos. Yo le he dado la posibilidad de ser feliz, y usted la está tirando por la borda. Y eso, amigo mío, es lo único que importa en este cochino mundo: la felicidad. Al margen de falsos prejuicios o estúpidas teorías sobre el amor, al margen de cargantes fidelidades o de derechos en exclusiva sobre las personas, vivir en plenitud es lo que importa. Y, además, ¿qué hubiese sido de Martina sin mí? ¿Qué hubiese sido de usted sin mí? ¿Dónde habría quedado su dicha de estos tres últimos años si yo me hubiese comportado como un amante acaparador al uso, o un estúpido lleno de prejuicios?

Permanecimos en silencio durante unos instantes. El corazón cabalgaba en mi pecho como un corcel desbocado. Fue Pelayo el que retomó la palabra.

—Mientras un individuo tan peligroso como Lorenzo ande suelto, todos corremos peligro. La policía es incapaz de proteger a nadie. Ya ve lo de Dominique. Es por ello por lo que he decidido ocuparme personalmente de la seguridad de las chicas. Usted, querido Carlos, no dispone de medios para garantizar la vida de nadie. Yo sí. Hace unos días, cuando me enteré de la salida de la cárcel de ese criminal, ya intuí que algo parecido a esto podía ocurrir. Tenía la esperanza de que tres años a la sombra le hubiesen hecho recapacitar, pero hay gente que no cambia nunca. Todos hemos recibido la misma foto con el mismo texto. Supongo que Regina y

Dominique también las recibirían poco antes de su apuñalamiento. ¡Hace falta estar loco para dejar una tarjeta de presentación antes de cometer los crímenes! ¡Es el colmo de la estupidez! Lo cierto es que ese cabrón está muy bien informado y sabe dónde localizarnos, con lo que el peligro es mucho más evidente. Tan pronto me llamó Martina, comprendí que era necesario protegerlas cuanto antes, y como tenía la esperanza de que no tardasen demasiado en atraparlo, decidí que las chicas se vinieran unos días conmigo. Yo le ordené a Martina que buscase una excusa para justificar su ausencia. Estaba tan nerviosa que quizás no supo encontrar una muy convincente. El sábado por la tarde salí con Martina a realizar algunas compras para todas ellas, y fue entonces cuando nos vio. Si usted quiere, le permitiré hablar con ella por teléfono. Eso sí, el lugar donde ahora mismo se encuentra a salvo ha de ser un secreto incluso para usted.

—Supongo que encima tendré que darle las gracias, ¿verdad?

—Usted verá. Yo solo me he limitado a…

—No, por favor. No intente convencerme de lo que no tiene justificación. Dígale de mi parte, cuando la vea, que lo nuestro ha terminado y que no tengo nada que decirle. Eso es todo.

Salí del coche y aspiré el aire húmedo de la bahía como si de un bálsamo reparador se tratase. Empapado y con un pómulo hinchado, me esperaba Moreno junto a su coche.

—¿Qué te ha dicho? —me preguntó cuando llegué a su altura.

—Me lo ha dicho todo.

—Al final ese cabrón es su amante, ¿no? —pareció deducir de mi gesto sombrío.

—Mucho peor que eso. Es su dueño.

# Capítulo 10.
# DANIEL

Después de mi entrevista con Pelayo, comprendí que todo estaba perdido y me recluí entre las cuatro paredes de mi casa, atenazado por una profunda tristeza. Sentía la misma mano retorciéndome el estómago que ya sentí al poco de morir mi madre. La misma que, una vez pasado el efecto Martina, volvía a hacerse dueña de mi persona, obligándome a ver la vida desde ese ventanuco estrecho y siniestro llamado depresión, o melancolía.

Dos veces me llamó Moreno aquella noche interesándose por mi estado, y dos veces recibió la misma respuesta: «Lo único que me diferencia de los muertos es que aún respiro. Me cuesta trabajo, pero sigo haciéndolo», le dije. Y, a continuación, con el paso lánguido de los enfermos o de los vencidos, volví a refugiarme frente al televisor y a tragarme horas y horas de insípida programación sin otra compañía que la de algunas cervezas y una caja de galletas que compré en la tienda de abajo. Tan solo el inefable ronroneo de los apartamentos contiguos, el trasiego molesto de los turistas, o las canciones del verano que sonaban machaconas en los hoteles de al lado, me devolvían a la triste y cotidiana realidad. Solo que ahora, lejos de incomodarme, todos aquellos tormentos me resultaban absolutamente indiferentes, como si atronasen a miles de kilómetros.

Haciendo acopio de los últimos restos de dignidad y de orgullo, retiré todas las fotografías y cuadros de Martina. Y aquel salón que era tan suyo, que decía tantas cosas sobre ella, se tornó por mor de mi despecho en recinto inhóspito y desconocido, en una suerte de habitación sin alma diseñada expresamente para torturarme. Hasta el sol, que a borbotones se colaba por las persianas, se me antojaba un visitante hostil y molesto.

Fue al día siguiente, ya de mañana, cuando sufrí una experiencia que no sé si calificar como de mística o simplemente de neurasténica. Me ocurrió cuando tumbado en el sofá digería un programa mañanero en el que un presentador rubio, y sin duda americano, intentaba vender uno de esos artilugios capaces de ponernos como Schwarzenegger mientras tomamos el sol en la piscina o dormimos la siesta.

No sé cómo sucedió —quizás fue por el hecho de llevar ya muchas horas sin comer, o producto de la formidable jaqueca que me atenazaba—, lo cierto es que, de pronto, mientras a una modelo estúpidamente risueña se le movían los glúteos al compás de las descargas eléctricas, un mareo y un ahogo repentinos vinieron a sacarme de la realidad y a sumirme en un estado de confusión donde todo a mi alrededor pareció volverse de agua o de humo. Supongo que lo lógico en un caso como este hubiese sido responder con un ataque de pánico, o con gritos que reclamaran el auxilio de algún vecino, o del portero, pero contra todo pronóstico, inexplicablemente, lo que me invadió fue una enorme placidez y una rara paz interior. «¿Será la muerte? —me pregunté—. ¿Será así de fácil o de insignificante el hecho de morirse?». Siempre había imaginado aquellos últimos momentos como un desesperado combate contra lo desconocido, donde entre llantos, oraciones y pataleos, se malgastarán nuestros últimos resuellos en un vano intento de aferrarnos a la vida. Pero, curiosamente, alguien tan cobarde e hipocondríaco como yo optó por quedarse inmóvil y permitir que aquel vacío liberador llegase a sus últimas consecuencias. «Vamos —le dije a la vieja de la guadaña citándola como un torero—, acaba tu trabajo de una puñetera vez y déjame descansar para siempre». Y me concentré en la voz del presentador —que ahora intentaba vender un pelador de patatas y un juego de cuchillos— confiado en que de un momento a otro se apagaran aquellos torpes razonamientos y aflorase un silencio definitivo. Y, entonces, sin venir a cuento, sonó un timbre en medio de aquel aturdimiento placentero, y lo hizo con tanta insistencia y agudeza que me obligó a incorporarme con la agilidad congelada de un anciano artrítico. Tras frotarme los ojos y estirarme, me dirigí hacia la puerta no sin antes reparar en mi triste figura que se reflejaba en el espejo de la entrada. Abrí pensando en el cartero, o en el del butano, o en algún vendedor de algo, y me la encontré de pronto mucho más pálida que unos días antes; demacrada como una esfinge y acorazada tras un gesto que destilaba cansancio y, por qué no decirlo, también algo de odio. A mí solo me faltaba una botella medio vacía en la mano y un tono de voz algo más aguardentoso para completar la imagen del perfecto perdedor de película. Era curioso aquel cambio de papeles en tan solo unos días. Era curiosa mi manera de reproducir su gesto asombrado y temeroso al asomarse a la puerta, y mis deseos, idénticos a los suyos, de dar por terminada aquella historia de asesinatos en serie, putas que fingen ser pintoras, o gerifaltes que se creen dueños de vidas y haciendas. Estuve a punto de seguir su ejemplo y borrarla de allí con un sonoro portazo, pero me detuvo la terrible urgencia que translucían sus ojos y el aire de derrota, tan parecido al mío, que traía pintado en las ojeras. Si éramos dos seres ya destruidos, qué mal podía hacernos el cruzar unas palabras. Qué dolor suplementario podrían depararnos unos minutos de vacía conversación. Creo que fue eso y mi inequívoca vena masoquista las que al fin me apartaron con desgana de la entrada y me animaron a dejarla pasar hasta aquel desbarajuste de cojines desordenados, olor a escasa ventilación y cuadros vueltos del revés como pistolas que apuntasen hacia el suelo.

—¿Dónde está mi hijo? —fue lo primero que preguntó, antes incluso de penetrar en el salón.

—No tengo ni idea.

—¿Y Martina? ¿Dónde está Martina? Necesito hablar con ella.

—Martina tampoco está. Estoy solo.

—Oye, tú a mí no me vas a engañar. Sé que Martina está detrás de todo esto…

—¿Detrás? ¡Pero qué demonios está insinuando! Martina no tiene nada que ver en lo que le ha sucedido. Además, fue usted misma la que culpó a Lorenzo de intento de asesinato. Por eso nos soltaron.

—Sí, estoy casi segura de que fue él quien me apuñaló, pero… he dado muchas vueltas a esta historia, y es demasiada coincidencia que estuvierais vigilando mi casa durante toda esa mañana. Demasiada coincidencia que tú, que eres su marido, estuvieses allí ese día. Sospecho que, de una u otra forma, ella tiene algo que ver con el secuestro de mi hijo.

—No entiendo nada…

—El otro día veníais a por él, ¿verdad? Fue ella la que os envió para quitarme a Daniel.

—Eso que dice no tiene ningún sentido. Martina desapareció hace una semana, y yo, en mi intento desesperado por encontrarla, me enteré de algunos detalles de su vida de los que no tenía ni puñetera idea. Alguien me habló de usted y, cuando llamé a su puerta, solo quería que me contase cosas de ella, pistas que me orientaran sobre su paradero. Luego nos detuvieron culpándonos de intento de asesinato y fue el propio inspector Gándara el que, una vez demostrada nuestra inocencia, me contó lo de *Las siete magníficas* y todas esas historias terribles… Comprendo su estado de angustia, y siento muchísimo lo de su hijo, pero eso no le da derecho a acusarme de nada.

Había roto a llorar y, al sacar un paquete de pañuelos, dejó sobre la mesa la foto de ella con un niño.

—¿Es este su hijo? —le pregunté.

Asintió sin levantar la cabeza mientras seguía llorando.

—¿Puedo ver la foto?

Ante la ausencia de una respuesta, la rescaté de entre otros pañuelos aún limpios, y la estudié animado por un extraño presentimiento.

—Es muy guapo —le dije en un intento de halagarle.

Era una foto reciente, de haría tres o cuatro meses, y se le veía feliz paseando de la mano de su madre. Era un niño delgado y pálido. Un niño de aspecto enfermizo y frágil, que sonreía no obstante, y cuya sonrisa me trajo de nuevo el recuerdo de aquellos niños de mi barrio también millonarios en problemas y en incertidumbres.

—No entiendo qué demonios puede tener que ver Martina con...

De pronto caí en la cuenta de algo que no podía explicar. Fue una intuición, un ramalazo, una revelación. Había rasgos en aquel rostro que fatídicamente me remitían a otro. Nunca he vuelto a sentir una certeza tan inesperada ni a reclamar una respuesta con tanta vehemencia.

—¿De quién es hijo Daniel? —le pregunté en un tono que no admitía la mentira ni la espera.

—De Lorenzo —me contestó.

—De Lorenzo, y ¿de quién más?

Empezó a menear los ojos erráticamente y a mover los labios de un modo convulso. Había dado en el blanco, y Regina se hundía sin remedio, sin fuerzas ni ánimos para resistirse.

—Es mi hijo...

—¡Por favor, no me mienta! No soporto más mentiras. Quiero oír el nombre de su verdadera madre. ¡Vamos!

—¿De verdad no lo sabe?

—¡No!

—¡Está bien! Se lo diré. Su madre es Martina. Ella lo parió. Pero me lo dio a mí a los pocos días de nacer. A mí, que fui la única dispuesta a cuidarlo. Yo le he limpiado el culo cada día, y me he pasado las noches en vela cuando ha tenido fiebre. No ha conocido otra madre. Yo lo he criado. Ni ella ni Lorenzo lo han querido nunca. Por eso es intolerable que ahora, después de que sea ya mío...

—No puede ser... —acerté a decir presa de unos síntomas apocalípticos muy parecidos a los que ya había experimentado anteriormente—. Esto es demasiado jodido para que pueda soportarlo. Martina nunca haría algo así. Te lo estás inventando... —le dije tuteándola por primera vez—. Admito que haya sido una puta, admito que se haya vendido a mi jefe, pero no la veo capaz de abandonar a su propio hijo. Os habéis confabulado todos contra mí. ¡Queréis volverme loco, y lo peor es que vais a conseguirlo!

—No he venido hasta aquí para consolarte ni para contarte ningún secreto —me interrumpió dolorida—. Los problemas que haya entre Martina y tú me traen sin cuidado. ¡Yo solo quiero recuperar a mi hijo porque es mío, porque es la única razón de mi vida!

—¡Te repito que siento mucho lo de tu hijo, y que comprendo tu dolor, pero también te pido que intentes hacerte cargo de mi situación! Acabo de enterarme de que la mujer con la que llevo tres años conviviendo tiene un hijo... Hace unos días me dijeron que había sido puta, y después recibí la noticia de que me la había estado pegando con mi jefe. ¿Qué más cosas ha hecho? ¿Qué me queda por oír? —hice un inciso en busca de su comprensión e incluso de su piedad—. Me gustaría que me contases qué fue lo que sucedió exactamente. He oído ya dos versiones de los hechos, pero ahora quiero la tuya.

—¿Qué quieres saber? —me preguntó algo fastidiada.

—En primer lugar, quiero que me digas si alguna vez hubo algo entre ellos.

—Claro que lo hubo. ¿De dónde piensas que salió Daniel?

Aquel canalla se las tiraba cada noche en su espectáculo. No era raro, por tanto, que en un descuido la naturaleza hubiese obrado en consecuencia premiándoles su contumacia con un vástago. Pero que este fuera fruto de un encuentro no forzado, o en el colmo de los supuestos, resultado de una historia amorosa entre ambos, me rompía totalmente los esquemas, y suponía un nuevo e impensado giro de tuerca en aquella carrera suicida hacia la locura, o hacia el infarto.

—No puedo creer que entre ese monstruo y Martina haya podido existir nunca el menor de los vínculos…

—Pues lo hubo. Se quedó embarazada al poco de formarse el grupo. Lorenzo se encaprichó de ella y, durante algunos meses, compartió con él la habitación de la *roulotte*.

—¿Dónde le conocisteis?

No parecía muy dispuesta a revelarme detalles de aquel pasado doloroso. Lanzó una mirada triste hacia la puerta y recogió sus cosas a modo de silenciosa despedida. Si no podía serle útil en la búsqueda de Daniel, para qué perder más tiempo conmigo.

—Tengo que irme. Cada segundo puede ser decisivo.

—¿Dónde vas a ir? —le pregunté—. Tú sola no podrás hacer nada. Estás muy débil. Nadie se recupera en tres días de semejante agresión. ¿Ya tienes el alta del hospital?

—No.

—¿Te has fugado?

—No podía estar allí más tiempo. A cada segundo me venía el nombre de Martina a la cabeza. Un hombre de confianza de Gándara, que ha sido cliente mío, me dio tu dirección y…

—¿Sabe Gándara que estás aquí?

—No. Aunque es posible que se lo imagine.

—Cuéntame lo de Daniel. Te lo pido por favor. A cambio, yo te ayudaré a buscarlo. ¡Te lo juro!

Me miró con más atención, como si de pronto mi cara o mi aspecto cobrasen gran importancia. La vida le había enseñado a leer en los rostros, en las manos, en todo aquello que pudiera llevar escrita la historia de alguien. Invirtió en ello algunos segundos. Después, resignada, volvió a dejar el bolso sobre la mesa y comenzó su doloroso relato.

—Yo fui la primera en conocerlo. Fue en Barcelona. Él y Antonia estaban contratados para realizar su número erótico en el bar de copas donde yo trabajaba. Lorenzo era uno de esos hombres que siempre están al acecho, siempre en busca de su presa, y se fijó en mí. Al principio todo fueron regalos y buenas palabras. Tiene dos caras. El muy cabrón puede ser el monstruo más repelente o el pretendiente más atento según le convenga. Por entonces, Antonia y él ya vivían en la *roulotte* una vida nómada que les hacía ir de un lado para otro. Una vida que, vista desde fuera, puede parecer atractiva. Me ofrecieron actuar con ellos, y como ya estaba hasta el moño de hacer la barra y la calle, acepté. Y no solo me integraron en su espectáculo, sino también en su matrimonio, y nos convertimos en un trío inseparable tanto dentro como fuera del escenario.

—¿Y qué opinaba Antonia de eso? Ellos eran pareja en la vida real, ¿no? —pregunté lleno de curiosidad.

—Le traía sin cuidado. La muy zorra se conformaba con saber que la recaudación iba bien. Controlando la pasta, estaba tranquila.

—¿Qué pasó luego? —le urgí, deseoso de llegar a la parte que me interesaba.

—Que el negocio prosperó. El público quería ver cuantos más cuerpos desnudos mejor, y Lorenzo comprendió que su éxito podía ser proporcional al número de chicas que saliésemos al escenario. Creo que fue eso lo que le animó a buscar a las otras. Primero se trajo a Brenda, una chica negrita que tenía deudas con la mafia de las sudamericanas y las estaba pagando a base de venderse en un club de no sé dónde. Tenía un cuerpo divino. Alta, esbelta, con el ritmo caribeño en la sangre… En cuanto la vio, Lorenzo comprendió que aquella chica le interesaba y la compró a los tratantes que la explotaban. Así la agregó a la *roulotte* y a su cama, y así, también, a mí se me acabaron los caprichos y las atenciones, y empezaron los malos tratos y las amenazas. Y pude ver, por vez primera, la cara oculta de aquel salvaje; la auténtica, la definitiva. Fueron días terribles. Hasta Antonia, que nunca osaba enfrentarse a él, se mostraba rabiosa y procuraba fastidiarle en todo cuanto podía. Yo supuse que era por celos, pero no era por eso, era porque, a su juicio, la compra de Brenda había supuesto un gasto excesivo que Lorenzo había hecho a sus espaldas. Siempre el maldito dinero... Y de tal modo se las debió de ingeniar para convencerle que a las siguientes chicas las rescató de la calle. Se fue a los estercoleros, a los barrios más inmundos, y allí recogió lo que pensó que podía servirle. Así incorporó a Dominique primero y a Marcia después. La habilidad de Lorenzo para encontrar perlas entre el fango era extraordinaria. Las dos llegaron envueltas en harapos y con una cara que daba miedo mirarla. Yo me ocupé personalmente de salvarles la vida a base de cocinar para ellas y de darles las atenciones que nadie les había procurado en mucho tiempo. Y a las dos o tres semanas ya parecían princesas. Lorenzo les había prometido su dosis de droga diaria, la justa para que pudiesen llevar una vida aparentemente normal, y no fue difícil convencerlas. Con ellas, a diferencia de con nosotras, no mantuvo nunca relaciones fuera del *show*, quizás porque recordaba dónde las había encontrado y le daba asco. Luego vinieron Martina y Brígida. Y aunque también eran drogadictas y habían hecho de todo, con Martina le pudo la pasión y fue la que sustituyó a Brenda entre sus sábanas.

Un repentino gesto de dolor arrugó su cara, y temí que las fuerzas le abandonasen justo cuando había pronunciado el nombre que más deseaba oír.

—Por lo que más quieras, continúa —le supliqué.

—Dominique se movía con gracia, pero Marcia era casi una profesional. Ella fue la que nos enseñó a bailar a las demás, la que supo llevar adelante la idea que Lorenzo tenía en la cabeza. Él se dio cuenta enseguida de que no bastaba con idear un espectáculo erótico, que había que adornarlo con otros alicientes. Y fue idea suya lo de hacer primero algo parecido a los números del *cabaret*, con música y coreografías, para rematarlo luego con nuestro estriptis, el número porno con él, y las posteriores invitaciones de los clientes: bien a una copa en la barra, o a un servicio completo en el reservado. Y así fue cómo vio su sueño hecho realidad, mientras repetía con Martina lo que ya había hecho antes con Brenda y conmigo: muchos halagos, muchos regalos, la gozada de no tener que alternar con los clientes... Y como Martina no era tonta, entre la calle y aquello, entre nuestra triste suerte y sus privilegios, eligió lo que cualquier otra en su lugar hubiese elegido. Y consiguió ser la reina durante un tiempo. La única, aparte de Antonia, que tenía derecho a hablar o a protestar. Pero todo cambió cuando se quedó embarazada. Él nos repetía una y mil veces: «A la que se quede embarazada, la mato». Y, efectivamente, con Martina a punto estuvo de cumplir su promesa. Sucedió el día en que el hecho fue tan evidente que ya no pudo ocultarlo. Lorenzo le dio una paliza terrible. Tan terrible, que a todas nos pareció suficiente como para acabar con ella y su hijo. Pero el embarazo, a pesar de las drogas y los malos tratos, a pesar de todos los obstáculos que lo presagiaban como imposible, siguió su curso. Yo no sé si Martina llegó a sentir alguna vez atracción por aquel animal, pero, desde entonces, estoy convencida de que le odia con todas sus fuerzas.

—¿Por qué tuvo el hijo? Podía haber abortado.

—No tenía dinero para hacerlo ni nos dejaba tampoco visitar a ningún médico. Además, y eso es lo más curioso de todo, Lorenzo era antiabortista. ¡Un cafre como él, y sin embargo estaba en contra del aborto! Qué cosas tiene la vida, ¿verdad? Le obligó a parirlo. Así que tuvo al niño y supongo que era tanto su odio hacia Lorenzo que se sintió incapaz de querer algo que inevitablemente compartía con él. Y de esa forma fue como yo me ocupé de sus llantos, y de sus comidas, y de sus cuidados, ante la total indiferencia de la verdadera madre que prefirió entregármelo a abandonarlo. Por eso, cuando aquel día vinisteis a mi casa pronunciando ese nombre, os cerré la puerta de inmediato. Porque es muy fácil ahora cambiar de idea, o pensar que aún se puede recuperar al hijo perdido. Son cosas que podrían suceder, pero que yo no estoy dispuesta a consentir. ¡Antes me dejaría matar!

Guardé un respetuoso silencio ante su dolor y su desgarro. Las últimas frases las había pronunciado con tanto sentimiento que era imposible no tomar partido por su causa.

—Y así continuamos por los caminos —prosiguió—, ahora ya con la vida convertida para todas en un auténtico infierno. Una vida donde, paradójicamente, los únicos momentos de ternura o de ligero calor nos llegaban de la mano de algunos de nuestros clientes más fervorosos; y a mí, en concreto, de aquel pequeño ser que con tantas penurias iba sacando adelante.

—Pero Martina lo veía todos los días. Veía cómo tú lo cuidabas. Lo veía crecer. Es imposible que no sintiese…

—Ya te he dicho antes que nunca se acercó a él, ni le acarició, ni le besó… No me preguntes la razón. A partir del embarazo, Martina entró en una espiral muy difícil. Cuando no estaba actuando, o atendiendo clientes, Lorenzo se encargaba de mantenerla calmada a base de cualquier tipo de droga. En su estado, supongo que le habría sido imposible cuidar del niño y ella lo sabía. Tal vez por eso prefirió ignorarlo.

—¿Te dice algo el nombre de Ramón Pelayo?

Hizo un gesto lento y negativo con la cabeza, como si procesase en segundos la extensa galería de hombres que había pasado por su vida.

—Es un constructor de aquí, de Benidorm. Uno gordo con bigote —precisé—. Mira, es este —le dije mostrándole nervioso una vieja foto de mi único álbum.

—Ah, sí —confirmó suspirando con fastidio—. Claro que lo conozco. Entre nosotras le llamábamos Oli, porque nos recordaba al del gordo y el flaco —dijo sonriendo levemente—. Era uno de nuestros seguidores más incondicionales. Le encantábamos.

—¿Os ayudó tras la detención de Lorenzo?

—Sí. Enseguida vino a ofrecernos ayuda y dinero. Incluso intentó hacerse cargo del grupo.

—¿Solo lo intentó?

—Bueno, supongo que lo consiguió. Cuando se llevaron a Lorenzo, algunas de las chicas se quedaron un tanto... descolocadas. Lorenzo era el mayor cabrón del mundo, pero, nos gustase o no, habíamos llegado a depender de él de una manera casi absoluta. A su lado teníamos un techo y comíamos todos los días. Él nos buscaba el trabajo y hasta se ocupaba de la dosis diaria de droga para las que estaban enganchadas. Yo lo viví como una liberación, porque aún estaba viva. Porque a pesar de las ofensas y de los sufrimientos, tenía a Daniel, y él me daba fuerzas. Ignoraba por completo qué destino podía esperarme a partir de entonces, y te puedo asegurar que lo he pasado francamente mal, pero tenía la convicción de poder salir adelante. La situación de las otras, por contra, era mucho peor. Para ellas, Lorenzo había llegado a ser imprescindible, y sabían que otro infierno, incluso aún peor, podía estar esperándolas afuera. Por eso, la aparición de ese hombre a los pocos días de aquello fue providencial. Se presentó cuando todavía estábamos confusas y llenas de miedo, y se ocupó de todo: de los temas legales, de buscarnos un cobijo...

—¿Había algo especial entre Martina y él? —sugerí.

—Había algo especial entre él y todas nosotras. Era nuestro admirador más incondicional, un auténtico fanático de *Las siete magníficas*. Nos seguía allá donde íbamos. Primero, contemplaba el espectáculo, siempre desde la primera fila, y luego elegía a alguna de nosotras para pasar la noche.

—Eso incluye a Martina... —pregunté inocente.

—Claro. Al principio, no, porque Lorenzo la quería solo para él. Pero luego, a raíz de lo del niño, estaba obligada como las demás a irse a la cama con los clientes. Oli era muy caprichoso, y tenía temporadas. A veces le daba por una de nosotras, y luego cambiaba. Aunque sin duda su favorita era Marcia.

Volvieron a asaltarme, de pronto, las imágenes de ella bailando entre borrachos. Imágenes en las que Martina, mi Mar, se contoneaba desnuda a escasos centímetros de Pelayo, y luego lo acompañaba, prendida de su cuello, a un sórdido e indigno reservado donde hacían el amor durante toda la noche. También reviví, más certera que nunca, la visión fugaz de ambos en el Volvo color crema huyendo plenos de complicidad hacia algún destino compartido, hacia algún lugar donde yo no tenía cabida.

«No significo nada para ella —pensé con amargura—. Solo he sido un juguete en sus manos. Un capricho de niña consentida. Su dueño era otro desde el principio. Incluso en los momentos sagrados en que me decía "te quiero"».

—No era un cliente como los demás —prosiguió Regina, sacándome de mis reflexiones—. Le gustaban cosas especiales...

—¿Qué tipo de cosas? —pregunté al instante.

—Cosas...

No parecía dispuesta a dar mayores explicaciones. Quizás acogiéndose a algún insospechado tipo de secreto profesional, prefirió guardar silencio y dejarme con la miel de la curiosidad en los labios.

—Ni Antonia ni tú entrasteis en su juego. ¿Por qué?

—Antonia, la muy guarra, se marchó al día siguiente con la *roulotte* y el dinero. Desapareció antes de que pudiésemos impedirlo. Nos dejó tiradas y sin blanca. Por eso no era fácil dar la espalda a la propuesta de aquel hombre. Pero yo solo pensaba en cómo sacar de allí a Daniel. Sentía que no sería del todo mío hasta perder de vista a Martina. Temía que, una vez recuperada, se echase otra cuenta. Han sido unos años muy duros en los que me ha tocado hacer de todo, pero no me arrepiento. Es más, me siento muy orgullosa.

Porque te aseguro que no hay un niño mejor atendido que el mío en todo Zaragoza.

—¿Ya sabes lo de Dominique?

—Sí. Gándara me lo dijo. Al parecer no tuvo tanta suerte como yo...

—Y supongo que también recibirías esta foto —le dije enseñándosela.

—Claro.

—¿Con la misma frase en el reverso?

—Sí.

—Parecen demasiadas evidencias sobre quién puede ser el culpable de todo esto, ¿no te parece?

—Sí, no hay duda. Es más, vi su anillo cuando me sujetó por el cuello... Pero hay varias cosas que no terminan de encajar.

—Tú dirás.

—Lorenzo quiere matarnos porque sabe que le delatamos. Juró venganza, y él acostumbra a cumplir sus amenazas, de eso no hay duda. Pero... no tiene ningún sentido que secuestrase a Daniel. Nunca lo quiso. ¿Huirías tú con un niño si lo que pretendes es realizar una serie de asesinatos?

—Sí, si estuviese lo bastante loco —afirmé.

—Pero Lorenzo no está loco. Él ha planeado todo esto meticulosamente. Ha logrado seguir nuestras vidas desde la cárcel. Alguien le ha mantenido informado de nuestros pasos. Tiene un cómplice.

—¿Y crees que ese cómplice es Martina?

—Al principio supuse que sería Antonia, pero cuando el inspector me dijo que había muerto, vi muy claro que podría haber sido Martina quien le informase sobre el lugar donde podría encontrarme para así recuperar a su hijo.

—Pero ella también está amenazada...

—Puede haber un pacto entre ellos. Ella le facilita su venganza y él a cambio le devuelve a su hijo y le perdona la vida. Por eso pensé que, después de que Lorenzo me apuñalara, vosotros estabais esperando en algún sitio para llevaros al niño. Y aunque Gándara me dijo que os había detenido, esa idea no se me ha quitado de la cabeza en ningún momento.

No supe qué decir ni cómo replicarle. Estaba claro que sobre Martina y sus sentimientos lo desconocía prácticamente todo.

—Quizás ahora que he hablado contigo ya no lo vea tan claro —concedió—, pero es esa posibilidad la que me ha empujado a venir hasta aquí —sacó un cigarro y lo encendió nerviosa—. Tú mismo me acabas de decir que ignoras el paradero de Martina. ¿Qué te hace suponer que no esté con Daniel ahora mismo?

Tuve que contarle lo de Pelayo y algunos otros pormenores que me hicieron sentir como un gusano. Regina los escuchó sin mudar el gesto, como si no terminara de creerse ni mi ingenuidad ni la desfachatez de Martina. Sin duda estaba acostumbrada a tratar con otro tipo de hombres. Después, otro rictus de enorme dolor le obligó a recostarse en el sofá mientras la cara se le pintaba de blanco.

—Estoy bien, no es nada —mintió mientras la cabeza se le desplomaba siguiendo la línea del hombro—. Hay otra cosa que también me parece muy extraña.

—¿Qué cosa? —pregunté.

—Ayer por la tarde, me visitó el hombre que compartió celda con Lorenzo en la cárcel de Soria. Hacía dos meses que estaba en la calle y vino a mi habitación del hospital muy contrariado y sin poder creer lo que me había sucedido. La policía lo llamó para tomarle declaración y ver si podía sonsacarle algún dato interesante. Me dijo que allí dentro habían hecho una buena amistad, y que Lorenzo le había comentado muchas veces su arrepentimiento y el firme propósito de iniciar una nueva vida. Como comprenderás, no di demasiado valor a las palabras de aquel hombre, pues Lorenzo es un buen actor y seguramente lo engañó. Pero lo que sí me pareció significativo es que nunca le hablase de su hijo ni de nosotras. No debíamos de obsesionarle demasiado cuando nunca nos nombró. Además, me dijo otra cosa que puede ser de enorme importancia. Un detalle que la policía también conoce y que hace este asunto mucho más difícil de entender.

Tomó aire durante unos segundos para luego proseguir:

—Según parece, Lorenzo está muy enfermo. Tiene un cáncer terminal.

# Capítulo 11.
# EPIFANIO

Pude conocer a Epifanio Sustaeta algunos días después, cuando esta historia había desembocado ya en su oscuro desenlace. Solo diré que nuestro encuentro se produjo en la habitación de un hospital de Villajoyosa cuando yo me recuperaba de unas heridas que a punto estuvieron de conducirme a la muerte y él se encontraba visitando a un amigo que ya la encaraba de frente.

Era un tipo alto, fornido, de mirada triste, y con un sorprendente aire aristocrático que quizás emanase de su frente ancha o de su abundante melena blanca y rizada. O de sus manos, pequeñas y finas, que entrelazó con las mías cuando vino a visitarme aquella tarde de otoño.

Había compartido celda con Lorenzo durante cuatro años. «Y le aseguro que no ha sido un mal compañero —me dijo—. Usted no sabe lo que uno se encuentra en esos sitios. En veinte años me ha tocado convivir con asesinos en serie, violadores, ladrones incorregibles que te afanaban hasta el jabón de lavar los calzoncillos... Yo no conocí al Lorenzo Andrade de la calle, que por lo que cuentan era un auténtico hijo de puta, pero el que traté allí dentro se comportó siempre como un compañero respetuoso y discreto, algo que no abunda en ese tipo de lugares».

Apenas llevaba tres meses de libertad y me comentó que aún no se había hecho al vacío de los grandes espacios abiertos, ni al bullicio de las calles de Madrid donde vivía ahora. A Tudela —

que era su pueblo— prefería no regresar de momento. «Aunque está claro que ya he pagado suficientemente por lo que hice, sé que me seguirían mirando mal. Allí siempre seré un asesino. Epifanio, el asesino». Y es que entre sus vecinos aún estaba fresca la imagen de aquella mañana en que abandonó el mostrador de su charcutería para liarse a cuchillazos con su mujer —una hembra tan guapa como comprometedora que tenía soliviantada a media población— y con Germán Muñiz, agricultor de profesión y uno de sus mejores amigos. «Yo no era un hombre violento, nunca lo he sido, ni tampoco especialmente celoso. Pero ella..., ella no paró hasta convertirme en ambas cosas. Le divertía muchísimo tenerme en vilo a cada hora y con el corazón en un puño. Y, luego, estaban los vecinos, que se acercaban maliciosos a la tienda para calentarme los cascos y advertirme de que si la habían visto en compañía de fulano o de mengano. Ya sé que nunca debí de hacerlo, pero, cuando fue mi propia madre la que me aseguró que estaba retozando con Germán en los huertos que hay detrás de nuestra casa, la sangre se me subió a la cabeza, y todo sucedió de una manera incontrolable».

Sus primeros años en la cárcel los compartió con un violador de La Coruña muy nombrado. «Un individuo que llevaba en la cartera las fotos de algunas de sus víctimas, y que te hablaba sin rubor alguno de lo cachondo que le seguía poniendo mirarlas». También conoció a varios terroristas dispuestos a llegar al genocidio con tal de lograr sus propósitos. Y a un legionario que se había cargado a tres compañeros en una noche de borrachera. «Si yo le contara... Aunque, ¡ojo! Tampoco se crea que allí todo está podrido. Hay gente de una pieza. Gente que podría dar clases de nobleza a muchos de los que andan por ahí con la cabeza muy alta. Pero hay otros malnacidos que llevan la muerte y el odio pintados en la cara. Y a esos los conoces en cuanto se te plantan delante. Y Lorenzo no era de esos».

Epifanio me habló sobre la importancia de tener compañeros de celda que no te amarguen la vida. «De ello depende el rumbo que tome la condena y el cómo termines de esta —me dijo señalándose la cabeza—. Si ya es de por sí una cabronada ver cómo desperdicias los mejores años de tu vida, tener que compartir las horas con alguien que te putea, puede multiplicar por mil la sensación de agobio».

Al principio, Lorenzo tuvo que tragarse muchos sapos, pues su caso había sido muy nombrado y casi todos los inquilinos de la cárcel estaban al corriente de lo que había sucedido con *Las siete magníficas*. «Algunos incluso habían visto el espectáculo». Como conservaban en sus retinas la imagen de aquel semental beneficiándose a las siete hembras —o al menos fingiendo que se las beneficiaba—, no podían por menos que hacer chistes y risotadas sobre el contraste entre su opulento pasado y su precario presente. «Bienvenido al club de los que trabajamos a mano —le decían—. Y alguno hasta le llamó chulo de mierda, tratando de hacerle perder los papeles. Pero Lorenzo no entró nunca a esas provocaciones, y ese fue sin duda su mayor acierto. Creo que solo tuvo una o dos enganchadas con alguno de los que cortaba el bacalao, y punto. A la semana, ya se había ganado el respeto de todos y era uno de tantos. Muy callado y muy serio. Muy solitario. Pero con fama de que, si le prestabas algo, te lo devolvía, y de que, si necesitabas algo, podías pedírselo. Allí el pasado y el futuro cuentan muy poco. Lo que vale son los hechos y la forma en que te portes».

La particularidad que presidía su relación era el silencio. «Cada uno a lo nuestro: él a sus meditaciones y a sus lecturas religiosas, y yo a tallar madera que es lo que siempre me ha gustado. La casa de mi hermana de Madrid, que es donde vivo ahora, parece un museo. Algo digno de verse».

A veces sacaba un pañuelo de papel y se secaba la comisura de los labios, donde era propenso a retener restos de saliva.

«Creo que nunca llegamos a discutir, quizás porque, como ya le he dicho, hablábamos muy poco. Desde luego, nunca del pasado ni de los motivos últimos que nos habían traído allí. En ocasiones, yo despotricaba contra las mujeres, esperando que él se sumara a mis reproches, pero no lo hacía. Callaba como si nada de lo anterior le importase, y seguía a lo suyo. Puede que maquinase alguna venganza diabólica tras aquella mirada hueca. Pero si lo hacía, se lo tragaba todo para sus adentros. Todas las semanas le visitaba su mujer, que le traía libros y buena comida. Hay pocas mujeres tan entregadas como aquella. La mayoría se cansan al poco tiempo y desaparecen. Sin embargo, y a pesar de lo mucho que lo ayudó, nunca oí a Lorenzo decir que la quisiese ni salió de su boca una palabra de gratitud hacia ella. Cuando se enteró de que había fallecido en aquel incendio, yo no le oí soltar ni un solo lamento. Es como si estuviese muerto emocionalmente. Por muy puta que fuera, si a mí me hubiese visitado todas las semanas una mujer como aquella, los veinte años de condena se me hubiesen hecho bastante más cortos. Estos tipos que van de duros por la vida, no sé muy bien cómo se las arreglan, pero siempre tienen una mujer a su lado loquita por ellos».

Epifanio no concebía el hecho de que un hombre pudiera exhibir a su mujer desnuda ante desconocidos. «Cuando me dijo que había actuado junto a él en su número porno, yo no podía creérmelo. Me parecía inaudito que hubiesen tenido la desvergüenza de hacer en público cosas que una pareja solo puede hacer a solas y en su cama. Yo, sinceramente se lo digo, soy de los que apoyarían que las mujeres saliesen a la calle tapadas como las moras. Y que conste que no soy celoso. Pero, fíjese en mi caso: uno de mis mejores amigos y… Si hubiese podido esconderla de tanto buitre, me habría evitado todos estos años de calvario. Los moros son unos tipos muy sabios. No sé, igual alguno me dice que soy un hombre de las cavernas, pero a mí, eso de que la mujer de uno ande por ahí enseñando el culo, me parece muy mal. ¿Y a usted?».

Preferí no entrar en detalles sobre mis ideas al respecto, y después me comentó cómo Regina le había hablado de *Las siete magníficas.* «Ella me lo contó todo. Me sorprendieron aquellas historias de los maltratos y todo eso. No parecía un tipo capaz de hacer cosas así. Pero cuando la cabeza no va bien, y se lo digo por experiencia, uno hace locuras de las que luego ya es tarde para arrepentirse. Porque supongo que dominar a siete mujeres no será tarea fácil... También me sorprendió lo de que tuviese un hijo. Nunca me habló de él ni me enseñó una foto. Está claro que era algo que le traía sin cuidado. Cuando el comisario Gándara me informó de que había empezado a matar nada más salir del talego, me extrañó muchísimo. La gente se vuelve loca de un día para otro, y hay quien no asimila bien eso de verse de nuevo en la calle. Yo salí de la cárcel hace ya varios meses, y todavía no sé muy bien dónde estoy. Pero el Lorenzo que dejé en la celda estaba muy acabado y solo pensaba en cómo morir tranquilo. Era un hombre sin fuerzas ni ánimo. Un hombre muy religioso que solo leía libros sobre Cristo.

"Si puedes, visítame cuando todo esté a punto de acabar y tráeme un crucifijo tallado por ti", me dijo. Y como yo le debía algún favor del que prefiero no hablar, pues... Ya ve. Aquí me tiene».

# Capítulo 12.
# CORAZONES EN LA TRASTIENDA

Bajamos la cuesta como dos espectros. La tarde se amotinaba en brazos de un viento caliente y molesto que hacía aún más penosa nuestra marcha. A lo largo de la calle, numerosas terrazas huérfanas de clientes flanqueaban nuestro paso hacia el sempiterno bar de Moreno. Allí sabía que Regina encontraría al menos un plato de comida reparadora y, quién sabe, quizás también el consuelo de un lecho reconfortante que la reconciliase con la vida.

El Benidorm de octubre que se abría a nuestros ojos era más silencioso y más triste. Algunos de los bazares nos mostraban la desnudez de sus persianas bajadas. Y, en general, era como si a la disparatada urbe alguien le hubiese bajado el volumen de sus estridentes agudos hasta convertir su perpetua melodía en un sonido más calmado, un sonido acompasado con el paso parsimonioso de los turistas de la tercera edad que ya empezaban a ser mayoría.

Regina se detuvo tres veces en aquel corto trayecto. Sus piernas eran incapaces de seguir el ritmo que le ordenaba su desesperación.

—Quiero empezar a buscar a Daniel ahora mismo. No puedo perder ni un minuto.

Aquellas últimas palabras, fruto del delirio, salieron de su boca mientras se apoyaba en un árbol con la mirada perdida y me tendía su mano en busca de apoyo.

—Claro, no te preocupes —le dije intentando no contrariarla—.

Por supuesto que vamos a buscarlo, pero no ahora. Antes necesitas descansar y comer algo. Mi amigo el del bar hace unos estofados de carne que están para chuparse los dedos.

—No puedo esperar. Cojamos un taxi, yo lo pagaré. Tú le dices la dirección y que él nos lleve hasta donde está Martina. Quiero hablar con ella…

—Oye. No empieces de nuevo. Te repito que no sé dónde está —insistí, mientras la sujetaba con ambas manos dispuesto a llevármela de allí de la manera que fuese—. En mi casa parecías haber entrado en razón. ¿Por qué diablos vuelves ahora con la misma monserga?

—Todos lo sabéis —gimoteó—. Todos menos yo.

—¿Qué es lo que sabemos? —le pregunté, sintiendo una profunda lástima por ella.

—Todo. Me lo ocultáis todo.

—¡Ojalá supiera algo! ¡Ojalá pudiera decirte algo! Yo también he buscado a Martina con desesperación durante todos estos días y te juro que estoy tan perdido como tú. Sé lo que sientes, y tu dolor me merece un respeto infinito. Nunca te ocultaría algo que pudiese servirte de consuelo. Nunca lo haría.

Se recostó sobre mí y pude conducirla de esta guisa hasta el bar de mi amigo, como si fuésemos dos supervivientes de un naufragio, dos enfermos, o dos enamorados. Moreno, apenas nos vio entrar, hizo señas urgentes para que pasásemos al habitáculo que hacía las veces de cocina, almacén, dormitorio y cuarto de trastos.

La tendimos en la cama de Moreno —un revoltijo de sábanas y mantas a merced de los olores a fritanga que desprendían los fogones—, y salimos a la barra para permitir que se acomodase con una cierta intimidad.

—¿Cómo ha llegado hasta aquí? ¿Por qué no está en el hospital de Zaragoza?

—Se ha escapado. Se ha presentado en mi casa pensando que nosotros sabíamos dónde está su hijo. Está trastornada.

—Y muy enferma —me confirmó Moreno—. Arde de fiebre.

—Oye, si crees que puede causarte problemas el tenerla aquí, yo…

—No, no, no. Has hecho muy bien en traerla. Este lugar es seguro, y siempre podremos llevarla a un hospital si las cosas se complican. Lo mejor será que descanse. Tengo algunas medicinas en el botiquín; voy a buscar algo.

Yo también me encontraba fatal, así que volví al interior y me dejé caer sobre un sofá desvencijado que terminaba de completar la imagen siniestra de aquella trastienda.

Pronto me quedé semidormido, dejando en manos de Moreno la heroica tarea de reanimar a nuestra protegida.

—Este brebaje mágico y esta aspirina te van a dejar como nueva, ya verás.

—Gracias. Te agradezco mucho que me hayas dejado entrar en tu casa, pero…

—Sí, sí, lo sé. Estás muy preocupada por tu hijo y te gustaría empezar a buscarlo ahora mismo. Salir a la calle tambaleándote y empezar a dar vueltas sin ton ni son. ¿A que sí? Piensas que el enorme dolor que sientes te da derecho a suicidarte. Me muero heroicamente, y todos tan contentos, ¿eh? ¡Pues no, señorita! Eso yo no lo voy a consentir de ninguna manera. Esta noche te vas a quedar aquí muy quietecita, y va a ser la policía quien se encargue de todo lo demás. Tienes casi cuarenta grados de fiebre y el cuerpo como un queso de gruyer. ¿Te parece poco?

—Yo a ti no te conozco, y no consiento que me retengas y me digas lo que tengo que hacer. ¡Déjame!

—Todas las mujeres sois tozudas, pero tú te llevas la palma. Tu hijo puede estar a centenares de kilómetros de aquí. ¿No te das cuenta? Si verdaderamente lo quieres, piensa en la manera de no dejarlo huérfano.

Empezó a llorar y estuvo haciéndolo durante dos o tres minutos. Luego, con un tono de voz más resignado, prosiguió su catarata de lamentos.

—Qué será de él. Solo come la comida que yo le preparo, y no es capaz de dormirse si no estoy a su lado. Es muy frágil. Vosotros no podéis entenderlo, pero... Daniel morirá sin mis cuidados. A mí no me importa morir. Si lo pierdo a él, es cuando verdaderamente estaré muerta. ¡Ese niño es todo lo que tengo en el mundo!

—Te comprendo, y me gusta oírte hablar así. Me encanta la gente dispuesta a luchar por lo que ama echándole un par de... ¡Bueno! Tú ya me entiendes. No como otros que parecen tener horchata en las venas —dijo señalándome con el dedo, y pensando que el sueño me hacía ajeno a su conversación—. Pero todo tiene un límite. El límite de la racionalidad.

—No. Yo estoy muy cuerda, y sé perfectamente lo que me digo. Sois vosotros los que no queréis entenderme. ¡Tratan de robármelo! Su madre quiere recuperarlo...

—¿Qué madre? ¿No eres tú su madre...?

Fue entonces cuando, sin levantarme del sofá, y en un tono de voz entre fatalista y resignado, le hice partícipe del notición del día.

—Ella no es su madre. Su madre es Martina.

Moreno abrió los ojos como si una manada de búfalos viniese a su encuentro, y después se llevó las manos a la cabeza.

—¡Qué me estás diciendo! ¡No puede ser cierto! Tu chica es una caja de sorpresas. Y supongo que tú, de esto, no tendrías ni puñetera idea...

—No. Me lo ha dicho Regina antes de venir aquí.

—¿Y cómo se te ha quedado el cuerpo?

—Ya te puedes imaginar.

—Ja, ja, ja. ¡Sí, señor! ¡Viva la sinceridad en la pareja! —gritó. Y luego enmudeció de golpe, como si el eco de otras posibles mentiras del pasado aún retumbase en sus oídos—. ¡Hay que ver! Está claro que el amor nos vuelve ciegos y sordos. ¡Nos vuelve gilipollas!

Preferí no contestar y mantuve los ojos cerrados y el silencio por bandera. Sin dejar de murmurar por lo bajo, Moreno salió a la barra con una provisión de hielo y algunos botellines de cerveza, dejándonos a Regina y a mí sin otra compañía que la de nuestra desesperación. Entonces, yo me acerqué lentamente hacia ella y, sin atreverme a levantar demasiado la voz, le pregunté:

—Me ha dado la impresión de que el niño se parece mucho a Martina, ¿es así?

—Sí, se le parece mucho. Tiene sus mismos ojos y su misma sonrisa. A veces pienso que Dios me ha castigado condenándome a tener que verla todos los días en el rostro de Daniel. Igual ha sido su manera de advertirme de que no me ilusionase demasiado con el niño. En el fondo, todo esto que ha sucedido ya me lo temía. Y ahora —señaló cambiando el tono de voz—, si verdaderamente creéis que es lo mejor para mí, dejadme descansar un rato. Pero te recuerdo —dijo apuntándome con el dedo— que me has dado tu palabra de que mañana temprano saldremos a buscar a mi hijo. Y yo seré una fulana, pero cuando doy una palabra lo hago con todas las consecuencias y lo prometido pasa a ser sagrado. Espero que a partir de ahora pueda decir lo mismo de ti. ¿Está claro?

# Capítulo 13.
# ENCINAS

Cuando regresé al paseo, ya bien entrada la noche, el aire me pareció menos cargado y comprobé que una ligera sensación de alivio se iba apoderando de mí. La historia de Regina me había conmovido profundamente, y ahora mi problema me parecía una frivolidad en comparación con el suyo. Su figura de «madre coraje» se agrandaba en mi cabeza, al tiempo que se desmoronaba aún más la de Martina, la de la mujer que, habiendo llevado a Daniel en sus entrañas, no había sido capaz de mostrarle otro sentimiento que el de la indiferencia. ¿Qué ser monstruoso era aquel capaz de venderse a Lorenzo primero y a Pelayo después? Capaz de reírse de alguien que, como yo, le había abierto el corazón sin reservas, y capaz de abandonar a un hijo con la mayor de las frialdades. ¡Cómo se puede fingir tanto y ser tan cobarde! Para ella la vida y el amor eran juegos sin importancia; entretenimientos donde todo vale y donde todo tiene un precio. Donde se puede coquetear con la droga, con la prostitución y con el sentimiento maternal... Donde se puede jugar una temporada a ser la compañera ideal para luego escapar por la puerta trasera dispuesta a saciar los caprichos rastreros de un degenerado. Aquella era Martina —mi Mar, como yo solía llamarle—. Y ahora, aunque escondida en algún lugar que ya carecía de importancia, la sentía más nítida que nunca, y la detestaba con todas mis fuerzas. Pensé que, salvo el amor incontestable de Regina por Daniel, todos los demás elementos de aquella historia eran una enorme patraña, y que lo único que importaba a partir de aquel momento era encontrar cuanto antes al pequeño para devolvérselo a la única persona que se había preocupado por él; a la única persona a la que con justicia se podía otorgar el apelativo de madre. Lo raro era que toda la policía del país no hubiese dado todavía con aquella extraña pareja que no podía pasar desapercibida. Un hombre que se arrastra laminado por el cáncer en compañía de un niño atemorizado y triste. Un dúo demasiado peculiar y demasiado patético.

La hermosa relación de Regina con el niño merecía un final feliz. La mía no. El dolor que ahora sentía me estaba bien empleado por creer en los milagros, por pensar, lleno de ingenuidad y de soberbia, que una mujer como Mar podía estar a mi lado sin que hubiese un engaño de por medio. Al final, es inevitable que los secretos afloren para poner las cosas en su sitio. Seguramente mi madre, que era la intuición personificada, hubiese sabido leer en aquellos ojos cosas que a mí se me pasaron desapercibidas. Mensajes misteriosos sobre un pasado envenenado que ella trataba de ocultar. Y conociendo su preocupación constante por mí, seguro que habría intentado advertirme del peligro que me acechaba. Aunque es difícil renunciar a la felicidad cuando ha venido a visitarte de un modo inesperado y te acaricia.

No sabía qué hacer. Me resultaba deprimente volver a casa. A aquella casa transformada en un cementerio de recuerdos, donde el silencio frío que todo lo impregnaba me remitía fatalmente a ese otro cementerio extranjero donde Pelayo se había desvelado como el auténtico dueño de Martina. Y era tan doloroso el reencuentro con mi habitación vacía que preferí seguir la dirección contraria camino del mar.

Caminando por la misma arena sobre la que un día lloró Moreno, volví a plantearme preguntas imposibles sobre aquella mujer que ya era una total desconocida para mí. ¿Habría sido capaz de no acordarse ni un instante de su hijo en aquellos tres años? ¿De no sentir ni un asomo de curiosidad por saber cómo sería el color de su pelo, el tacto de su piel, o el sonido de sus primeras palabras? Ella siempre puso pegas cuando yo le planteé lo de casarnos formalmente o lo de tener hijos. Fue clara desde un principio. Quería dedicarse por entero a la pintura y a nuestro amor. Pero no le gustaban los compromisos con papeles de por medio ni sentía la necesidad de ser madre. «No quiero ataduras entre nosotros. No las necesito para hacerte feliz», me decía la muy hipócrita. Hacía falta ser necio para creer que era solo la pintura lo que ocupaba sus tardes cuando regresaba a casa bien entrada la noche y con cara de cansancio. Hacía falta ser necio para no sospechar nada cuando el teléfono sonaba acusador en el salón, y ella se apresuraba a descolgarlo con gesto nervioso y urgente diciendo: «No lo cojas, cariño. Seguro que es Brígida».

Dejé que el murmullo del mar penetrara en mis oídos como un bálsamo. Frente a mí, la isla que coronaba la bahía se mostraba oscura y solitaria.

De pronto, al mirar hacia atrás, descubrí casualmente cómo el resplandor de la brasa de un cigarro se movía al compás de mis pasos. Detecté su luz y la presencia del individuo que lo portaba a no más de veinte metros, y comprobé, con preocupación, cómo aquella distancia se mantenía inalterable tanto si me detenía como si seguía en movimiento.

Aquello me alarmó. El tipo que se guarnecía tras las sombras parecía de una considerable estatura. Intenté recordar al Lorenzo de la foto. Efectivamente era alto y fuerte y posiblemente un fumador empedernido, pues el cáncer de pulmón se ceba con ese tipo de personas. De ser así, estaba claro que pretendía llevar aquel vicio hasta sus últimas consecuencias, sin importarle demasiado la idea de la muerte. «Quiere llevar a cabo su proyecto de venganza —pensé—, y luego dejarse morir». ¿Qué pueden importarle las consecuencias de sus actos a un hombre sin futuro? Y de ser Lorenzo aquella sombra, ¿estaría Daniel a su lado? En mis visiones imaginarias sobre ellos, siempre se me presentaban invariablemente unidos.

Un niño puede proteger a un asesino en un momento dado. Puede incluso ser utilizado como escudo o rehén si las circunstancias así lo exigen. Aunque bien mirado, podía haberlo dejado dormido en el asiento trasero de un coche o en la habitación de algún hostal para que no fuese estorbo en el momento culminante. Seguro que, cuando apuñaló a Dominique, procuró que el niño no estuviera presente. Para qué mostrar el horror en toda su dureza a un espíritu todavía puro. Para qué arriesgarse a que la criatura grite o se ponga pesada justo en el momento en que todo tiene que ser rápido y automático. Pensé que estaba llegando demasiado lejos en mis conjeturas, y que lo mejor sería concentrarme en otra cosa cuanto antes. Sin embargo, todos los detalles que procesaba mi cerebro iban encajando como piezas de un *puzzle*. Lorenzo sabía dónde vivíamos, había mandado la carta a la dirección correcta tanto en nuestro caso como en el del resto de las chicas, y hacía tres días había apuñalado a Dominique en Villajoyosa. Por lógica, tenía que ser Benidorm el escenario siguiente donde proseguir con su venganza. No era descabellado, por ello, suponer que me hubiera seguido al salir del apartamento en compañía de Regina. De ser así, ahora sabía a ciencia cierta el lugar donde había encontrado refugio, lo que significaba un enorme peligro para ella y para Moreno. ¿Y si en su locura apocalíptica tuviese planeado matarnos a todos?

Tenía varias alternativas. La más lógica, y la primera que se me ocurrió, fue la de salir corriendo hacia alguna calle concurrida que me pusiese a salvo de aquel demente. La noche era cerrada. El sitio era perfecto para que Lorenzo se acercase hasta mí por sorpresa y me clavase la navaja del modo en que lo hizo con Regina, o me amenazase con su arma en un intento de sacarme información sobre el paradero de las demás mujeres. En un lugar tan a propósito como aquel, sus pasos en la arena podían ser rápidos y silenciosos, y el ruido del mar acallaría mi sordo quejido o mi llamada de auxilio. Seguro que se frotaba las manos pensando en lo fácil que se lo había puesto. Y, además, en estas circunstancias tan propicias, las posibilidades de que errase eran mínimas. No estaba en medio de una calle transitada ni cerca de un colegio a la hora en que las madres llevan o recogen a sus hijos. Mi situación de víctima fácil era preocupantemente parecida a la de Dominique. Quizás la noticia de mi muerte apareciese también en el periódico local.

La segunda contemplaba asimismo la opción de salir corriendo, pero esta vez en dirección hacia el bar de Moreno para advertirle del peligro que se cernía sobre ellos. Era una salida más digna, más valiente, pero también más peligrosa, pues el camino discurría por zonas solitarias y oscuras. Y como nunca he sido héroe ni he estado especialmente dotado para la velocidad, elegí la que me otorgaba más posibilidades de supervivencia. De modo que apresuré la marcha, y, efectivamente, conmigo se movió aquella mancha oscura en cuyo interior se balanceaba la brasa como lo haría un núcleo dentro de su célula. Apresuradamente abandoné la arena y, sin atreverme a mirar hacia atrás, atravesé la primera línea de cafeterías con el tintineo del *Baile de los pajaritos* como inquietante banda sonora.

Caminando por la concurrida avenida del Mediterráneo, se fueron disipando mis temores. Caminé por ella durante más de media hora y luego decidí volver a casa por el camino de siempre, de manera que ascendí por Emilio Ortuño abriéndome paso entre grupos de jubilados que bajaban hacia los hoteles. Al llegar a la cima de la calle, ya exhausto, de nuevo se me dispararon todas las alarmas al percibir el fogonazo de la maldita silueta a treinta o cuarenta metros. Aquella sombra con su mancha roja en el centro, cuyo resplandor asemejaba a los chivatos rojos de los coches. Descompuesto por el miedo, pero intentando no perder los papeles, alcancé la enorme portada de hierros negros que delimita la calle con la zona comunitaria de mi bloque. La mancha roja se detuvo en la esquina mientras yo avanzaba torpemente hacia el portal. Luego, ya en mi apartamento, fui recobrando la serenidad mientras me reencontraba nuevamente con los cuadros esparcidos por el suelo y la caja de galletas semivacía presidiendo la mesa del salón. Olía a tristeza y a trazas del perfume barato que portaba Regina, por lo que decidí abrir las ventanas con urgencia. Mire a ambos lados de la calle y, efectivamente, la figura estaba allí; sola, apoltronada en uno de los bancos, y en una actitud tan misteriosa como amenazante.

Apagué las luces y observé la quietud de aquel fantasma, posiblemente dispuesto a no moverse hasta obtener su presa. Una presa que tenía mi nombre.

«Tiene que ser Lorenzo —pensé—. Quién si no. Está buscando a Martina, y supone que yo puedo llevarle hasta ella. Por eso me sigue. Podía haberme matado en la playa, o en la puerta de casa, pero no lo ha hecho. Me quiere vivo».

De pronto, otra brasa aún más potente que la del cigarro de aquel asesino se encendió en mi interior. Y pensé en Moreno, en Regina, en el chico…, en todas las vidas que merecía la pena preservar. Lorenzo estaba al alcance de mis ojos, localizado, y eso me daba la oportunidad de tomarle la delantera evitando que aquel canalla consumase sus instintos criminales. No lo pensé más y, empujado por aquella decisión repentina, me fui hasta la cocina donde empuñé un cuchillo, el que me pareció más apropiado para rebanar el cuello de aquel miserable. «Ha llegado la hora de actuar. Ya no puedo permitirme el lujo de seguir siendo un cobarde. Más vale morir peleando, que hacerlo mansamente como los corderos. Esta pesadilla tiene que acabar, y voy a ser yo quien le ponga fin».

El portal tenía dos salidas. La principal era aquella que Lorenzo vigilaba, pero había otra en la parte trasera desde la cual podría sorprenderle por la espalda y salvar así todas las vidas que aquel demente comprometía. Y le obligaría a confesar el lugar donde tenía escondido al chico. ¡Sí, eso es! Le pondría el cuchillo en el cuello y tendría que decírmelo. Y, quién sabe, igual hasta se acojonaba al sentir la cuchilla afilada sobre la piel y se me derretía de miedo haciendo posible su entrega a la Policía. Sería maravilloso presentarme al día siguiente en el bar con el niño de la mano. Regina podría abrazar a su pequeño y Moreno tendría que tragarse todas sus burlas.

Con esa alucinada determinación pisé la calle. La noche era clara y estaba presidida por un airecillo fresco que amenazaba con devolverme la cordura. Noté que en mi corazón se desataba un auténtico terremoto, pero no tenía otra elección, así que me acerqué sigiloso hasta que su espalda se hizo visible a escasos metros de mí. Con extrañeza, comprobé que vestía americana de aparentes buenas hechuras y que parecía confiado; quizás hasta ligeramente adormilado en la comodidad del banco. Saqué el cuchillo con decisión y, poniendo el filo sobre su cuello, le dije:

—Quieto, o de lo contrario te rebano la yugu…

No pude terminar la frase. Un golpe seco en mis partes íntimas hizo que soltase el cuchillo y que cayese hacia atrás retorciéndome de dolor. Al intentar incorporarme, aún con los ojos extraviados, pude ver cómo aquel individuo me apuntaba con su pistola. Era una escena que recordaba haber visto miles de veces en el cine, solo que los actores, una vez encajado el golpe, se incorporaban como si tal cosa y proseguían la pelea. Yo, por contra, bastante hacía con mantener la respiración.

—¿Qué demonios está haciendo? —me preguntó el pistolero—. ¿No ve que he podido matarle?

Vestía de manera elegante y aparentaba unos treinta años. Tampoco su acento parecía portugués.

—Perdone. Creo que le he confundido con otra persona. Hay un asesino suelto. Y al ver cómo usted me seguía, yo…

—No vuelva a hacerlo. Le ha salvado la fortuna de que yo esté aquí para protegerle, no para matarle.

—¿Quién es usted? —le pregunté, mientras me incorporaba con el gesto aún contraído por el dolor.

—Soy policía. Mi nombre es Francisco Encinas, y estoy pasando la noche lejos de mi casa y de mi familia con la noble intención de cuidarle. No le pido que me abrace ni que me dé besos en la boca, pero por lo menos no intente degollarme. Vine hasta aquí siguiendo los pasos de Regina, y tengo la orden de no quitarle los ojos de encima a ninguno de los dos. Sé que está refugiada en el bar de su amigo; esta tarde los vi entrar allí.

Asentí con la cabeza.

—Ya veo que está usted muy bien informado.

—Me pagan para ello. Menos de lo que quisiera, pero... mientras siga trabajando en esto, procuraré hacer las cosas lo mejor posible. Por cierto, a usted nadie le obliga a estar aquí. Si tiene tanto miedo, debería largarse o esconderse.

—¿Y a dónde podría ir?

—No sé. A cualquier parte. Hay millones de sitios bastante más seguros. Aunque reconozco que quedándose aquí nos puede ser muy útil.

—Puedo ser un buen cebo, ¿verdad?

—Puede que lo sea. De momento, estoy invirtiendo una hermosa noche de mi vida en confirmarlo. Una noche que aprovecharía mucho mejor en cualquier otro sitio.

—Esté tranquilo, no pienso largarme. Me importa un rábano que me utilicen como reclamo. Pero no creo que sea conveniente hacer lo mismo con Regina. ¿Por qué no se la llevan nuevamente al hospital?

—No podemos. Huir de un hospital no es un delito. Cualquier ciudadano es muy libre de suicidarse si así lo desea. La única orden que he recibido es la de vigilarles, a ella y a usted.

—Ha venido arrastrándose hasta aquí convencida de que va a encontrar a su hijo. Mi amigo y yo hemos tomado la decisión de ayudarle. Nos da mucha pena. Creemos que si vuelve a Zaragoza sin el niño puede ser capaz de cualquier locura. Pero, por otra parte, nos preocupa su estado de salud. Está muy débil y...

—Cuídenla como hasta ahora. Voy a darle un número de teléfono donde pueden avisarme si hubiera alguna emergencia.

Arrancó una hoja de su agenda y apuntó unas cifras. Luego, mientras me tendía su mano con el papel, me preguntó por el paradero de Pelayo.

—¿Quién les ha informado de que él está implicado en todo esto?

—Aunque usted no lo crea, nos dedicamos a investigar. Y fruto de esas investigaciones, hemos sabido muchas cosas sobre él. Aún no ha contestado a mi pregunta.

—No sé nada. No sé nada de él ni de Martina. Y tampoco es un asunto que me interese...

—¿Pero sabe que podrían estar juntos?

—Sí. Lo supongo.

—Lo de la desaparición repentina de su jefe nos tiene muy mosqueados. Aunque, bueno, el dueño de un imperio inmobiliario puede disponer de muchos escondrijos. ¿De veras no recuerda haberle oído hablar de alguna propiedad en un lugar recóndito? Algo en el campo o en otro país.

—Solo conozco su casa de Altea. Estuve allí hace algunos días buscando a Martina.

—Los compañeros de la brigada de Alicante han estado allí esta mañana y solo han encontrado a su ama de llaves, una mujer bastante mayor.

—¿No vieron a una criada negra?

—No. Si es a Brenda a quien se refiere, no estaba allí —me respondió en todo un alarde de buena información.

Supuse que se la habría llevado junto a las otras al lugar seguro del que me habló. Era inaudita aquella extraña obsesión por mantener unido el grupo. Donde quiera que estuviese alguna de ellas, allí estarían las demás. De manera que, si Moreno y yo vimos a Brenda el día de nuestra visita a la casa, es casi seguro que también Martina se encontrase allí. Quizás encerrada a cal y canto e ignorante de mi presencia. O, quién sabe, tal vez observándome desde el parapeto transparente de alguna ventana, pero con la suficiente dosis de indiferencia como para no llamarme, o para no salir apresurada a abrazarme. Porque yo entonces aún la quería y hubiese aceptado gustoso su abrazo. No como ahora, que la detestaba...

—Ya veo que está sufriendo mucho —me dijo al observar mi

semblante abatido—. A veces nos llevamos sorpresas con personas a las que creíamos conocer muy bien.

—No es solo que me engañase. Hay más cosas. He descubierto el tipo de relación que ha mantenido con mi jefe durante todos estos años, y me da nauseas de solo pensarlo.

—¿Una relación de la que nunca sospechó?

—Ya les dije en Zaragoza que todo esto ha sido un impacto terrible para mí. Yo amaba muchísimo a esa mujer y lo ignoraba todo. Soy un ingenuo, un idiota. No sabe la vergüenza que estoy teniendo que soportar…

—¿Cómo era su jefe en la vida normal?

—No sé. Supongo que como todos. Mandón, algo fantasma, siempre mirándote por encima del hombro… Uno de esos tipos que, por el hecho de pagarte un sueldo, ya se piensan que tienes que estarles eternamente agradecido y rindiéndoles pleitesía. ¿Por qué me lo pregunta?

—Bueno. Siempre he tenido curiosidad por saber cómo son en la vida normal esa clase de individuos. Gente que está acostumbrada a dominar y a dar órdenes, pero que luego, en la intimidad, desean ser tratados como colillas. Me cuesta creer que alguien pueda excitarse cuando una mujer se le mea encima o le arrea zurriagazos con un látigo.

—¿Qué me está insinuando con eso?

A Encinas se le heló la sonrisa en la boca. Inmediatamente se dio cuenta de que había metido la pata.

—No. Olvídelo, ha sido una tontería mía.

—Qué diablos es eso de mearse encima de… ¿A qué se refiere?

Encinas se vio atrapado por bocazas. Hubiera podido callarse, pero no se contuvo. Era un chismorreo demasiado sabroso.

—Déjelo. Pensé que usted ya lo sabía. Antes me ha dicho que conocía el tipo de relación que mantenían —se hizo un breve silencio entre los dos y, al final, ante la insistencia de mi mirada, concluyó—: Está bien... A su jefe le gusta el sadomasoquismo. Le gusta pegar y que le peguen. Y hacer guarradas de las que es mejor no hablar. Al menos ese era el tipo de cosas que le gustaban cuando frecuentaba a *Las siete magníficas*. Seguro que Regina podrá darle muchos más detalles sobre esa afición secreta. Pensé que Gándara ya le había puesto al corriente en Zaragoza. Y, por favor, no diga a nadie que he sido yo el que se lo ha contado. Aunque me reconocerá que la escena no deja de ser chocante: su jefe con el culo al aire y esas siete damiselas poniéndoselo como un tomate a golpe de fustazos. ¿Eh? Ja, ja. Todo un espectáculo. Se excitan así. No les basta con follar como todo el mundo.

Luego, al ver que mi abatimiento iba en aumento, concluyó:

—Comprendo que todo esto le afecte, amigo mío. Usted la quería mucho. Pero ha estado muy ciego. El mundo es muy complicado, y quizás hasta hoy haya vivido encerrado en una especie de limbo. Ahí afuera pasan muchas cosas que usted ignora, pero que nosotros vemos todos los días. Hay muchos tipos de amor, muchos tipos de odio, muchas maneras de hacer daño. Si yo le contara... Vivir al margen de toda esa mierda está muy bien, pero cuando toca poner los pies en el suelo hay que hacerlo de verdad, y ser fuerte. Tómese este mal trago de una vez y sin respirar; pasará más rápido. Y ahora, recoja ese cuchillo y váyase a la cama. Me da la impresión de que necesita dormir unas cuantas horas. Y no vuelva a jugar a ser un asesino, usted no vale para eso. Y descanse tranquilo; yo vigilo.

Volví a pedirle perdón una vez más, y me alejé de él muy lentamente. Sin duda había vuelto a hacer el ridículo, aunque últimamente eso era algo a lo que ya me estaba acostumbrando. Una mala costumbre de la que quizás ya era tarde para librarme.

# Capítulo 14.
# UN AMA Y SEIS ESCLAVAS

Según Moreno, hacía falta estar muy loca para suponer que dando vueltas sin rumbo por las calles de Benidorm nos pudiésemos topar de pronto con Lorenzo y Daniel. Aun así, Regina estaba convencida de ello. Pensaba que entre ella y el niño existía una corriente de energía muy especial que terminaría por hacerles confluir en el discurrir de una calle o en una esquina inesperada. «Daniel está aquí, en esta ciudad. Puedo sentirlo», nos decía una y otra vez. Y lo peor es que yo también estaba convencido de ello. Lo intuía con su misma clarividencia. Pero lejos de buscar aquel encuentro, yo rezaba por lo bajo para que no se produjera. El miedo que sentí la noche anterior no me había abandonado ni un instante y de buena gana hubiese optado por refugiarme en la cada vez más discutible seguridad de mi apartamento durante varios días. Pero la palabra de uno es sagrada y, tal y como me había recordado la propia Regina, no podía desviarme ni un milímetro de lo prometido.

Moreno me miró con aire resignado cuando ayudamos a ponerse en pie a una Regina que había pasado la noche entre décimas de fiebre y alguno de sus remedios caseros. Al hacerlo, confirmamos plenamente que aquella mujer no estaba para largas caminatas, ni aún para paseos tortuosos en coche. Pero era tal la decisión que había en sus ojos y el valor que demostraba en cada gesto, que ninguno de los dos nos atrevimos a poner un contrapeso de realismo en lo que no dejaba de ser un nobilísimo y maternal anhelo.

Regina no podía permanecer ni un segundo más en la cocina-dormitorio de mi amigo sabiendo que su hijo corría peligro. Y eso la honraba, y al tiempo la convertía en un ser tan vehemente como poco juicioso. Conocía mejor que nadie a Lorenzo y sabía que parte de su venganza podía materializarse en hacer daño al pequeño. «No se lo ha llevado porque le tenga afecto o le importe. Se lo ha llevado para así tener un rehén». Y esas palabras repetidas a cada momento fueron las que nos empujaron a actuar como cómplices necesarios en aquel delito contra la lógica y contra su salud. Y las que nos llevaron a sostenerla camino del coche y del milagro, mientras la neblina del delirio se reflejaba en sus ojos, y un temblor más que preocupante se adueñaba de toda ella a pesar de sus esfuerzos por disimularlo y mostrarse fuerte.

Primero dimos unas vueltas por el centro de la ciudad. Y cuando nos cansamos, y a petición suya, nos desplazamos a municipios cercanos como Altea, Jávea y Villajoyosa, siempre con resultados desalentadores. Por dos veces se levantó del asiento creyendo ver a su hijo, y por dos veces también hubo de bajar del coche para cambiar de postura y para que Moreno le ajustase los vendajes que sujetaban sus heridas. Cuatro puñaladas: dos en un costado —una de las cuales a punto estuvo de ser fatal—, y las otras repartidas por la amplia geografía de su cuerpo. Era milagroso que ninguna de ellas hubiese afectado a órganos vitales. «Este Lorenzo será todo lo diabólico que quieras, pero como asesino es un chapucero», me había comentado Moreno la noche anterior. «O quizás es que el cáncer le está minando las fuerzas y eso ha restado efectividad a su brazo», pensé. Porque la primera de las puñaladas la dio con decisión y buena puntería, pero después debió de ponerse nervioso, y las demás, por suerte, eran simples pinchazos.

Paramos el coche en una cuneta aparente para ello y Moreno desplegó para mi asombro unas portentosas dotes de enfermero.

«Cuando a mi madre le atropelló un coche hace varios años, fui yo quien se encargó de hacerle la cura todos los días. Al principio vino una enfermera que me enseñó lo imprescindible, y luego fueron estas manos primorosas las que se encargaron de hacer todo el trabajo. Un trabajo de artesanía fina. Hasta el médico me felicitó».

Me sorprendió la delicadeza con la que sus dedazos doblaban y redoblaban las gasas hasta conseguir la presión justa sobre las heridas. Llegó un momento en que me sentí como un intruso en medio de aquella ceremonia donde parecía como si algo íntimo estuviese entretejiéndose entre ambos.

Pasadas algunas horas, fue la propia Regina la que hubo de rendirse a la evidencia y dar por consumado el fracaso. Lo hizo entre lágrimas de desencanto y nuestras palabras de aliento. Luego, recostada en el sucio sofá de un bar de carretera, nos confesó que éramos dos tipos muy poco corrientes. «Yo de otra cosa no sabré, pero de hombres... ¡Buf! En eso soy catedrática. Y quiero que sepáis que vosotros sois distintos. Que sois dos tipos de los que ya no abundan —dijo mientras dirigía su mirada hacia un Moreno algo ruborizado—. Gracias por todo. Estoy en deuda eterna con vosotros». Reconozco que aquellas palabras sirvieron para elevar mi exigua moral de aquellos días y que hasta llegué a emocionarme un poco. Después me armé de valor y le hice una pregunta que llevaba mascullando desde la noche anterior.

—Regina... Ayer me insinuaste que a Pelayo le gustaba hacer con vosotras cosas un tanto... peculiares. ¿Esas cosas podrían definirse como perversiones?

No observé ningún gesto en Regina que denotase sorpresa o malestar, de modo que proseguí.

—Y siendo así, ¿practicaba esas..., digamos, perversiones con todas vosotras, o solo con algunas? Bueno..., o si quieres que te lo pregunte más claramente, ¿Martina era una de las que entraba en ese juego?

—¡Y dale con Martina! Ya veo que sigues dándole vueltas y

más vueltas a lo mismo —me dijo—. Y siento disgustarte, pero sí, efectivamente, en ese juego entrábamos todas. Ella, en un principio, mientras fue la favorita de Lorenzo, se libró de todo aquello, pero luego entró en la rueda lo mismo que las demás. Tu jefe era un cliente especial que nos pedía cosas especiales, pero no por ello dejaba de ser un cliente, y como tal había que complacerle. La verdad es que fue de los primeros que nos pidió mantener relaciones de ese tipo. Aunque hoy en día esas prácticas están muy de moda y te las pide mucha gente. Él siempre hacía lo mismo. Primero, se encerraba con una o dos de nosotras. Teníamos que jugar a ser sus esclavas. Le gustaba atarnos las manos y que fingiésemos que nos estaba forzando a hacer cosas que no queríamos. Nos pedía que chillásemos como si estuviese haciéndonos daño, aunque he de decir que nunca nos lo hizo. Él mismo nos traía disfraces de enfermera, o de azafata, o de colegiala, para que nos vistiésemos de la forma que le parecía más excitante. Tenía muchas fantasías, algunas muy ridículas, y otras... bastante asquerosas. Nunca llegó a golpearnos ni a maltratarnos. Solo nos insultaba y nos ataba, o nos amordazaba. Y luego nos pedía caprichos que se le ocurrían, cosas que por entonces nos parecían extravagantes. Después, nos hacía salir de la habitación y entraba Marcia. Y aunque nunca nos dejó ver qué demonios hacía con ella, Marcia nos lo contaba. Le pedía que le pegase, que le insultase, que le pisase..., porque todo eso le ponía muy cachondo. Y así, aunque el papel de esclavas lo hacíamos cualquiera de nosotras, el de ama castigadora solo lo hacía ella. Para eso hay que valer; cualquier mujer no es capaz de dar golpes a un tío hasta hacerle sangrar. Y supongo que a él le gustaba precisamente por eso, porque notaba que aquellos golpes se los daba con rabia y con una mala leche que no era fingida. Yo creo que de aquella manera Marcia se vengaba de todos los hombres en general.

—¿Es verdad que algunas veces llegaba a... —me daba vergüenza el mero hecho de preguntarlo o plantearlo, pero era algo que bullía en mi cabeza desde que Encinas lo dejó caer— pedirle que se orinara encima de él?

—Sí —contestó Regina sin entrar en más detalles.

—Y él, por casualidad, ¿hacía lo mismo con vosotras? En algún momento llegó a... Contéstame tan solo con un sí o con un no. No quiero saber nada más.

—Sí, era una de las cosas que más le gustaba. Y no solo mearse...

Aunque ya para entonces estaba curado de espantos, aquella afirmación me hizo muchísimo daño. Imaginar a aquel hijo de puta mancillando lo que para mí era sagrado, me dolía en el alma.

—¡Cómo se puede ser tan guarro y tan hijo de puta! —intervino Moreno—. Teníais que haberlo matado entre todas cuando os hacía eso.

—Eso no es lo peor que te puede pasar cuando te dedicas a mi oficio. Hay cosas peores. Oli era tan solo uno de los más caprichosos. Pero ni era el único, ni era el más peligroso. En el sadomasoquismo, a los hombres poderosos les gusta jugar a que les maltrates y les hagas sentir como gusanos. Es algo muy raro. Como si su cabeza necesitara equilibrarse y asumir un papel contrario al que les tiene acostumbrados su poder. A él le gustaba humillar y que le humillasen. No hay muchos casos como ese. Disfrutaba dando y recibiendo dolor, aunque yo creo que lo que más le ponía eran los latigazos de Marcia.

—Pero ahora Marcia vive con él —le dije—. ¿Tú crees que ella seguirá pegándole y humillándole?

—¡Claro! ¿Por qué crees que es su favorita? Estoy segura de que Marcia lo domina.

—Y las demás, ¿seguirán siendo sus esclavas? —pregunté.

—Es lo más probable. Mirad, yo seré puta, pero nunca he pertenecido a nadie. Supongo que ahora comprenderéis la razón por la que he preferido seguir trabajando en clubs de mala muerte a ser propiedad de ese cerdo.

Esa referencia a la propiedad me trajo a la mente las palabras de Pelayo en Hendaya: «Usted necesitaba a Martina y yo se la proporcioné. No creo que nunca nadie le haya hecho un regalo como ese».

—También Lorenzo os trataba como a esclavas, ¿no? —preguntó Moreno.

—Él nos explotaba. Era un cabrón, pero no le iba el rollo sadomasoquista. Nos torturaba para demostrarnos quién mandaba, pero cuando estaba con alguna de nosotras se comportaba como un amante normal, incluso podía llegar a ser tierno en algún momento. Tu jefe no. Tu jefe era un bicho raro. Cuando encerraron a Lorenzo, quiso negociar con nosotras una relación de posesión que llegaba mucho más allá de lo puramente sexual. Él nos ofrecía una nueva vida con comodidades, pero quería que le perteneciésemos en todos los sentidos. Saber que podía hacer con nosotras lo que quisiera y cuando quisiera. Que viviésemos solo para él. Yo por ahí no pasé. Me siento menos sucia haciendo lo que hago.

—Ese hombre es un enfermo peligroso —se escandalizó Moreno—. Un loco al que habría que encerrar en un manicomio.

—Te aseguro que no es el único. En la calle hay muchos como él. Si yo os contara…

—¿Llegó a ser amigo de Lorenzo?

—Bueno. No sé si se puede hablar de amistad. Desde luego era un cliente magnífico que dejaba mucho dinero. Es más, no creo que entre las prioridades de Lorenzo esté la de matarle. Supongo que solo lo haría si se pone muy pesado protegiendo a las chicas. Él quiere vengarse de nosotras al margen de la vida que hayamos podido llevar desde que no nos controla. Ahora el que más peligro corre es mi Daniel. Incluso vosotros mismos, por el hecho de protegerme, también corréis peligro.

Se nos quedó mirando con una tristeza infinita para luego concluir:

—Está loco, y tiene a Daniel. ¿Comprendéis? Tiemblo solo con pensarlo.

Tras aquellas afirmaciones inquietantes, Moreno nos condujo de regreso al bar dando un rodeo por algunas calles adyacentes. Los tres nos mantuvimos un largo rato en silencio. Moreno atento a la conducción, yo meditabundo, y Regina mirando con sumo interés a cada transeúnte. Había pocos niños. Octubre había dado paso a nubes de jubilados españoles y de toda Europa. Si Lorenzo estaba allí, quizás pasease por las calles sombrío y avejentado, casi indistinguible entre aquella marea de venerables ancianos.

Nos seguía un coche rojo. Llevaba siguiéndonos toda la jornada.

Tras el parapeto negro de los cristales, se intuía una sombra familiar y el rojizo resplandor de la brasa de un cigarro.

# Capítulo 15.
# AMAR, MORIR, Y UNA TARDE DE LLUVIA

La tarde se nubló de pronto, y en tan solo unos minutos el cielo empezó a escupir las primeras gotas. En Benidorm, la lluvia se hace de rogar, pero cuando aparece no se anda con remilgos y es mejor ponerse a salvo. Era un digno colofón a aquella jornada tan estéril.

El rostro de Regina exhibía una mezcla de resignación, dolor y agradecimiento. Moreno, sin embargo, parecía pletórico en su papel de macho protector siempre solícito a satisfacer cualquier deseo de la dama. Pronto pude confirmar cómo entre ambos se tendían puentes de gran complicidad y cómo mi presencia se iba haciendo del todo prescindible. Ya de nuevo en el bar, la actitud de ambos se hizo tan sumamente empalagosa y tan predispuesta al idilio, que no pude por menos que empujar a Moreno hasta la barra, aprovechando que Regina había sucumbido a los efectos narcóticos de una de aquellas pastillas que pululaban indocumentadas por la mesilla de mi amigo.

—Oye, macho, te veo muy lanzado. No me digas que te estás enamorando de ella.

—¡Eh! Y si eso fuera cierto, ¿a ti qué demonios te importa? ¿No soy acaso mayorcito para gobernar mi vida?

—Esa mujer es una fulana —le dije—. Lo fue con *Las siete magníficas* y ha seguido siéndolo durante todo este tiempo. Ándate con ojo o te hará daño. Eres demasiado buena persona, amigo mío, y no me gustaría verte sufrir de la forma en que lo estoy haciendo yo.

—No digas tonterías. Conozco a la gente con solo mirarla, y te aseguro que esa mujer tiene muchos más valores que algunas de las que andan por ahí dándoselas de virtuosas y de muy dignas. Bastantes más, desde luego, de los que adornan a tu querida Martina, la cual ha sido capaz de venderse a ese tipo y de abandonar a su hijo. Desde que perdí a Natalie, no había vuelto a sentir nada parecido por una mujer. ¡No vengas a estropeármelo ahora con tus remilgos! Y procura arreglar tus asuntos, que ya me encargaré yo de los míos.

Enrojecí presa de la cólera, pero en el fondo tenía mucha razón en todo cuanto me decía. Con la que estaba cayendo sobre mis espaldas, no era yo la persona más indicada para aconsejar a nadie en asuntos amorosos.

Fingí estar más enfadado de lo que realmente estaba y salí al pasadizo con un extraño sentimiento de tristeza. Viendo caer la lluvia en la calle, volví a sentirme solo. Solo ante el mundo y ante mis problemas. Mi preocupación por Moreno era real. Apenas conocía a aquella mujer y lo que sabía de ella era terrible. Tan solo el amor desmedido hacia aquel muchacho —justo aquello que hacía más aborrecible la figura de Mar— parecía redimirla de su vida tormentosa. Me era inevitable sentir preocupación por el hecho de que una persona tan generosa como Moreno pudiese verse envuelta en una historia que le hiciese sufrir de verdad, como ya le ocurrió con Natalie cuando probablemente le engañó con aquel chulo de mierda. Moreno era capaz de entregarlo todo a cambio de nada y otro golpe podría ser mortal para él. Aunque luego se empeñara en buscar pretextos incapaces de justificar lo injustificable. Pretextos que uno se inventa para salvar el pellejo e ir tirando.

El agua me empapaba. Avenida de Europa hacia arriba, caminando por una acera completamente desierta, pensé que ya no había lugar para la esperanza. A lo lejos, en medio de una tarde que había ennegrecido de repente, parpadeaban las luces irreductibles de las hamburgueserías y el resplandor lejano de los semáforos. Tras de mí, podía sentir el aleteo de una presencia que ya empezaba a serme familiar. No me volví, pues lo consideré innecesario. Aun sin verla, podía adivinar el movimiento rojo de la brasa del cigarro y el balanceo silencioso de aquellos pasos acompasados a los míos. Poco a poco, la presencia se fue haciendo más cercana, y cuando ya pensaba volverme para saludarle del modo en que se saluda a un viejo amigo, dos calambrazos a la altura del costado me hicieron perder la respiración y me obligaron a arrodillarme interrumpiendo momentáneamente el caudal de aquella auténtica catarata que bajaba calle abajo. Dirigí la mano hacia donde me quemaba, y el agua de lluvia se tiñó de rojo, al tiempo que otro impacto de dolor me golpeaba a la altura del cuello y daba con mis huesos en la acera. No recuerdo nada más, solo el rumor de unos gritos a los que siguieron disparos, y luego más gritos, y luego, el silencio.

# Capítulo 16.
# NO SE PUEDE MORIR DOS VECES

Desperté algunos días más tarde en la habitación 134 de un hospital de Villajoyosa. Al volver a la vida, una luz blanca y casi mágica lo inundaba todo; una luz que me obligó a cerrar los ojos del modo en que deben sentirse deslumbrados los recién nacidos. Frente a mí, la mirada circunspecta de un barbudo que inspeccionaba mis vendajes y la sonrisa de cuento de una mujer joven que me acariciaba el rostro mientras ajustaba un botellón de suero. «Está despertándose», dijo, y un susurro de celebración contenida recorrió la sala.

—¿Qué me ha pasado? —pregunté.

—Nada que no tenga remedio —respondió el barbudo.

Había más gente en la habitación, gente que, desde el fondo, parecía esperar con impaciencia una señal del médico que les permitiera acercarse a la cabecera de la cama y saludarme a modo de bienvenida en mi regreso al reino de los vivos. No podía verlos, pero sentía su energía positiva actuando sobre mí como un imán que hubiese obrado de modo decisivo en mi curación. Ahora, el conjunto de aquellas presencias salvadoras se fundía con el verdor claro de las paredes para gritar de un modo alborozado que había ganado la batalla a la muerte.

Se siente uno tan pequeño, tan vulnerable y tan agradecido cuando regresa a la vida que es difícil reprimir las lágrimas. Yo, sin embargo, fui incapaz de llorar. Estaba demasiado cansado, demasiado débil incluso para eso.

—¿Cuánto tiempo llevo aquí?

—Cuatro días en cuidados intensivos, y apenas tres horas en planta —precisó el médico—. Yo fui testigo del estado en que ingresó y le aseguro que ha tenido mucha suerte.

—¿Quién está ahí? —pregunté.

—Ahora los verá —me respondió—. Creo que todos ellos son buenos amigos suyos.

La enfermera giró muy lentamente la manivela que había al pie de mi cama, y, poco a poco, como se descorre el telón de un escenario que desvela las figuras silenciosas y aún inmóviles de los actores, aparecieron sonrientes en el fondo de la habitación los rostros de Moreno, Regina, del inspector Encinas y de un niño infinitamente más atento al devenir de un pequeño camión de plástico que a mis accidentadas vicisitudes.

Moreno me hizo la señal de O.K. con satisfacción, mientras Regina le cogía de la mano y se recostaba emocionada sobre su hombro. El niño era Daniel.

—No sabéis cuánto os agradezco que estéis aquí —acerté a decirles.

Luego, tras comprobar que lo que dejé como incipiente historia de amor era ya toda una realidad, comenté a modo de feliz observación:

—Parecéis una familia.

—Vamos a serlo —apuntaló Moreno.

Inmediatamente mis ojos buscaron la presencia de Martina, pero no estaba.

—¿Dónde está Mar? ¿Y Lorenzo? ¿Han atrapado a Lorenzo? Fue él quien intentó matarme, ¿verdad?

—Vamos, vamos... Relájese.

—¿Y el niño? ¿Dónde estaba el niño? —pregunté cada vez más alterado.

—Son preguntas que tendrán su respuesta en el momento adecuado —me dijo el médico algo enfurruñado—. Usted no está ahora preparado para ese tipo de emociones. Estos amigos suyos han insistido, hasta mi vergonzante claudicación, en su deseo de estar presentes en este momento tan crucial, pero le aseguro que van a marcharse inmediatamente. El inspector Encinas tiene muchas cosas que contarle. Pero esto no es el despacho de una comisaría, es un hospital, y lo hará cuando yo lo considere pertinente. Desde luego, no en este momento.

Percibí los pasos amortiguados de «la nueva familia» que abandonaba la habitación obedeciendo las órdenes de la enfermera. Luego sentí cómo la mano de Encinas se apoyaba sobre mi hombro con una calculada fuerza que intentaba darme ánimos sin lastimarme. Su mareante olor a colonia me trasladó, inevitablemente, a aquella noche surrealista en la entrada de mi apartamento.

—Enhorabuena, amigo. Es usted muy fuerte.

—Si pude sobrevivir a su codazo, supongo que ya estoy preparado para aguantar cualquier cosa.

—Ja, ja, ja. Me alegro de que aún conserve intacto su sentido del humor. Como agresor era usted un desastre, pero como víctima es de lo más resistente. Un hueso duro de roer.

—Sí, supongo que he nacido para eso. Para ser víctima y soportar todo tipo de golpes y de navajazos.

—No todas las víctimas pueden contarlo.

—¿Dónde está Lorenzo? —insistí.

—Muy cerca de usted. Ahora mismo está ingresado en la habitación de al lado en una situación bastante delicada.

—¿Y Mar?

El médico hizo un gesto negativo con la cabeza, al que Encinas dio continuidad con un evasivo: ya hablaremos.

—Oiga —requerí tratando de incorporarme—. Usted no puede dejarme así. ¡Tengo todo el derecho del mundo a saber qué ha pasado con la mujer a la que amo!

—No se preocupe. Yo se lo contaré todo a su debido tiempo —me tranquilizó Encinas—. Pero me temo que en estos momentos estoy obligado a seguir las instrucciones de su médico. Procure estar tranquilo. Si mañana se encuentra mejor, yo estaré encantado de que hablemos el tiempo que sea necesario, ¿de acuerdo?

Aquel carcelero de bata blanca no autorizó ninguna visita en los tres días posteriores. Al cuarto día, Encinas cumplió su palabra y me contó el desenlace de la historia. Yo estaba vivo de milagro, pero otros, lamentablemente, no habían tenido tanta suerte.

Fue pasado casi un mes, y ya en franco proceso de restablecimiento, cuando decidí que era necesario sacar a la luz la totalidad de los hechos. Empecé por escribir esta primera parte que ustedes ya han leído, y después, con el corazón desgarrado, completé las páginas que vienen a continuación. El caso aún no está cerrado, y me gustaría que todo lo que cuento a partir de ahora —fruto de mi investigación— colaborase a inclinar la balanza en la dirección correcta. De aquí en adelante, dejaré de hablar en primera persona para describir los acontecimientos del modo en que lo haría un narrador que se sitúa frente a ellos y se limita a describirlos. Solo deseo que brille la verdad por encima de todo, y ese es el motivo que me ha impulsado a llevar hasta el final una empresa tan complicada como dolorosa.

No soy escritor profesional, sino empleado de una inmobiliaria, por lo que suplico pasen por alto mis evidentes limitaciones en lo tocante a estilo y cualidades literarias. Lo que sí les prometo es honestidad y sinceridad. Y ahora, si ustedes aún disponen de las ganas y el tiempo suficientes, yo les invito a que sigan adelante y conozcan la cara oculta de aquellos días que marcaron mi vida para siempre.

# SEGUNDA PARTE

# Capítulo 17.
# ANTONIA

Tras el encarcelamiento de Lorenzo, la vida de Antonia prosiguió como si tal cosa. Continuó viviendo en la misma *roulotte*, comiendo y bebiendo de manera incontrolada, y ejerciendo su oficio de siempre: el de prostituta. Eso sí, mudó las carreteras aragonesas por las sorianas, pues era en la capital castellana donde Lorenzo cumplía su condena. Pronto se hizo conocida en aquellos contornos por ser consuelo de labriegos golfos o de pueblerinos solterones acuciados por las necesidades más primarias. Nadie se explicaba cómo aquella mujer, sola y sin la protección de nadie, podía atreverse a vagar tan tranquila por páramos apartados donde lo mismo era recibida con jolgorio y brillo de lujuria en los ojos que a golpe de insulto y de pedrada por parte de las mujeres y escasa chavalería que aún habitaba en aquellos pagos.

Tal vez por el hecho de vivir tan a su aire, o por una pereza que se iba apoderando de ella, descuidó su aspecto físico hasta extremos alarmantes; y por mor de una alimentación rica en embutidos y golosinas fue poniendo cúmulos de grasa allí donde antes imperaba una estupenda arquitectura física. Menos mal que, a pesar del innegable deterioro, su exuberancia y su desparpajo profesional le daban para ir tirando.

En aquellas circunstancias tan nefastas, todo hacía pensar que su vida era un viaje sin retorno hacia la marginación y la miseria. Para rato hubiese podido nadie imaginar que aquella puta pobre y desgraciada mantenía a buen recaudo, y depositado en un banco de Zaragoza, un nada despreciable tesoro que era su orgullo y su venganza secreta hacia cuantos la miraban con desdén. Un conjunto de sortijas, algunas de dudoso gusto y otras ciertamente valiosas, que ella adoraba como personal becerro de oro, y que prefería mantener ocultas a la rapiña del género humano, del cual, por principio, desconfiaba y renegaba.

Pocos casos se habrán dado de tamaña lealtad hacia un hombre. Antonia visitaba a Lorenzo cada fin de semana para suministrarle compañía y todo aquello que podía serle necesario. Al principio, compartían la tarde en la oscura habitación donde los presos disfrutaban del vis a vis, pero llegó un momento en que la pérdida de atractivo por parte de la *exvedette* se hizo tan manifiesta, que incluso llegó a hacerse repulsiva a los ojos del que tendría que haber hecho gala de su condición de macho hambriento y enjaulado. Y así, las relaciones entre ambos se fueron espaciando hasta hacerse inexistentes. Y ella, que lo de hacer el amor lo sobrellevaba con resignación profesional, no dejó de sentirse aliviada ante tal circunstancia, pues desde hacía mucho tiempo ya no quería a Lorenzo de la manera romántica en que quieren las mujeres enamoradas.

El portugués siempre había sido para ella un socio necesario en los negocios al que ahora cuidaba y procuraba tener asistido por un cierto sentimiento de lealtad, y también, por qué no decirlo, en la esperanza de que, tan pronto saliese del talego, pudiesen formar otra *troupe* que les devolviera al dinero fácil y a su vida despreocupada de antes. Y para recuperar todo aquello necesitaba imperiosamente de Lorenzo. Ninguno con su mano de hierro para las muchachas, ni con su aplomo para negociar con empresarios y clientes, ni con su saber estar en el escenario, ni con aquella bendita despreocupación por el dinero. Porque la que siempre manejó los caudales en aquella sociedad tan especial fue ella. A Lorenzo le bastaba con ser la estrella del espectáculo y con dar rienda suelta a su doble faceta de actor y semental. Con *Las siete magníficas* cubría sobradamente aquellas necesidades, y el dinero lo dejaba en un discreto segundo plano donde Antonia era la plena protagonista. A ella lo que verdaderamente le importaba era ver cómo su bolsa crecía día a día, y lo que deleitaba sus sentidos hasta el orgasmo era el brillo y la belleza de su gran pasión: las joyas. Al principio, joyas inútiles y baratijas que compraba por capricho y sin ton ni son, pero luego, asesorada por un conocido joyero de Zaragoza, logró adquirir piezas de cierta importancia donde se invertían los ingresos que generaba el negocio. Pulseras, relojes de oro, collares de perlas y los regalos que algunos clientes pudientes hacían a las chicas, y que Lorenzo y ella requisaban de inmediato. Objetos de valor muy diverso que curiosamente Antonia nunca lució, pues consideraba temerosa que alguien pudiese robárselos, o despertar con su exhibición la envidia y posterior sublevación de las chicas. De manera que se limitó a disfrutar del abstracto placer de su posesión y contemplación en el pequeño dormitorio de la *roulotte*, única pieza que permitía una cierta intimidad.

Antonia era una avariciosa de cuento. De las que almacenaba los billetes en escondrijos inconcebibles para luego, tras manosearlos muchas veces, reconvertirlos en oro y pedrería que iba directamente a la caja de seguridad del banco. Y así, cada diez o quince días, aparecía por las dependencias de la sucursal zaragozana y pedía las llaves de la caja para deleitarse durante unos minutos en la contemplación de aquello que, junto a sus perros —dos pequeños caniches blancos—, era lo que más amaba en el mundo. Luego, cuando ya se había cerciorado de que las riquezas seguían en su sitio y había sentido en la sangre el hervor que le proporcionaban sus destellos, salía del centro financiero entre chismorreos de los empleados y el soniquete de su taconeo orgulloso.

Nunca perdió aquella costumbre. E incluso desde Soria realizaba al menos una escapada mensual para repetir aquel ceremonial que tanto le gratificaba. Y, a continuación, tras parar en algún hipermercado de la zona donde se surtía de su comida basura favorita, regresaba a la capital soriana a ejercer el oficio más antiguo del mundo, y a ser socorrido remedio para viejos verdes y marginados que en otro tiempo le hubiesen producido náuseas. Pero mejor apechugar con aquellas tareas tan desagradables que tener que desprenderse de alguna pieza de su tesoro. ¡Por ahí sí que no estaba dispuesta a pasar! Ya llegarían tiempos mejores cuando su cónyuge recuperase la libertad.

De esta forma discurría la vida de Antonia. Hasta que una noche llamaron a la puerta de la *roulotte* y se encontró de frente con las figuras lustrosas y encopetadas de Marcia, Dominique, Brenda, Brígida y Martina. La primera reacción fue de asombro, y durante breves segundos ninguna supo qué decir. Fue Antonia la que rompió el hielo con un aire de descaro algo forzado:

—¡Vaya sorpresa! Y hay que ver… ¡Qué monas estáis! Si hasta me ha costado reconoceros.

—Por desgracia no se puede decir lo mismo de ti —le espetó Marcia sin poder disimular su odio.

—No sé cómo demonios me habéis encontrado. Aunque si habéis venido a insultarme, lo mejor es que deis media vuelta y os evaporéis. ¿Está claro? —exclamó Antonia, mientras las encaraba dando otra calada a su cigarrillo.

—Nos da muchísimo asco el volver a pisar esta pocilga —aseveró Marcia—, pero hace mucho frío aquí afuera y te agradeceríamos que nos dejases pasar.

—¿Para qué?

—Queremos hablar contigo.

—Pues os confundís si pensáis que hay algo de lo que tengamos que hablar. Me alegro de que estéis tan guapas y de que las cosas os vayan bien. Si habéis venido a pasármelo por el morro, ya lo habéis conseguido, ¿vale?

Trató de cerrar la puerta, pero varios pares de manos se lo impidieron. Después tiró el cigarro e intentó clavar sus uñas en la cara de alguna de las cinco, hasta que un bofetón certero le hizo retroceder entre alaridos de ira.

—¿Qué demonios queréis? ¿Con qué derecho os atrevéis a entrar así en mi casa?

Todo estaba revuelto: revistas tiradas por el suelo, restos de la cena en una mesa plegable, cáscaras de pipas alfombrando la cama desecha y envoltorios de magdalena haciendo el papel de ceniceros. Antonia, sin poder ocultar su miedo, se cubría con un albornoz deshilachado mientras su melena entreverada de canas le ocultaba parte del rostro.

Las miró de arriba abajo y ratificó con desagrado que las cinco estaban estupendas; cada una conservando su peculiar estilo, pero con un porte envidiable.

—¡Vamos! ¡Decidme! ¿A qué habéis venido?

—Queremos hacer cuentas contigo —desveló Marcia sin dejar de llevar la voz cantante.

—¿Qué cuentas?

—Queremos la parte que nos corresponde del dinero que ganamos entre todas. Un dinero que nos has robado, y que nos costó sangre, sudor y lágrimas.

—¿Y venís ahora a por él? ¡Qué risa! Igual pensáis que lo he estado guardando para vosotras durante todo este tiempo. ¡Ese dinero ya no existe, pedazo de cretinas! ¿De qué creéis que he estado viviendo? Yo no me vendí a ningún «millonetis» para que me mantuviese.

—¡Eso es mentira! —terció Brígida—. Siempre has sido una miserable tacaña incapaz de gastar un solo duro. Sabemos que tienes joyas escondidas en alguna parte. Esas joyas son tan nuestras como tuyas, y no nos iremos de aquí sin lo que es nuestro.

—¡Hay que ver con la muñequita de porcelana, lo reivindicativa que se nos ha vuelto! Pero ¿qué necesidad tenéis de quitarme lo poco que me queda, si os habéis vendido a un hombre que os colma de caprichos? No hay más que veros para darse cuenta de que las cosas os van mucho mejor que a mí. Todo lo que tenía se me ha ido en abogados para salvar a Lorenzo de vuestra traición y en vivir la vida de la forma en que siempre quise vivirla: ¡a mi aire y a tope! Estos tres años en que de verdad he podido ser yo misma han sido los más felices de mi vida. Los de auténtica libertad. Y os juro que me he sentido la mujer más dichosa del mundo sin tener que contemplar cada día vuestras asquerosas jetas. No podéis ni llegar a imaginaros lo bien que me lo he pasado. Yo no soy tacaña, como decís. Ni triste. A mí me gusta divertirme como a la que más. Pero con Lorenzo no podía hacerlo. Yo he sido tan víctima de su opresión como vosotras.

—¿Y, entonces, por qué te empeñas en ayudarle? ¿Por qué te has venido a vivir aquí, si le odias tanto?

—Pues porque es mi marido, y porque siento que no fue justo lo que hicisteis con él. Yo tengo principios, ¿sabéis? Y aunque me hizo sufrir mucho, también comprendo que aquella era la única forma de mantener unido al grupo. Sin disciplina, no hubiésemos durado ni dos minutos juntas. Él os sacó de la calle. Os salvó la vida. A ti, Brenda, que estabas en manos de unos degenerados, te rescató de aquel infierno a base de dinero, a base de nuestro dinero. Y a vosotras —dijo dirigiéndose a las demás—, que os caíais a pedazos cuando llegasteis aquí, os convirtió en mujeres de verdad. Él os buscaba la droga cada día arriesgándose a tratar con asesinos. Casi todas las ganancias que ahora me reclamáis con tanta desvergüenza se iban en mantener vuestros asquerosos vicios. De eso no os acordáis, ¿verdad? De no ser por él estaríais todas muertas. Y yo tuve que aguantar todo aquello. Tuve que aguantar que él se lo gastase todo en vosotras, y que a mí nunca me diese nada, ni me comprase nada. Hasta me echasteis de mi propio dormitorio en cuando él os dio la oportunidad. A mí, que era su mujer, me menospreció constantemente. Y vosotras, que venís ahora haciéndoos las víctimas, bien que supisteis utilizarlo cuando os convino. ¿Eh, Martina? Tú sabes a lo que me refiero, ¿verdad?

—¡Cállate! —le respondió Martina con la voz entrecortada por la indignación—. Tú sabes mejor que nadie cómo nos torturaba. O te plegabas a sus exigencias o te hacía sufrir hasta la muerte. Yo me limité a sobrevivir de la forma en que pude, eso es todo. Nos explotasteis salvajemente para haceros con una fortuna a nuestra costa. Hemos venido hasta aquí para evitar que os quedéis con lo que es nuestro. Preferimos destruir el dinero a que se quede en vuestras manos. ¿Te enteras?

—Me da risa veros tan hermanadas y tan unidas. Como formando parte de una gran familia. ¿Sois también una piña cuando vuestro amo os calienta el culo con la fusta o cuando le apetece hacer alguna de sus guarradas?

Ante la sorpresa general, Marcia sacó un pequeño revólver de su bolso y apuntó directamente hacia Antonia sin que le temblara el pulso.

—Déjate de rollos y dinos inmediatamente dónde guardas el dinero.

—¡Qué miedo! ¿Tú me vas a matar? Anda, no me hagas reír. Hace falta tener muchos ovarios para hacer eso, y tú no los tienes. Además, todavía no me habéis dicho para qué queréis el dichoso dinero. ¿Es que acaso no le sacáis el suficiente jugo a vuestro enamorado? ¿O son las drogas las que os siguen dejando sin blanca? Por cierto, Marcia, a ti nunca te pegaba. Igual tú sigues librándote de los azotes. Ja, ja. Ellas se llevan los palos y tú vas de señorona por la vida, ¿no? Bueno, si así estáis todas tan contentas…

Marcia levantó el percutor indicando que la cosa iba en serio.

—Está bien. Os daré vuestra parte. Ya veo que el humor sigue siendo uno de vuestros puntos más débiles. Siempre tan predispuestas al drama. Por cierto, Martina, ¿qué tal tu hijo? Ya estará hecho un hombrecito, ¿no?

—Eres una cerda —le contestó Martina.

Antonia abrió un sucio aparador donde se almacenaba desde

comida a papeles desordenados, sacó una bolsa de supermercado e hizo ademán de rescatar algo que había en el fondo.

—Aquí tengo lo más valioso de todo. Os lo voy a dar con la condición de que no volváis a molestarme nunca.

Sin poder contener su curiosidad, las cinco concentraron la mirada en la bolsa. Antonia aprovechó aquel momento de distracción para empuñar un cuchillo de su interior y arrojarlo a la cara de Marcia. Sonó el golpe seco de la punta del cuchillo sobre su frente y, acto seguido, un ruido aterrador y de consecuencias irreparables que llenó la estancia de gritos y olor a pólvora. Marcia se mantenía firme con la pistola aún humeante entre sus manos, en tanto que Antonia gritaba en el suelo entre alaridos de histeria.

—No grites, que no te he dado. Pero te juro que ahora mismo te voy a matar —gritó Marcia.

Arrojó la pistola lejos de donde estaba y se abalanzó sobre ella como una loca. Luego, agarrando una plancha que reposaba en la mesa, le propino tres golpes horribles en la cabeza.

—¡Puta asquerosa! —le gritó.

Quedó de pie, con la plancha en la mano, sobre el cuerpo inmóvil de Antonia.

—¡Qué has hecho! —gritaron las cuatro al unísono.

Pero Marcia, desatendiendo su pregunta, miró el interior de la bolsa donde solo había trozos de pan duro y peladuras de naranja.

—¡Le está bien empleado a la muy cerda! —aseguró.

Luego volvió a su papel de líder y concluyó:

—Hay que registrarlo todo palmo a palmo. Y muy rápido. Me da miedo que alguien haya podido oír el disparo y venga a curiosear. Esta zorra todavía no está muerta, pero como se le ocurra despertarse, os juro que la remato aquí mismo.

Con los nervios a flor de piel, iniciaron una infructuosa búsqueda donde solo encontraron la bisutería que Antonia usaba a diario y unos pocos billetes camuflados entre servilletas. Al final, mientras los dos caniches besuqueaban con fervor el cuerpo inmóvil de su ama, Marcia decidió que lo mejor sería cortar por lo sano.

—No está muerta, pero está mal herida. Si se recupera, nos va a cargar con un marrón muy grande. Vamos a quemar esta pocilga y nos largamos.

—¿Con ella dentro? —preguntó Martina.

—Por supuesto que con ella dentro.

—Pero nos acusarán de asesinato —dijo Brenda alarmada.

—No tiene ningún balazo, solo un golpe en la cabeza que la ha dejado inconsciente. Si quemamos la *roulotte*, parecerá un accidente, y nadie nos acusará de nada. ¿A quién puede extrañarle que acabe de esta forma una puta tan tirada como ella? Pero hay que hacerlo cuanto antes.

Las cuatro amigas se miraron con expresión aterrada y luego clavaron sus ojos en Marcia como si no la reconocieran, como si de pronto estuviesen hablando con otra persona.

—No hemos venido aquí para hacer esto. En ningún momento hablamos de matarla, solo de recuperar lo que era nuestro —protestó Martina.

—¿No la habéis oído? Se lo ha gastado todo. No estamos haciendo otra cosa que darle su merecido.

Lentamente, las cuatro se acercaron a Marcia tal vez con la refleja intención de arrebatarle la plancha, pero esta, con un movimiento muy rápido, se desplazó hasta donde tenía la pistola y, apuntando a donde estaban las cuatro, gritó:

—A la que se mueva, la mato. No sé si os habréis dado cuenta, pero, dentro de la caravana, esta estúpida tiene dos bidones de gasolina. La excusa perfecta para que en el descuido de una fumadora desequilibrada esto arda como una tea. Nos lo está poniendo en bandeja, ¿no lo veis? Así que, por favor, no me obliguéis a tomar la determinación de que alguna de vosotras se quede aquí para siempre haciendo compañía a esta desgraciada.

Volvió a golpear a Antonia, que parecía reanimarse, y luego, sin dejar de apuntar a las cuatro, destapó uno de los bidones y derramó su contenido por el suelo. Después se acercaron a la puerta, y una vez estuvieron todas afuera, Marcia provocó con su mechero un auténtico mar de llamas que inundó como un relámpago el espacio físico de la *roulotte*. Las cinco salieron despavoridas sin otro sonido a sus espaldas que el del ladrido desconsolado de los perros, y luego, empujándose entre gritos unas a otras, ocuparon los asientos del flamante utilitario con que Pelayo había obsequiado a su favorita el día de su cumpleaños.

Abandonaron Soria tras cruzar un puente destartalado y pusieron rumbo al horizonte que se abría entre un murallón de tinieblas. Después, tomaron la carretera hacia Levante, sin que ninguna se atreviese a mancillar el silencio sepulcral que reinaba en el interior del vehículo.

—Nadie nos ha visto —señaló Marcia—. Hemos tenido mucha suerte de que esta loca eligiera un lugar tan apartado para pasar la noche. No sé cómo os sentiréis vosotras, pero yo me he quedado más ancha que larga. ¡Había soñado tantas veces con hacer esto!

La noticia del incendio de la caravana de «la puta vagabunda» tuvo bastante repercusión a nivel local, aunque, tal y como auguró Marcia, a nadie extrañó demasiado aquel final tan terrible. «Tenía que terminar así», era el comentario general. «Bebía mucho y quizás se quedase dormida mientras fumaba». La autopsia sobre el cadáver calcinado se hizo de un modo muy poco profesional, y dio como resultado el archivo de la causa. A nadie parecía importar demasiado el triste final de aquella desdichada. «Hay que reconocer que nos hemos quitado un problema», se limitó a considerar el jefe local de Policía. Y aunque en Soria un suceso de ese tipo no ocurriese todos los días, la investigación fue un cúmulo de desidias que no tardó en sumergirlo en el olvido. Alguna referencia de la prensa sí que recordó muy por encima el pasado de Antonia formando parte de *Las siete magníficas*: «Un grupo de porno duro ligado siempre al escándalo y que terminó su andadura envuelto en un suceso con asesinato incluido». Pero, aunque hubo algún intento de profundizar en las peculiaridades del caso, al final todo quedó en agua de borrajas.

Cuando se lo dijeron a Lorenzo, este prosiguió con sus lecturas y sus meditaciones como si nada de lo sucedido le importase. Se limitó a interrumpirlas durante un momento y a decir con voz pausada: «Esa parte de mi vida ya está muerta. Si Dios ha querido que las cosas sucediesen así, seguro que es lo mejor».

# Capítulo 18.
# TODAS SOMOS CÓMPLICES

Martina regresó a casa cuando el sol ya empezaba a abrirse hueco por entre la escalera de rascacielos de la playa de Levante. En teoría, había pasado la noche en casa de Brígida, cuidando a esta de una fiebre repentina que la tenía postrada en la cama. No se le ocurrió mejor excusa cuando Marcia la llamó con aire urgente el día anterior y le informó de que aquella era la noche elegida para hacerle una visita a Antonia. «Está en Soria, y sé el lugar exacto donde podemos encontrarla». Luego, durante el trayecto vespertino hacia la ciudad castellana, no paró de repetir su frase favorita de los últimos días: «No podemos consentir que esa pareja de hijos de puta se dé la gran vida con lo que es nuestro».

Ninguna de las muchachas tenía la menor idea de cómo había dado con su paradero. Lo había hecho y punto. No era Marcia una mujer acostumbrada a dar demasiadas explicaciones sobre lo que hacía o lo que se proponía. «Esa zorra nos va a dar las joyas por las buenas o por las malas. Si pensaba que iba a librarse de nosotras, esta noche se va a dar cuenta de lo confundida que estaba». Aquella era la otra sentencia incontestable que Marcia repetía sin parar mientras conducía con gran decisión por las carreteras mesetarias. Y el resto de las muchachas escuchaba sus proclamas en silencio, sin atreverse a poner pegas. Cuando en ocasiones anteriores habían osado llevarle la contraria, esta se había valido de sus influencias sobre Pelayo para hacerles la vida bastante más desagradable. En realidad, últimamente sufrían la tiranía de Marcia tanto o más que la del propio Pelayo, pues este había delegado en la *exvedette* el control de casi todo lo concerniente a las muchachas.

Todavía les dolía en los ojos las imágenes de la *roulotte* ardiendo o el espanto inesperado de la cabeza de Antonia machacada por los golpes. Y, por supuesto, el horror de la pistola humeante con la que Marcia las encañonó durante algunos segundos. Unos segundos eternos. Ahora, visto el desenlace de los hechos, estaba claro que la idea del crimen siempre había estado presente en la cabeza de la bailarina, y que el hecho de ponerlas allí delante, como mudos testigos de su delito, obedecía a un deseo premeditado de tenerlas cada vez más comprometidas y amarradas. Ahora que se sentía una mujer poderosa, podía al fin darse el gustazo de vengar su vida arrastrada. Antonia tenía que pagar por todo lo que había hecho y había consentido. Era, sin duda, tan culpable como Lorenzo.

Martina, sin embargo, de buena gana hubiese echado tierra y olvido sobre aquellos años de penurias, retirándolos de la memoria como se eliminan las hojas de un calendario o se borran las líneas de tiza en una pizarra. En el tiempo que llevaba junto a Carlos, había logrado normalizar su vida hasta límites insospechados. Solo la figura recurrente de Pelayo se encargaba de recordarle quién era realmente. Entonces, la nueva y prometedora Martina tenía que volver a sumergirse en el fango para retomar, junto a las otras, el triste papel de prisionera sexual al servicio de su amo: el de muñeca resignada y dependiente que había vendido su cuerpo al mejor postor. Luego, una vez superado el trago, encontraba en los brazos de Carlos un puerto tranquilo perfecto para fondear sin sobresaltos y una nueva ocasión de valorar en su justa medida la figura de aquel hombre capaz de amarla y respetarla sin pedir nada a cambio. A veces le dolía en el alma no poder ofrecerle otra cosa que aquel mundo ficticio. Sin duda, su amor incondicional merecía algo más. Pero la realidad le imponía cadenas de las que no podía librarse. Ella no gobernaba los acontecimientos de su vida; se limitaba a soportar un equilibrio inestable al que se había amarrado por voluntad propia.

Y el amor de aquel hombre bueno era el contrapunto necesario para no volverse loca y parecerse en algo, aunque solo fuese en algo, al ejército de mujeres «normales» con que se cruzaba cada día por la calle. Y aunque reconocía que Carlos no era de ese tipo de hombres que levanta pasiones —posiblemente estaba condenada a no volver a sentir esa fiebre por ningún hombre—, le quería como se quiere a un amigo leal. Y no estaba dispuesta a renunciar al cariño y las atenciones que le habían faltado durante años y que ahora recibía a raudales. Aunque supiese que, tarde o temprano, se levantarían las cartas y entonces el sufrimiento sería atroz. Y, aun a sabiendas de que intentar salvarse a costa de condenar a otros, no era sino una manera despiadada de transitar por la vida. Pero mientras tanto, y aunque todo se ajustase al perfecto guion de una obra de teatro, aquella paz que sentía a su lado era la única razón que le ofrecía este mundo para seguir adelante.

Mientras apuraba el penúltimo cigarro, volvieron a su mente los sucesos de la noche. Ahora estaba segura de que Marcia nunca se habría conformado solo con las joyas. Conociendo la codicia de Antonia, no hubiese sido pequeña venganza despojarla de su tesoro, pero cuando la prostituta ambulante se negó en redondo a desvelar el paradero de estas, el plan de Marcia dio un paso de gigante hacia su realización. Por eso, el modo decidido en que sacó la pistola no obedecía a la precipitación ni al ofuscamiento de quien todo lo decide en segundos, sino a la frialdad de lo premeditado. Podía haber ejecutado su venganza por personas interpuestas, quizás no le hubiese resultado difícil contactar con alguno de los sicarios que pueden hacer este tipo de cosas por dinero. Pero prefirió darse el gustazo de hacerlo ella misma. Desde que controlaba el mundo oscuro de Pelayo, se sentía con poder suficiente para cualquier cosa. Ella tenía bajo su bota los deseos más secretos de aquel hombre. La mitad sumisa de aquel ser extravagante, que lo mismo necesitaba sentirse un semental que besar los zapatos de aguja de una exprostituta a la que había salvado del desastre. Si ahora disponía de los medios necesarios, ¿por qué demonios iba a consentir que una furcia y un desgraciado se riesen de ella?

Haberlas elegido como testigos de aquel crimen era un aviso contundente sobre lo que era capaz de hacer en el futuro y sobre quién mandaba ahora. «Ya veis que puedo ser tan feroz como Lorenzo, que incluso puedo matar como él», parecía haber sido su mensaje. Por de pronto, lo había hecho pisando el mismo escenario. Incluso libre del ofuscamiento que llevó al portugués a realizar su acción criminal. Marcia había asesinado a Antonia de manera fría y premeditada. Hasta había preferido no disparar sobre ella para minimizar así las huellas de su crimen. Toda una exhibición de brutalidad y de cálculo.

Buscó el consuelo de una ducha reparadora que pudiese relajarla y, al poco, le llamó Marcia convocando asamblea general en la cafetería de siempre. Martina llegó la última y se sentó en silencio al lado de sus amigas. Dominique tenía los ojos enrojecidos por las lágrimas. Marcia, por su parte, estaba frente a ellas como indiscutible dominadora de la situación.

—Ya pasó todo. Hay que ser fuertes y discretas. A partir de ahora nos jugamos la cárcel y muchas cosas más. Y nos la jugamos todas, ¿eh? Aquí todas somos igualmente culpables y viajamos en el mismo tren. El incendio de la *roulotte* ha borrado las huellas de los golpes, así que estamos libres de toda sospecha. Nadie nos vio llegar ni largarnos. Pelayo está de viaje en Madrid, y supongo que ninguna de vosotras habrá contado ni media palabra de esto a nadie, ¿verdad? ¡Contéstame, Martina! —precisó, dirigiendo su rostro hacia ella—. Y tranquilízame confirmándome que tu tortolito no sabe nada de esto.

—Puedes estar tranquila —contestó Martina—. Cómo voy a decirle a Carlos que…

—Perfecto. También os digo, para vuestra tranquilidad, que no tuve que recurrir a nadie para dar con su paradero. Aprovechando que Ramón lleva dos semanas fuera, y como me habían llegado noticias de que Antonia deambulaba por Soria, yo misma me acerqué hasta allí la semana pasada para localizarla. Durante el día iba de un lado para otro, pero las noches las pasaba siempre en esa especie de barranco al lado de un basurero. Ya sabéis cómo era de guarra. Como habéis podido comprobar, estaba muy expuesta a cualquier accidente o a cualquier fatalidad, y a nadie sorprenderá su triste final. Ella se lo buscó con su forma de recibirnos. Nos insultó e incluso intento matarme. Ya veis la herida que me ha dejado en la frente. Creo que todas fuisteis testigos de su comportamiento y que todas estaréis de acuerdo en que era lo que se merecía.

Tomó la mano de las dos compañeras que tenía más cerca y después prosiguió en un tono más calmado.

—No quiero que nadie os lastime, ¿de acuerdo? Ya sabéis que yo estoy aquí para protegeros, y que si hace falta lo haré incluso de Ramón. De él también. Mientras me tengáis a mí, ese pervertido estará controlado. Nos utilizará para sus caprichos, pero a cambio yo os prometo que sabremos sacar tajada. Así que no quiero veros asustadas ni preocupadas. Y también os digo con toda claridad que, si alguna de vosotras me traiciona, no tendré ningún reparo en arrancarle la piel a tiras. ¡Os lo juro! Tenemos que seguir juntas y muy unidas siendo leales las unas a las otras. El ser una piña es lo que hasta ahora nos ha hecho fuertes. No lo olvidéis.

—¿Y las joyas? —se interesó Brenda—. ¿Quién va a quedárselas ahora?

—Ya aparecerán. Nos queda Lorenzo. Seguro que él sabe dónde están. Antonia era lista. La subestimé pensando que podía ir por ahí con objetos de valor. Esperaremos a que Lorenzo salga de la cárcel y seguro que él mismo nos conducirá hasta ellas. Y, si no, por mí como si se pudren. Me basta con saber que ninguno de esos dos hijos de puta podrá disfrutarlas. De todas formas, el valor de esas joyas es insignificante al lado de lo que Ramón puede ofrecernos. Y mientras siga loco por nosotras, no nos va a faltar de nada. Por cierto, mañana por la noche regresa de Madrid y quiere función. Me ha pedido algo especial, y aún no hemos preparado nada. Creo que sería bueno que nos reuniésemos esta tarde y ensayáramos algo. Se queja de que últimamente no le sorprendemos.

—¿Qué más quiere? —protestó Brígida.

—Lo quiere todo. Y cada día nos exige más, porque somos como una droga para él. Y sabéis lo que os digo, que espero que siga colgado de esa droga durante mucho tiempo. Comparad nuestra vida de ahora con la de antes. Comparad cómo vestimos, cómo comemos… No hay color. Así que ya sabéis lo que toca. Para mañana había pensado en algo muy picante, y muy caliente… Muy caribeño. ¿Os acordáis del numerito brasileño? Pues algo así, pero con algún toque diferente que le divierta. Seguro que para esta tarde lo tengo ya decidido. Luego tendrá que vérselas conmigo y os juro que pienso ser muy dura con él. Ya os tengo dicho que cuanto mejor se lo pasa con vosotras más le gusta que le apriete las clavijas. Es como si el placer que le dais tuviera luego que vomitármelo a golpe de látigo. En el fondo se siente culpable de lo que hace porque es un jodido puritano. Un puritano perverso. Hemos conocido muchos de esos, ¿verdad? El mundo está lleno de ellos, solo que a nosotras nos ha tocado uno que está podrido de dinero. Eso es lo bueno de esta mierda. Así que… ¡Venga! Cada una a lo suyo, y a la tarde quiero veros a todas monísimas a la hora de siempre. Y sin rastro de llantos ni de malas caras, ¿de acuerdo?

Se desperdigaron rápidamente mientras el sol mediterráneo iba calentando cada vez con más fuerza aquella mañana fresca. Martina y Brígida caminaron juntas hasta la academia de dibujo. Afuera, con gruesas carpetas en la mano, ya les aguardaba un corrillo de alumnos.

# Capítulo 19.
# ¡QUE EMPIECE EL ESPECTÁCULO!

No era una sala de estriptis propiamente dicha la que Pelayo tenía montada en su casa. Había luces de colores pendiendo de los techos y hasta un pequeño escenario cuya tarima crujía bajo el tumulto de los tacones desbocados. Pero faltaba el calor denso del público y el ambiente impregnado de tabaco y efluvios corporales que acostumbra a envolver ese tipo de locales.

Allí no había gladiadores de la carretera mordiéndose los labios de deseo ni grupos de viajantes desmelenados en busca y captura de una emoción que retrasase su vuelta a la fría habitación de cada noche. Sonaba la misma música estridente y canalla que ya las acompañara en su vida itinerante por los garitos, pero sus cuerpos se movían ahora bajo una sola mirada. Solo un hombre las escrutaba con el gesto arrebatado y la tensión evidente en todos y cada uno de sus músculos. El resto era un espacio vacío, de olores neutros y paredes bien pintadas, donde retumbaban aquellas canciones fuera de contexto y la repetición maquinal de unas coreografías ejecutadas en ausencia de toda emoción o entusiasmo. Cinco cuerpos, aún garbosos, conscientes de estar participando en una caricatura grotesca de lo que antaño fue un trabajo profesional. Ahora, en su nueva vida, nadie les obligaba a mantener dietas estrictas y no se machacaban de la misma forma en los ensayos, con lo que el resultado en algunas fases del espectáculo era dolorosamente decadente. Pelayo lo notaba y lo sufría. Al igual que un experto taurino saborea la verdad y el sentimiento en cada pase, Pelayo, como inigualable purista y catador del arte de las muchachas, se apesadumbraba cuando alguna pierna subía menos de lo debido o faltaba algún detalle en el maquillaje o vestuario. Entonces miraba con gesto airado a Marcia —directora de escena y máxima responsable de que aquel tinglado funcionase—, y ella, sin dejar de bailar, recibía el recado como una advertencia que luego transmitía al resto de las muchachas.

Después venía la parte donde Pelayo, renunciando a todo resto de decoro, se entregaba alucinado al desbordamiento de su excitación. Esperaba aquel momento perfectamente uniformado, con su pantalón de lentejuelas y su camisa brillante abierta hasta el comienzo de la barriga insolente. Una camisa casi idéntica a la que Lorenzo utilizara en sus tiempos de semental. En ese segundo acto, Marcia se retiraba de la escena y seguía los acontecimientos con atención desde alguno de los laterales. Desde allí se cuidaba de que las chicas no se dejasen contagiar por la atronadora frialdad del ambiente y se comportaran como auténticas profesionales.

Esa misma tarde había ultimado con ellas los pasos y los pequeños pormenores que diferenciarían aquella función de los cientos de funciones ya realizadas de modo exclusivo para el magnate inmobiliario. Y mientras supervisaba las evoluciones de las chicas, lanzaba a su amante miradas interrogativas que le cercioraban de si el espectáculo resultaba o no de su agrado... Miradas que transportaban mensajes del tipo de: ¿qué te parece la funcioncita de hoy? ¿Te excita? ¿Es lo suficientemente provocativa?

En esta nueva aparición, las chicas salían ataviadas de maneras diversas. Podían hacerlo disfrazadas de enfermeras con ligueros y uniformes blancos o de azafatas minifalderas descaradamente escotadas. O enmascaradas al estilo del carnaval veneciano de manera que apenas pudiesen diferenciarse unas de otras. El elemento sorpresa era enormemente valorado por Pelayo. A lo largo de este fragmento de función, y al compás de las mismas canciones estridentes que ya formaran parte del *show* de antaño, las chicas, de una en una, se iban desprendiendo de la ropa hasta quedarse como Dios las trajo al mundo. Mientras lo hacían, tenían que esforzarse en mantener una mirada sugerente y llena de tensión sexual sobre su recalcitrante admirador. Era algo que él exigía como declaración de pertenencia. Y era en ese momento de máximo acaloramiento cuando Pelayo abandonaba su papel pasivo y se fusionaba en el espectáculo con un entusiasmo digno de mejor causa. Entonces se transformaba en una mala copia de aquel Lorenzo que conoció un día. Lo imitaba en sus gestos, en sus poses, en su ropa... Había soñado tantas veces, al verlo actuar, con alcanzar su grado de plenitud y de poder, que todos sus sentidos se veían saturados por el éxtasis. Y mientras a su antecesor nadie podía discutirle evidentes muestras de virilidad y generosa condición física, la figura oronda y blandengue de Pelayo deambulaba por entre las muchachas y la música con movimientos de auténtica pesadilla. Aunque, ¿a quién demonios podía importarle lo que él hiciese con sus chicas en la opaca privacidad de su casa?

En su afán por imitar de un modo literal al maestro, siempre saltaba al escenario con la voluntariosa intención de poseer a las cuatro, pero por lo general, tenía que conformarse con manosearlas y babear sobre ellas, mientras estas se esforzaban, con paciencia casi franciscana, en fingir unos estremecimientos que cualquier otro mortal, salvo aquel Pelayo enfervorizado, hubiese calificado de sarcásticos. De todos modos, él parecía disfrutar de aquellos momentos gloriosos transportado a una nueva dimensión que le aislaba de la realidad. Y, al final, entre gemidos de satisfacción y con los ojos obnubilados por el esfuerzo, Pelayo volvía a sentarse en su localidad privilegiada, al tiempo que las chicas desaparecían desordenadamente del escenario tras recoger las prendas íntimas con femenina coquetería. Solo Marcia permanecía en la sala de festejos junto a él. Y cualquier espectador que hubiese asistido a esta segunda parte del programa hubiese quedado perplejo al observar cómo la directora de escena, convenientemente caracterizada, se acercaba al esforzado semental con gesto airado y gritándole:

—¡Eres tonto! ¡No vales para nada! ¡Nunca aprenderás a leer y a escribir! ¡Eres un retrasado mental y un gordo asqueroso! Mira tus compañeros. ¡Ellos sí que son buenos alumnos! ¡Gordo! Creo que ha llegado la hora de que alguien te dé tu merecido. ¿A que sí?

—Sí, sí. Claro que sí. Castígueme. Me lo merezco —contestaba Pelayo, ansioso de que Marcia pasase de las palabras a los hechos.

De pronto, el todopoderoso magnate inmobiliario quedaba desnudo e indefenso ante la lluvia de golpes que Marcia le infligía con una enorme regla. Ella misma vestía una bata de tela de las que usaban las maestras en los años cincuenta. Y Pelayo rompía a llorar con el aire frágil de un niño. Siempre sucedía así sin que pudiese evitarlo. Era el sentimiento que cerraba el círculo de las emociones. El pecado y la expiación de todas las culpas reunidos en un solo acto. El cielo y el infierno con tan solo unos segundos de intervalo.

Miró en los libros y en los tratados de psicología intentando encontrar una razón científica que justificase aquellos arrebatos que sentía. Pronto supo de emperadores romanos que horas más tarde de decidir sobre la vida de esclavos y gladiadores eran capaces de dejarse azotar por criadas, o sodomizar por el encargado de limpiarle las caballerizas. Era el castigo necesario por haber infringido las normas de la madre. Ese dolor purificador que les permitiría seguir siendo asesinos sin remordimiento.

Por eso, para él, Marcia siempre fue distinta del resto de las chicas. Y si hacía tan solo unos minutos había emulado gloriosamente las hazañas sexuales de Lorenzo, ahora, pisoteado y golpeado, observaba la figura agigantada de Marcia como la de una poderosa sacerdotisa que exigiera el sacrificio. También en el reconocimiento de la culpa existe un punto de liberación que a todos nos hace felices.

—¡Mequetrefe! ¡Gusano! —gritaba encolerizada Marcia, mientras su brazo justiciero ascendía y descendía, tres, cuatro, cinco…, veinte veces.

Normalmente, el resto de las muchachas escuchaba los gritos de dolor del potentado desde su coqueto vestuario, pero nunca comentaban nada. Había sido así desde el principio, y era algo que, entendiesen o no, formaba parte del juego. Tampoco lo hablaban con Marcia. Ellas habían cumplido una jornada más con los deseos de Pelayo, y ahora les tocaba sumergirse de nuevo en la vida cotidiana. Disfrazarse de mujeres normales hasta que, dentro de unas horas, o unos días, o unas semanas, una voz imperativa volviese a convocarlas en aquel mismo lugar o en cualquier otro. El caso era estar disponibles para el momento en que surgiera la llamada a la cual no podían negarse.

Solían abandonar la casa por una puerta trasera provistas de bolsas de deportes, cual miembros de un equipo femenino de gimnasia o de una inocente asociación de aficionadas al aeróbic. Varios taxis, guarnecidos por la noche, las esperaban para retornarlas a su otra realidad. Tras ellas quedaba el olor a cuerpos recién duchados y a semen emulsionado en gotas de sangre.

# Capítulo 20.
# DOMINIQUE

Y así fueron pasando los días… y los meses. Brígida y Martina los deshojaban entre clases aburridas a jubilados emborronadores de lienzos y meriendas silenciosas en la cafetería que hacía pared con la academia. Después, Brígida se encerraba en su pequeño apartamento, y Martina regresaba al lado de Carlos para proseguir junto a él una vida apacible y discretamente feliz.

En esa vida compartida, sacaba a relucir todas las virtudes de la compañera ideal. Cariñosa, discreta, detallista, romántica si era llegado el caso. Siempre arreglada para él. Siempre perfecta y procurando que todo estuviese perfecto para que Carlos se sintiera el hombre más afortunado del mundo. «Pelayo me chilla, me agobia, hasta me humilla muchas veces con sus exigencias y su mal genio. Pero cuando vuelvo a casa, y tengo a Mar junto a mí, siento que a pesar de todo soy un triunfador. Él tiene muchas cosas: dinero, poder, éxito en los negocios…Todo, menos una mujer como ella». Y entonces le invadía una profunda y compensadora satisfacción. Y también, por qué no decirlo, la angustia de imaginar lo que supondría una hipotética pérdida de su bien más preciado. De lo único que merecía la pena conservar en su vida. Cuántos hombres no habría en aquella ciudad, incluso en aquel mismo bloque de apartamentos, dispuestos a pelear por arrebatársela, por disfrutar de una felicidad que de momento le correspondía a él en exclusiva. Hombres que compartían con ella las bajadas y subidas en el ascensor. O que la miraban de soslayo cuando pasaba distraída por la calle. Otros machos menos afortunados, pero sin duda corroídos por la envidia, dispuestos a atacar. Y si, desgraciadamente, llegaba el momento de la disputa, ¿tendría la personalidad, la capacidad de seducción y el coraje suficiente para mantenerla a su lado? Y Martina, ¿le amaría hasta el punto de preferirlo a otros hombres más ricos, más guapos o más inteligentes?

Otra de las muchachas, Dominique, regentaba, por mor de su protector, un coqueto bar en Villajoyosa, un bar de bocadillos, menús del día y raciones de calamares con cerveza en una pequeña terraza con vistas al mar. Pelayo sabía que la francesa era la más inestable de todas y la que más peligro corría de volver a una vida salvaje de descontrol y de drogas. Por ello supuso, con buen criterio, que lo mejor sería mantenerla ocupada. Y tan pronto se enteró de sus dotes como cocinera, se apresuró a formalizar el traspaso del bar con sus antiguos dueños. Incluso se preocupó de contratar a dos muchachas jóvenes del pueblo para que ayudasen a Dominique en el trabajo diario. Y la francesa, que en sus temporadas de equilibrio emocional era una mujer activa y desenvuelta, pronto pasó a ocuparse con verdadero entusiasmo de la compra diaria en el mercado, de la atención a los clientes en la barra y de la preparación de croquetas, albóndigas y la variada colección de guisos que componían el menú del mediodía.

Al principio, agradeció el sosiego y la paz interior que le proporcionaba aquel refugio del que solo emergía para cumplir con las obligaciones que le imponía Pelayo. Algunos días era el propio empresario el que, solo o en compañía de algún amigo, se acercaba hasta allí para admirar sus progresos. Llegaba, comía, y se encerraba un buen rato con la bella cocinera en la parte superior del local, que hacía las veces de vivienda. Y Dominique aceptaba aquellas servidumbres como un mal menor que le ponía a salvo de los fantasmas de su vida anterior: a salvo de las palizas, de los camioneros sebosos, del fuego abrasador de la droga, de los viajes continuos a ningún sitio... No quería nuevos hombres ni nuevas emociones. Le bastaba con soportar las acometidas del baboso de Pelayo. Nada de alcohol ni de drogas. ¡Hasta había sido capaz de abandonar el tabaco! Todo muy saludable y muy previsible. Un mar calmado donde parecía imposible naufragar. Y durante más de dos años se mantuvo firme en su propósito de ahuyentar todo lo que pusiera en peligro aquella nueva vida.

Los clientes, en su mayoría hombres, eran a sus ojos espectros transparentes en los que apenas reparaba. Y eso que cada día estaba más guapa y que no le faltaban admiradores ni piropeadores entre la clientela.

Y de aquella sosegada manera discurrieron sus días y sus noches, hasta que, una mañana, como enviado por el diablo, apareció en el bar un holandés apellidado Hulshoff, un tipo muy guapo y con merecida fama de seductor que trabajaba como jefe de tripulación en yates de lujo. Se pasaba la vida pilotando los barcos de los millonarios en cruceros privados por el Mediterráneo. Y aunque la mayor parte del año la dedicaba a navegar, tenía su cuartel general en el puerto deportivo de Villajoyosa, y el bar de Dominique quedaba a muy poca distancia.

Los días en que el trajín de la barra tenía ocupadas a las dos muchachas, era la francesa la que se encargaba de atender las mesas de la terraza. Y fue así cómo repararon el uno en el otro y cómo terminaron bebiendo juntos muchas tardes. Hulshoff tenía una moto de gran cilindrada y no tardaron demasiado en compartir escapadas trepidantes por la carretera de la costa y salidas nocturnas que acababan a altas horas de la madrugada en los locales de marcha. Dominique sabía que aquello podía dar al traste con su condición de empresaria sensata y eficiente, pero la pasión —aquel regusto dulzón en la boca y en el espíritu que casi había olvidado— había vuelto a golpear su puerta como no lo había hecho desde sus años de adolescencia, y le atrapó de tal forma que ya no pudo escaparse. Por desgracia, Hulshoff era adicto a la cocaína y a bastantes cosas más, y por carecer aquella temporada de obligaciones, disponía de todo el tiempo del mundo para pasarlo al lado de Dominique. De este modo, ella no tardó demasiado en recuperar su vieja condición de drogadicta y en desembocar en un frenesí rayano a la locura. Se divertía tanto al lado del marino que todo lo referente al bar lo dejó casi por completo en manos de sus empleadas. Solo se presentaba por allí en las horas en que se servían las comidas, y lo hacía, más que nada, por cubrir las apariencias en el caso de que a Pelayo le diese por aparecer. Como las chicas no sabían ni papa de cocina, pronto el negocio se resintió, y la mayoría de los clientes desertaron. Dominique se tomó lo de su aventura con el holandés como unas merecidas vacaciones, como un paréntesis placentero dentro de su vida de mujer trabajadora. Pensó que, en cuanto se lo propusiera, podría volver a su vida de antes. Pero no fue así. Su pasión por Hulshoff, lejos de menguar, siguió en aumento cada día, con lo que su regreso a las sendas autodestructivas se hizo fatalmente irreversible. Pese a todo, siguió acudiendo puntualmente a los ensayos, a las actuaciones, y a ciertas fiestas privadas donde el empresario exigía su presencia. Pero lo fue haciendo cada vez con menos entusiasmo y ganas.

Durante una temporada pudo mantener las apariencias. Sin embargo, llegó un momento en que su rostro y su estado físico evidenciaron un deterioro que terminó por delatarla. Marcia fue la primera en darse cuenta y no tardó en tomar cartas en el asunto. Se encaró con Dominique una tarde en que esta casi se duerme sobre el escenario.

—¿Qué estás haciendo? Tienes una cara horrible, y eres incapaz de seguir el ritmo. Tú estás tomando cosas, ¿verdad? A mí en esos temas ya sabes que no puedes engañarme. Como Pelayo se entere, te la vas a ganar. Supongo que lo sabes. La próxima vez que te vea en este estado, se lo diré.

El holandés, entre tanto, se fue haciendo dueño de sus ahorros y de los escasos beneficios que daba el bar. Además, como las empleadas dejaron de cobrar su salario, empezaron a quedarse con parte de la caja, con lo que la bancarrota del negocio fue total.

Marcia se vio en una tesitura difícil, pues si bien deseaba mantener el grupo unido —para entonces ya se había producido el asesinato de Antonia—, sabía que, si Pelayo se enteraba de lo de Dominique por otras vías, la ira del empresario se desataría sobre ella con tanta o más virulencia que sobre la francesa. Por ello, al ver que Dominique hacía caso omiso a sus advertencias, decidió hablar con Pelayo sobre el tema.

—Dominique me tiene muy preocupada. La veo rara. Para mí que está volviendo a engancharse. No sé si a la cocaína o al alcohol... No quiero que seas excesivamente duro con ella. Está pasando un mal momento. El bar ha dejado de funcionar, y quizás le esté agobiando la idea de decepcionarte. Ella es la primera en reconocer lo mucho que te debe y la ilusión que pusiste en ese proyecto. Dame tiempo, y yo me encargaré de que todo vuelva a la normalidad.

Un día, mientras las demás se arreglaban para marcharse y Marcia se aprestaba a tomar el relevo en el *show*, Dominique se acercó hasta Pelayo para pedirle dinero.

—Este mes no he ganado casi nada y necesito hacer algunos pagos —le dijo.

Pelayo hizo ademán de levantarse para satisfacer su demanda, pero apenas se hubo incorporado, y de manera harto violenta, le sacudió un bofetón terrible que retumbó en la sala como un disparo.

—¿Es que acaso me tomas por idiota? —le gritó—. ¿Pero qué te has creído, que no me he dado cuenta del juego que te traes entre manos? ¡Mira! —la llevó a empellones hasta el gran espejo que presidía la sala—. ¡Mira cómo estás! ¡Así ya no me sirves, porque me das asco! ¡Y encima pretendes que yo te financie esa mierda cuando fue lo único que os prohibí! Os lo he dado todo, y me lo pagáis así... Pero es igual. No me importa que te largues. ¡Vete! ¡Vete de aquí y no vuelvas, puta asquerosa y drogadicta! ¡No quiero verte nunca más! ¡Largo!

Marcia observaba horrorizada la escena desde un rincón de la estancia. Vestida de maestra de escuela, y con la regla de madera en la mano, parecía un personaje absolutamente fuera de lugar y de guion. Tras vacilar unos instantes, y asustada por el cariz que tomaban los acontecimientos, decidió intervenir en favor de su amiga, y se acercó hasta ellos utilizando el tono intercesor de una madre:

—Déjala, Ramón. Ha sido un error, un simple error. Seguro que sabrá rectificar.

—¡Cállate! ¡Tú tenías que haberte encargado de que las cosas no llegaran a este punto, y no lo has hecho! ¡Ya he tenido demasiada paciencia con todas vosotras!

Al día siguiente, Dominique ya estaba fuera del grupo y del bar. Lo primero que se le ocurrió fue pedir ayuda al holandés, pero este reaccionó poniendo pretextos y dando a entender que su relación de los últimos meses ya había terminado. Además, a los pocos días volvió a embarcarse en un crucero, con lo que la francesa se vio sola, sin blanca, y enganchada al «caballo» y a la «coca».

Intentó pedir trabajo en otros bares de Villajoyosa, pero en todos conocían su trayectoria de los últimos meses y le dieron con la puerta en las narices. No le quedó más remedio que ofrecerse a trabajar en un triste club de las afueras donde algunos de sus antiguos clientes hicieron realidad su sueño de acostarse con ella. Pero ya era tan solo una sombra de sí misma.

Marcia se alarmó con el cariz que tomaban los acontecimientos. Sabía que una Dominique fuera de control podía ser peligrosa en lo referente al asunto de Antonia. Era muy charlatana. Y drogada o bebida, su incontinencia verbal se multiplicaba por cien. De manera que casi todas las semanas, y a espaldas de Pelayo, se acercaba hasta el club para llevarle comida y algo de dinero. Y para recordarle que había dado su palabra de permanecer callada en lo referente a ciertos temas.

Un día, mientras dejaba sus dádivas en la mesilla de noche,

Dominique se encaró con ella y le dijo:

—No quiero limosnas. Tú sabes perfectamente que si yo destapara algunas cosas podría mandarte a la cárcel. Y supongo que no te haría ninguna gracia pasarte el resto de tu vida encerrada lo mismo que Lorenzo, ¿a que no?

Le pidió una suma de dinero que a Marcia le pareció disparatada.

—¡Cómo puedes pedirme eso! ¿Estás loca? ¿Acaso te crees que soy millonaria?

—Tú no, pero Pelayo sí. Y todos sabemos que come de tu mano.

—Eso no es cierto. En el fondo, yo soy tan esclava de él como vosotras. Me pide otras cosas, pero solo eso. Cuando decía que lo tenía dominado, lo hacía para impresionaros. Quería que me temierais y que me respetaseis tanto como a él.

—Es mi última oferta. Tú veras lo que haces. Yo ya no tengo nada que perder…

—¡Cómo te atrevas a joderme…! ¡Te mataré! ¡Y sabes muy bien que soy capaz de hacerlo! —amenazó Marcia.

—En ese caso, tendrás que pagar por dos crímenes, y la condena será aún peor —le replicó Dominique con una sonrisa hueca.

Marcia se marchó de la habitación contrariada y rugiendo de ira. Dominique la despidió con una risa incongruente, mientras lanzaba sobre ella un beso que previamente había depositado en la palma de la mano.

# Capítulo 21.
# LOS MANDAMIENTOS DEL DIOS PELAYO

Cuando Pelayo se trajo a las chicas con el fin de organizar su harén particular, sabía perfectamente lo que quería. Buscaba amantes complacientes capaces de satisfacer cada uno de sus deseos, pero al mismo tiempo mujeres dinámicas con otras ocupaciones en la vida al margen de la de procurarle placer. Sabiendo de dónde venían, consideraba necesaria la terapia del trabajo para alejarlas definitivamente de sus adicciones anteriores. Y, además, le excitaba sobremanera que sus esclavas sexuales aparentasen ser mujeres libres e independientes y no simples prostitutas al alcance de cualquiera. «Seréis mujeres respetables, trabajadoras cumplidoras, incluso esposas ejemplares, hasta el momento en que yo os indique que tenéis que abandonarlo todo para venir a complacerme». Y el hecho tan particular de que una de ellas conviviese con Carlos González, aparte de aportar mucho morbo a la situación, era algo que le divertía enormemente.

No era cierto, por tanto, que Martina se lo hubiese pedido como concesión que viniera a colmar un viejo anhelo. Nada más lejos de la realidad. A Martina, como al resto de las chicas, la terrible experiencia de haber formado parte de *Las siete magníficas* le había llevado a renegar definitivamente de los hombres. De todos los hombres. Y aquella postrera y extravagante relación con uno de los empleados de la inmobiliaria no era sino una incontestable imposición del propio Pelayo.

Luego, contra todo pronóstico, fue Martina la que se vio sorprendida al descubrir la grandeza del verdadero amor. Y la experiencia de ser amada intensa y desinteresadamente por un hombre bueno se convirtió, sin duda, en uno de los mejores regalos que le había deparado la vida. En un oasis de calma y equilibrio dentro del desierto afectivo por el que llevaba transitando durante demasiados años.

Para regocijo del especulador inmobiliario, aquellas cinco mujeres eran muy distintas entre sí. Con estilos contrapuestos, lo que ponía a su disposición una variedad altamente sugerente. Formas de comportarse y de entender la vida que abarcaban desde la elegancia y maneras exquisitas de dos artistas como Martina y Brígida, a la alegría despreocupada de Brenda, o a la sensualidad descarnada de Dominique. Sin olvidarnos del carácter firme y tenaz de Marcia. Cuando recapacitaba sobre ello, confirmaba con enorme entusiasmo que nadie en su particular círculo de amistades disfrutaba de semejante privilegio.

Además, las había modelado a su gusto para que le diesen en todo momento aquello que esperaba de ellas. Cada una asumía su papel y lo representaba a la perfección.

Marcia satisfacía su lado débil y masoquista. Le castigaba y humillaba como ya lo habían hecho otras mujeres en su infancia. Mujeres a las que deseó en secreto desde su condición de niño que despierta a la vida. Profesoras que desde sus primeros recuerdos le habían hecho sentirse débil en medio de las risotadas de la clase. El respeto que le infundían, e incluso el miedo, fue probablemente su primer escarceo con la atracción sexual. Marcia tenía los ojos autoritarios y casi perversos de aquellas mujeres. Los mismos aires matriarcales que despertaron sensaciones inexplicables para un muchacho que no cesaba de dar tumbos por los colegios más caros y exclusivos de Madrid. Colegios donde era castigado por su abulia y una falta de atención que todos interpretaban como mal comportamiento. Eran otros tiempos donde las reglas de la educación eran menos condescendientes y nadie entendía que un muchacho —por muy joven que este fuese— pudiera pasarse la clase mirando a las musarañas. Y menos aún que actuase buscando a cada momento la ira y reprobación de sus maestras. Aquel alumno tan difícil y retorcido sabía perfectamente cómo despertar su cólera. Y, llegado ese momento, se regocijaba al verlas explotar plenas de una energía que se concentraba solo en él. Y le invadía el deseo secreto de acariciar el cuerpo desnudo de aquellas mujeres y de perderse después en la inmensidad de sus brazos. Era un sentimiento muy extraño que le hacía sentirse diferente a sus compañeros de clase. Y aquella sensación tan difícil de entender, y que tanto le hizo sufrir, aún la sentía viva. Tan inquietante y tan excitante como entonces.

Alguna vez llegó a pensar que quizás el origen de tal obsesión pudiera estar provocada por el escaso afecto que le dispensó su madre. Una mujer distante que lo abandonaba en la soledad de su cuarto para encontrarse con amantes a los que sí parecía dispuesta a regalar toda su afectividad y todo su tiempo. Por eso a Marcia quiso tenerla tan cerca, asignándole el papel de compañera oficial, de amante, de profesora cruel y de madre. En ella convivían todas las mujeres de su pasado. Y así, primero le gustaba recibir de ella humillaciones y golpes que le transportaban a las viejas aulas del colegio, y después, al hacerle el amor desde una posición de dominio, lograba al fin satisfacer aquellos sentimientos de deseo tan confusos. Aquella era su venganza y su gloria. La demostración de que aquel niño vulnerable del pasado era ahora quien controlaba la situación y establecía las reglas. Nada le daba mayor satisfacción sexual. Ni siquiera la dominación, la otra gran fuente de placer que venía a saciar su vena sádica

En cuanto a las demás, Brenda eligió trabajar en la casa de Altea como doncella, y lo hizo en contra de la opinión de Micaela que veía escasas aptitudes en la dominicana. Es perezosa y contestona, le dijo un día a Pelayo. Pero, al final, hubo de asumir la imposición de la chica como un capricho más de su señor. «Él lo quiere así, y así será». Pronto comprobó que la mulata estaba al servicio de Pelayo en todos los sentidos y aceptó aquella relación como otro rincón oscuro dentro de la personalidad confusa del dueño de la casa. Un rincón donde era mejor no adentrarse. Ella seguiría siendo fiel a su norma no escrita de ver, oír y callar. Pero no se le escapaba que aquella relación entre Pelayo y el grupo de mujeres que solía visitar la casa era de lo más extraño y escabroso. Y que la señorita Marcia, a pesar de las apariencias, no dejaba de ser otra más de la colección. Una mujer que, aunque compartiera dormitorio con él o apareciese de su brazo en actos y compromisos, parecía aceptar todo aquel «galimatías» con pasmosa naturalidad. «Ella lo consiente todo porque la relación que mantienen no es una relación normal. Ni se aman, ni se guardan fidelidad, ni piensan en tener hijos… Es más, estoy convencida de que es la señorita Marcia la que se encarga de elegirle las chicas y la que dirige los ensayos de esos espectáculos que luego interpretan para él. Nunca he presenciado lo que ocurre en el sótano cuando se encierra con ellas, pero me temo lo peor. No obstante, es el dueño de la casa y puede hacer lo que quiera ¡Solo faltaría! Y a los que trabajamos aquí, no nos queda más remedio que hacer como si no nos enterásemos».

En alguna ocasión, incluso fantaseó con la descabellada posibilidad de que su señor quisiera incluirla en el juego. «En ocasiones me mira de un modo desconcertante», se decía a sí misma, mientras el corazón le palpitaba entre rejuvenecido y asustado. «¡Pero qué cosas se me ocurren, si yo soy solo una anciana incapaz de despertar el deseo en ningún hombre!», concluía al fin. Y aunque el bueno de Pelayo no era de los que se andaba con remilgos en cuestión de experimentos sexuales, como era de esperar, su desconfianza no pasó de ser un temor infundado.

A Martina y a Brígida las tenía permanentemente localizadas en la academia de pintura o en su casa. «Quiero que estéis siempre disponibles en uno de esos dos sitios. Cualquier ausencia habrá de estar justificada. ¿Queda claro?».

Martina, además, estaba obligada a ponerle al corriente de cuantos planes de fin de semana o vacaciones hiciese con Carlos. Cualquier viaje o excursión fuera de la ciudad tenía que contar con el beneplácito de su amo. Y si decía que no, Martina tenía que buscar una excusa en forma de indisposición o de acumulación repentina de trabajo para suspender el proyecto. Aquello divertía muchísimo al promotor inmobiliario que, en ocasiones, como quien no quiere la cosa, llamaba a Carlos a su despacho para sonsacarle información.

—¿Qué piensa hacer este fin de semana? —le preguntaba el viernes.

Y Carlos, ajeno al sentido último de la pregunta, contestaba:

—Este domingo vamos a ir a Cuenca. Yo no lo conozco y Martina insiste en que es un lugar precioso.

—Sí. Un lugar perfecto para dos tortolitos que se quieren —confirmaba Pelayo sin poder contener una sonrisa guasona.

Luego, en medio de la tediosa mañana del lunes, volvía a interrogar con aire complaciente a su empleado sobre el resultado de la excursión dominical a Cuenca. Y a duras penas podía disimular la risa cuando el empleado respondía entristecido:

—Al final no pudimos ir. Mar no se encontraba bien y preferimos dejarlo para otra ocasión.

Le encantaba traérsela a la oficina en horas de trabajo y para ello la reclamaba interrumpiendo sus clases en la academia. «Quítate la ropa interior y ven aquí ahora mismo». Una vez allí, la introducía en su despacho por una puerta trasera, y luego, asomados a una cristalera que permitía observar la oficina sin ser vistos, le hacía el amor mientras observaban cómo el bueno de Carlos elaboraba contratos o atendía el teléfono. Martina guardaba un silencio sepulcral mientras recibía las acometidas de su amo. Luego se marchaba por aquella misma puerta a retomar sus tareas diarias y Pelayo se abrochaba la bragueta regocijándose en la figura atareada de Carlos. Qué poco podía imaginar aquel pobre diablo lo que acababa de ocurrir a escasos metros de él.

A continuación, le llamaba con cualquier excusa para preguntarle pleno de insolencia:

—¿Qué tal su mujer? ¿Ya se encuentra mejor?

—Sí. Ayer ya estaba mucho mejor. Ha debido ser un virus de esos que anda por ahí.

—Seguro. Son unos virus muy agresivos que siempre están dispuestos a hacer la puñeta. Aunque seguro que usted, estando tan enamorado como está, habrá sabido cuidarla muy bien.

—Hago lo que puedo —contestaba Carlos desconcertado y algo abrumado.

—Hágale llegar mis mejores deseos. Y a ver si un día de estos se anima a presentármela, pues he oído decir que es una mujer muy bella.

—Sí. Sí que lo es —confirmaba Carlos orgulloso—. Bella por dentro y por fuera. Y una de las mejores pintoras de Benidorm.

# Capítulo 22.
# SERGIO ACEÑA

Sergio Aceña llevaba nueve meses trabajando en la casa-mansión de Pelayo. Hombre de pocas palabras, pero de una capacidad de trabajo envidiable; era lo que podríamos denominar un empleado ejemplar.

Desde las siete de la mañana, con puntualidad invariable, se le podía ver cortando la hierba, arreglando los setos con maestría o cuidando de los dos caballos que Ramón Pelayo poseía en su finca. Jamás se le sorprendía vagueando o desocupado, y jamás era necesario repetirle dos veces las cosas ni extenderse sobre el modo en que tenía que realizar las tareas.

Entró sustituyendo a Juan Velasco, el anterior capataz de la finca que, tras heredar los caudales de un tío solterón, decidió volverse a su pueblo y dedicarse a la agricultura. Lo inesperado de aquel desenlace dibujó serios mohines de preocupación en el rostro del magnate inmobiliario ante la dificultad de encontrar un sustituto de garantías para un puesto tan delicado.

Aceña apareció respondiendo a la oferta de empleo que se publicó en el periódico, y ya desde un principio fue del gusto de Pelayo. Le pareció un hombre serio, de aparente docilidad, y sobre todo callado, virtud que el potentado valoraba sobremanera en sus empleados domésticos. «Los charlatanes nunca están en lo que tienen que estar, y encima son propensos al cotilleo y a desvelar intimidades de la casa —comentaba en sus tertulias con otros empresarios—. Un trabajador discreto es una rara joya que cada día valoro más». Por eso consideró que Sergio Aceña era su hombre desde el primer cara a cara que mantuvieron en el despacho. Porque miraba a los ojos de su interlocutor con serenidad y respeto, y porque no parecía demasiado dado a hacer preguntas inconvenientes o a estar pendiente de circunstancias ajenas a sus obligaciones.

—Para trabajar aquí —le confesó Pelayo— no te voy a exigir titulaciones de ningún tipo ni cartas de recomendación firmadas por nadie. Me bastará con que salgamos ahí afuera y me muestres cómo te manejas con algunas herramientas. En menos de un minuto sabré calibrar tu auténtica valía para este trabajo.

Las herramientas en cuestión eran: una sierra mecánica, unas tijeras de podar, un pico y una pala. Pelayo acomodó su oronda figura sobre un banco de piedra y Aceña se dispuso a demostrar sus habilidades.

—Si me convences de que sabes cómo cuidar un jardín, serás mi jardinero y te pagaré la cantidad que hemos ajustado. Si además eres capaz de demostrarme que puedo contar contigo para cuidar los caballos o mantener mis coches siempre a punto, entonces te pagaré el doble. Y si por casualidad tuvieses los huevos necesarios para manejar un arma y defender mi casa con garantías, entonces serás tú quien decida lo que tengo que pagarte. ¿Qué te parece?

Efectivamente. Le bastó con un par de minutos para saber a ciencia cierta que aquel tipo sabía cómo manejar todos aquellos artilugios, incluida una pistola Baretta 951 que Pelayo llevaba siempre camuflada en el fondo de su cartera.

—El puesto es tuyo —le confirmó Pelayo—. Quiero que empieces ahora mismo.

Le tendió la mano, seguro de su elección, y se retiró a sus asuntos.

Desde ese día, Aceña asumió el mando y pasó a planificar todas las tareas. En muy poco tiempo, su figura cargando con sacos de tierra o empujando la carretilla donde rebosaban los aperos se hizo inevitable por cada recoveco del jardín, siempre con su permanente gesto taciturno y su aire concentrado.

De dónde venía o cuáles habían sido sus trabajos anteriores fueron cuestiones en las que Pelayo prefirió no escarbar. Cumplía con los requisitos por él demandados y con eso le bastaba. Además, había algo en su modo de comportarse que le daba confianza.

A Micaela la engatusó desde el principio con su aire formal y su trato correcto. «Parece una persona normal, lo que en esta casa es toda una novedad. Y, además, sabe de todo. Lo mismo te arregla la lavadora que te instala un enchufe allí donde hace falta».

Sergio era testigo mudo de todo cuanto acontecía en la casa. Abarcaba todas sus actividades, y desde la distancia no era ajeno a ninguno de los movimientos que la animaban, incluidos los trajines de las mujeres en el sótano. Los primeros días se vio sorprendido por el sonido estridente de aquella música de discoteca mientras cortaba la hierba o abonaba las macetas.

Antes de que empezaran los ecos de aquellas canciones, un taxi llegaba hasta la puerta principal con tres muchachas en su interior. Solían aparecer ataviadas con ropa y zapatillas de deporte y recorrían con paso firme el sendero de gravilla que bordeaba el jardín pasando por su lado con total indiferencia, la misma que demostraban para con el ama de llaves o con quien tuviese a bien abrirles la puerta. Después, comenzaban aquellos ritmos marchosos que él recordaba haber bailado hacía algunos años en las discotecas madrileñas a las que era tan asiduo. Pensó que se trataba de una sesión mañanera de aeróbic. Quizás Marcia, la mujer de su jefe, lo utilizase como procedimiento para mantenerse en forma e invitase a varias amigas a que compartiesen con ella los sudores y los efectos estimulantes del baile.

Un buen día, camuflado tras las enredaderas que serpenteaban la fachada, descubrió un respiradero del que brotaba nítida la música. Poniéndose a cuatro patas y adoptando el ángulo adecuado, era factible observar a las mujeres desarrollando una coreografía de lo más movido, bajo el mando, ahora sí absolutamente confirmado, de la mujer de su jefe, la señora Marcia. Le sorprendió lo bien que se movía y el modo coordinado de seguir el ritmo más propio de una profesional del baile que de una simple aficionada.

Utilizando el mismo carácter autoritario y altivo con que gobernaba a los miembros del servicio, también allí llevaba la voz cantante, dando por buenos o por malos los diferentes pasos de las muchachas. No pudo dejar de admirar, desde su improvisado observatorio, el magnífico cuerpo que lucían tanto su jefa como el resto de las chicas, todas ellas modeladas por el asiduo ejercicio. En medio del pequeño escenario salpicado de luces, destacaba, para su sorpresa, la figura grandota y negrísima de Brenda. Eso sí que le dejó estupefacto. ¿Qué diablos pintaba allí una de las criadas más ineptas de la casa? ¿Desde cuándo las damas de la alta sociedad compartían aficiones y ocio con sus criadas? Y más tratándose de la señora Marcia que, a pesar de su juventud, era particularmente estirada y distante.

El primer día no permaneció más de cuatro o cinco minutos observando el bailoteo de las féminas, pues se sentía ridículo espiándolas a escondidas y en cuclillas. Pero, a partir de entonces, una incontrolable fuerza le arrastraba hasta el respiradero los días de ensayo. Y cada vez fue mayor el espacio de tiempo que dedicaba a contemplar los movimientos sugerentes de las mujeres que, más que bailar por pasar el rato o hacer deporte, se dedicaban a componer posturas atrevidas e incluso lascivas en algunos instantes. Posturas que, dirigidas a soliviantar los instintos masculinos, le amarraban sin remedio a aquella pequeña reja tan indiscreta como oportuna. Luego observaba de refilón la forma en que abandonaban la casa con paso raudo y se introducían, envueltas en misterio, en el vehículo que seguía esperándolas en la puerta.

¿Por qué diablos se entregarían con tanto denuedo y disciplina a lo que no dejaba de ser un pasatiempo? Aunque bien mirado, parecían ensayar sus bailes con algún objetivo distinto al de la pura diversión. Sin duda se estaban preparando para actuar ante alguien.

Confirmó sus sospechas un día en que hubo de permanecer en

la casa más tiempo del acostumbrado. Sorprendentemente, el taxi llegó al declinar de la tarde, y al poco lo hizo Pelayo en su coche. Cuando empezó la música, Sergio Aceña, fiel a sus costumbres, se aventuró hasta el respiradero a contemplar el espectáculo que ya le era familiar. Aunque esta vez... ¡Cielos! Marcia y las otras cuatro mujeres no lucían mallas gimnásticas o aquellos chándales anodinos que enmascaraban sus formas. Ahora aparecían, cual estrellas de relumbrón, perfectamente maquilladas y prácticamente desnudas, sin más atuendo que unos sugerentes y minúsculos conjuntos de ropa interior. El baile era el mismo que él había visto ensayar durante la semana, pero ejecutado de un modo más profesional. Con las luces funcionando a todo trapo y la señora Marcia integrada en la actuación como otra bailarina más. Ahora no se trataba de ningún ensayo. Y al fondo, quien las observaba en el papel de único espectador, era Ramón Pelayo, vestido también a propósito para la ocasión con un ridículo taparrabos de lentejuelas.

No pudo por menos que quedarse a contemplar la totalidad del espectáculo. Asombrado, asistió a los alardes sexuales de Pelayo, con puesta en escena incluida, que le parecieron de lo más espeluznante. Después, y esto sí que le interesó sobremanera, asistió al acto de genuflexión de su jefe, invitado a ello por los golpes de regla de Marcia. Le sobrecogió la manera en que esta le obligó a arrodillarse. La energía y la decisión con que lo hizo. «He ahí una mujer fuerte», pensó.

Retornando a otra época y a otros ambientes por él conocidos, un escalofrío de excitación recorrió su cuerpo. El baile de las muchachas era sugerente y hasta excitante en algunos pasajes. Ver al gordo ejerciendo de estrella del porno le había resultado grotesco y cómico. Se lo pasó muy bien observando sus torpes movimientos y hasta se le escapó una tenue sonrisa cuando el tiparraco se desprendió del tanga y mostró sus atributos. ¡Qué buen momento para grabar todo aquello y buscarle las cosquillas después! Parecía mentira la falta de pudor que mostraban aquellos ricachones a la hora de dar rienda suelta a sus instintos. Pero cuando Marcia se quedó a solas con él y cambió la lencería fina del número anterior por su indumentaria de maestra de los cincuenta, pensó que su jefe era un pervertido de gustos exquisitos. Un privilegiado capaz de saborear en un mismo trago riesgo, dolor y deseo. O, dicho de otra forma, un fino catador de los placeres sexuales que brinda el sadomasoquismo. Y se le revolucionaron los instintos al tiempo que lo hacía alguna parte muy concreta de su anatomía. ¡Hacía tanto tiempo desde la última vez en que él también sintió aquella sensación de fragilidad! ¡Desde la última vez en que fue consciente de que el sexo con mayúsculas es un viaje hacia lo desconocido!

A lo largo de su juventud, había mantenido relaciones con numerosas mujeres —la mayoría prostitutas—, pues no soportaba redescubrir lo ya descubierto, ni el adocenamiento a que conducen las relaciones estables. Le apasionaba el ligero temblor de emoción que desataba en sus manos el descubrimiento de un nuevo cuerpo, de unos movimientos nuevos y de una forma inédita de realizar esa auténtica liturgia que significa el hecho de dar y recibir placer. Luego, tras su desgraciado casorio con aquella mujer reprimida y detestable que le impusieron por esposa, apareció Greta Bravo, el ama que conoció en Madrid y que le enseñó los secretos del amor verdadero. La que le mostró su auténtica personalidad y le hizo inmensamente feliz. Cuando desapareció de su vida, todo se volvió opaco para él y empezó a comportarse como un asceta.

A lo largo de los meses que llevaba trabajando para Pelayo, no había sentido especial necesidad de estar con ninguna otra. Ni había deseado realmente a ninguna. Ensimismado en su extraña vida de soledad, las veía pasar sin fijarse, o las contemplaba en la televisión y en el cine sin que le dijeran nada especial. ¿Me estaré volviendo homosexual?, había llegado a preguntarse en la soledad de sus tardes y sus noches. Pero no. Por supuesto que no. Era simplemente que seguía buscando lo que, para su desesperación, había perdido algunos años atrás.

Había visto muchas veces a Marcia deambulando por la casa y, aunque la consideraba una mujer hermosa, su presencia próxima jamás le puso nervioso ni le llevó a fantasear sobre cómo sería hacerle el amor o cortejarla a espaldas de su jefe. Ahora, sin embargo, disfrazada para la ocasión y ejerciendo su poder absoluto, le parecía una mujer inmensa y peligrosa; una hembra llena de atractivos y de misterios. Un ama que pedía dolor y amor incondicional como requisitos indispensables para merecer ser disfrutada. Una mujer que, quién sabe, quizás pudiese emular la tremenda personalidad de Greta Bravo, el gran amor de su vida, y la persona que le marcó el camino hacia la felicidad verdadera. Todo un mundo de amas y esclavos donde pudieron hacerse realidad sus sueños. Donde era castigado duramente por una mujer que después se entregaba a él sin reservas, al igual que Marcia lo hacía con Pelayo en aquella última parte del espectáculo.

Con síntomas evidentes y palpables de excitación, Aceña consideró la posibilidad de retomar nuevamente aquellas viejas fantasías de la mano de la que ahora observaba con tanto arrobo. «Quiero que se vista de cuero para mí y que me demuestre hasta qué punto es capaz de transportarme a territorios inquietantes. Quizás no se trate más que de una farsante incapaz de producirme otro sentimiento que el de la risa o el del asco, pero sin duda merecerá la pena correr el riesgo. Si todo sale bien, volveré a sentir el placer inigualable de gozarla después de llorar indefenso bajo sus instintos sádicos. Ahora sí que deseo robarle esa mujer a Pelayo o, al menos, compartirla con él. Quiero robarle un poco de dolor, de su dolor, para después alcanzar el cielo. Si Marcia disfruta sometiéndolo a él, seguro que también disfrutará sometiéndome a mí. Y volveré a tocar los límites con la punta de los dedos. Y a sentirme nuevamente vivo mientras me acaricia el roce juguetón de la muerte».

# Capítulo 23.
# UN FANTASMA LLAMADO REMORDIMIENTO

No es fácil ponernos a salvo de nuestros fantasmas. Nos acechan día y noche esperando el momento propicio para caer sobre nosotros y cambiarnos la vida. A veces nos conceden engañosos periodos de tregua durante los cuales adquirimos confianza y la ingenua sensación de que ya podemos respirar tranquilos, e interpretamos ese tiempo de sosiego como una victoria definitiva o un perdón que algún ser supremo nos hubiese concedido como premio a ser quienes somos. Porque siempre nos creemos merecedores del perdón. Siempre suponemos que ya hemos sufrido lo bastante como para alcanzar la redención del pecado. Pero ellos saben dónde encontrarnos. Saben dónde nos ocultamos y cuáles son nuestros puntos débiles. Y, un día cualquiera, se presentan en nuestra vida dispuestos a pedirnos cuentas. Y aparecen en forma de visita inesperada, de vieja canción que nos asalta por sorpresa, o de cajón que abrimos imprudentemente para encontramos con algo que ya no queríamos ver, algo de lo que debimos deshacernos tiempo atrás. Y así, vuelve más nítido que nunca el rostro de ese padre al que no supimos acompañar en el día de su muerte, el de ese amigo al que traicionamos cuando más nos necesitaba, el de aquella oportunidad única que perdimos por falta de confianza en nosotros mismos, o el de aquella mujer maravillosa a la que no supimos retener a nuestro lado. O también, por qué no, el fantasma de aquel desánimo que nos asoló, o el del hijo al que abandonamos...

A Martina se le despertó su fantasma una tarde del mes de mayo mientras retrataba a los turistas en la zona alta de la ciudad. Un matrimonio extranjero le encargó el retrato de un muchacho pelirrojo y bullanguero de unos cuatro o cinco años. Y al principio todo discurrió por los derroteros rutinarios de los cientos de retratos que la *exvedette* llevaba ya pintados. Dibujaba con el oficio que da la experiencia. Normalmente podía hacerlo mientras pensaba en otras cosas. Y aquel no era un caso especial: familia nórdica de piel abrasada, con pantalones cortos, sandalias, y el ánimo predispuesto a bailar pachangas en el hotel de turno. De pronto, al realizar el esbozo de los ojos y de su sonrisa traviesa, otros ojos y otra sonrisa, curiosamente desconocidos para ella, vinieron a asaltarle por sorpresa, sintiéndose incapaz de continuar.

—No sé qué me pasa —murmuró dirigiéndose a la familia—. No puedo seguir, lo siento; no me encuentro bien.

Y diciendo esto, se apresuró a recoger el caballete y el mural que, atestado de caretos famosos, ejercía la función de reclamo. Los padres, en un castellano apenas descifrable, intentaron retenerla con infructuosas alabanzas hacia su capacidad artística. Pero Martina, con los ojos inundados de lágrimas, hacía oídos sordos a sus súplicas.

—No puedo. Créanme que no puedo. Mi amiga Brígida terminará el retrato. Seguro que lo hará mucho mejor que yo; no se preocupen.

Y sin darles tiempo a insistir o a poner objeciones a su precipitada decisión, bajó de dos en dos las escaleras que conducían al puerto.

Mientras se alejaba de la plaza de los pintores, sintió que la nostalgia se aferraba a su cuello como una tenaza. Casualmente, su hijo Daniel, donde quiera que estuviese y con quien quiera que estuviese, cumplía tres años aquella jornada. Y ella, sumergida como estaba en sus mil ocupaciones, no había reparado en ello hasta aquel momento. Hasta que su subconsciente se lo había recordado mientras pintaba el retrato de aquel niño en una tarde en apariencia vacía de emociones. Y acompañando a las lágrimas, habían regresado más nítidos que nunca los olores y dolores del parto, y la primera mirada del niño, y el contacto suave de sus manitas blancas... Y los gritos envueltos en sudor que salieron de su boca cuando lo paría en un rincón de la *roulotte* mientras era asistida por Regina, aquella mujer con vocación maternal que se empeñó en ayudarla; la única quizás de todo el grupo que había nacido para ser madre. Y la única también —ironías del destino— a la que la naturaleza había negado aquella posibilidad.

«Nunca podré quererlo», llegó a lamentarse mientras lo llevaba en su seno. No era un hijo deseado. Era fruto de los abusos constantes por parte del portugués y de la desidia enfermiza a la que conduce la dependencia de las drogas. Luego le sobrevino aquella terrible depresión postparto que le hizo separarse aún más del recién nacido.

El interés que Regina demostró por el pequeño, lejos de molestarle, supuso para ella un alivio. Y se dijo a sí misma que si aquella madre frustrada lo necesitaba tanto y era capaz de darle tantos cuidados, ¿por qué no dejarlo en sus manos hasta que todo cambiase y le regresaran las fuerzas? Pero el interés por hacerse cargo del niño nunca se hizo necesidad en su interior. Lo veía en manos de Regina y prefería que las cosas continuasen así. Pensó que nunca podría cuidarlo de la forma en que aquel ser inocente merecía. Le recordaba demasiado a Lorenzo, y sabía que terminaría por odiarlo. Por eso le hacía tanto bien su vida ajetreada de los últimos años. Sus ocupaciones en la academia. Los retratos a los turistas por las tardes. Los mil quehaceres de su vida al lado de Carlos. Todo contribuía a no dejarle pensar demasiado. Incluso su vida secreta como esclava sexual de Pelayo y las humillaciones que este le infligía, tenían un tinte de merecida penitencia que en parte le era también necesaria.

Corriendo más que andando, y mientras esquivaba los cientos de palomas blancas que inundaban el paseo, advirtió que sus lágrimas la convertían en centro de todas las miradas. Pero no le importaba. «Tengo que llorar todo lo no que he llorado hasta ahora —se decía—. Lo necesito para no reventar». Y mientras se desahogaba turbulentamente por las calles de Benidorm, su cabeza se recreaba, una y otra vez, con las escasas imágenes que aún guardaba del pequeño. De aquel Daniel a quien ni pudo ni supo querer cuando le correspondía hacerlo, y al que evidentemente había perdido para siempre.

Se preguntó por los motivos de aquella tormenta emocional tan repentina, hasta caer en la cuenta de que era víctima de un ataque de nostalgia. Nostalgia de lo desconocido. De lo que no se ha vivido. De lo que no pudo ser. De los pañales que nunca había cambiado, y de ese primer diente que nunca había llegado a palpar en las encías de su retoño. Nostalgia de lo que la vida le había regalado y de lo que ella, tozudamente, se había negado a recibir y a disfrutar. Como si un caracol pudiese negarse a cargar con su concha que, al tiempo que le impide ser más ligero, es también su identidad y su refugio. Y comprendió que, a partir de aquella tarde, quizás se viese obligada a convertirse en fugitiva de sí misma. Aquella tarde luminosa donde hasta hacía unos minutos le había parecido estar a salvo. Aturdida por la rutina, por la paz que le proporcionaba la convivencia con Carlos, y hasta por el dolor y la vergüenza que le producía el hecho de pertenecer en cuerpo y alma a Ramón Pelayo. Un dueño que, al igual que Lorenzo, le había prohibido terminantemente tener hijos. «Vivirás con Carlos mientras yo decida que tienes que hacerlo —le había dicho—, pero no tendrás hijos con él. ¿Entendido?».

¿Y qué podía hacer ahora? ¿Cómo quitarse de encima aquel fantasma que le pesaba tanto? Quizás al día siguiente todo volviese a la normalidad y apenas quedase rastro de tan amarga nostalgia. Pero, de no ser así, ¿cómo luchar contra el recuerdo de un hijo al que no conocía y que podría presentarse en cada rostro que viese por la calle, o en cada mirada que hubiese de retratar aquel verano?

Regresó al apartamento llena de temores y sabiendo que era

Carlos la última persona en el mundo con quien podía compartir su desazón. Él atribuyó su tristeza de aquella noche, y de otras que vinieron en días posteriores, a esos cambios tan frecuentes de humor que producen las hormonas en las mujeres. Y respetó las pocas ganas de hablar de su amada con la condescendencia vigilante de los que aman.

Martina, por su parte, prefirió desahogarse con Brígida, y también lo hizo con Marcia cuando esta se interesó preocupada por los motivos de su falta de atención en uno de los ensayos.

—Me acuerdo de Daniel —le dijo—. Llevo una temporada en que me viene a la cabeza constantemente. Creo que me gustaría verlo, y saber cómo es y dónde vive… Yo ahora podría darle todo lo necesario para que fuese feliz, y me duele que pueda estar pasando necesidades al lado de una mujer que seguramente sigue viviendo de la prostitución. Porque seguro que Regina no ha sido capaz de cambiar de vida. Ella no sabe hacer otra cosa.

Le sorprendió el interés que Marcia demostró por el asunto. Un interés que le asustó cuando le apretó fuertemente la mano antes de soltarle estas palabras:

—Tú eres su madre y es muy lógico que quieras recuperarlo. No pudiste criarlo en su momento porque estabas enferma, pero quizás haya llegado la hora de que vuelva a tu lado. Seguro que Regina intentará retenerlo por todos los medios, pero hoy en día hay pruebas médicas que confirmarían que el niño es tuyo. Y cualquier juez te daría la razón. En el fondo, ella te arrebató a Daniel aprovechándose de tu situación. Tú lo llevaste en el vientre durante aquellos durísimos nueve meses, y te pertenece por derecho. Estabas hundida por todo lo que te había pasado y eso tiene que reconocértelo cualquier persona con dos dedos de frente. Cuenta conmigo para recuperar a tu hijo. Si quieres, puedo enterarme del paradero de Regina y luego ya idearíamos el mejor plan para que vuelva a ser tuyo. ¿Qué te parece?

—No sé —contestó Martina—. Quizás no fuese justo aparecer

de pronto y ponerlo todo patas arriba. Sería un gran trauma para Daniel. Además, no sé cómo lo aceptaría Carlos. Estoy bien junto a él. Y, por otra parte, tampoco creo que Ramón lo permitiese. Me ha prohibido tener hijos con Carlos. Imagínate si se entera de que quiero recuperar al hijo de Lorenzo…

—No te preocupes por Ramón; yo sé cómo manejarlo. En cuanto a Carlos…, pues mira, si no acepta que tú quieras recuperar a tu hijo, es que no te merece. Si no es capaz de apoyarte en algo tan importante para ti, es que no vale la pena. Recuerda lo que te dije hace tiempo: ningún hombre se merece nuestro dolor. Son todos unos miserables. Y nadie con más argumentos que nosotras para poder afirmarlo. Lo importante eres tú. Tú y todo aquello que pueda hacerte feliz. Y no te olvides de que en mí tienes una amiga dispuesta a ayudarte de la manera que sea. Y dispuesta a comprenderte. No lo dudes. Si sigues dándole vueltas a lo de Daniel, lo mejor es que recurras a mí.

Miró hacia el suelo con gesto preocupado. No era la primera vez que Marcia parecía dispuesta a darlo todo sin pedir nada a cambio, pero, si un día quisiera cobrarse, ella sabía perfectamente cuál era el precio establecido. Un precio que no había querido pagar antes, pero que quizás ahora…

A partir de aquella ocasión, el recuerdo de Daniel ya no dejó de martillearle en la cabeza. Ni siquiera sus mil obligaciones diarias lograron narcotizar lo que poco a poco se convirtió en obsesión. No obstante, mantuvo la costumbre de ir dos o tres veces por semana a sus ensayos en la mansión de Pelayo y de subir a la parte alta de la ciudad a realizar retratos a los turistas. Ahora, aquel fantasma llamado remordimiento no necesitaba ser convocado pintando retratos infantiles. Vivía junto a ella como un parásito. Y muchas veces le obligaba a refugiarse en la soledad de su cuarto para así poder llorar en secreto.

# Capítulo 24.
# DIOS MÍO, ¡QUÉ HERMOSA ES!

Dios mío, ¡qué hermosa es! Con esta frase de admiración tan rotunda se abre la magnífica película de Woody Allen, *Hanna y sus hermanas.* El protagonista, Michael Caine, se la dedica a una preciosa muchacha al verla aparecer en la fiesta que abre el *film*. Viene esta frase a colación, porque seguro que no es muy diferente a la que debió de repetirse muchas veces en la cabeza de Marcia desde el mismo momento en que Martina se integró en el clan de *Las siete magníficas*.

En la película, la reflexión de Caine tiene un regusto amargo, pues quien provoca esos quejidos amorosos no es otra que la hermana pequeña de su mujer, y tras el arrebato apasionado de sus palabras, se vislumbra el dolor inevitable de quien sabe que terminará probando los sinsabores de un amor imposible.

Marcia hubo de luchar contra un inconveniente aún mayor. Ella era lesbiana, en tanto que la receptora de su deseo no manifestaba indicios de serlo, con lo que todo apuntaba hacia una inevitable frustración.

Es de suponer que no sería muy agradable para una mujer a la que repugnaban los hombres, el hecho obligatorio de tener que acostarse cada noche con varios de ellos. Pero Marcia lo hacía con una disciplina casi espartana. Al igual que las otras, había aprendido de duras experiencias anteriores que, sola, en medio de la calle y dependiendo fatalmente de las drogas, las inclemencias de la vida llegan a ser casi insuperables. En su existencia solitaria y degradante, que se inició tras abandonar el hogar paterno, entabló varias relaciones con amantes del género femenino que acabaron por abandonarla cuando vislumbraron que su tren corría muy deprisa y hacia un lugar donde ya no existían raíles.

Al final, cuando Lorenzo se cruzó en su camino, ella se dedicaba a la prostitución en un estado ciertamente lamentable y ya había comprendido que, si quería subsistir en aquel valle de lágrimas, tendría que dejar de lado los sentimientos relacionados con el amor y buscarse la compañía de machotes generosos dispuestos a pagar por sus favores. Hasta bien entrada la noche, y junto a dos músicos ambulantes a los que había conocido en el metro, Marcia bailoteaba en los soportales de una vieja iglesia de Madrid intentando arrancar una limosna a los transeúntes. Allí fue donde Lorenzo reparó en ella. Y cuando le ofreció comida diaria y droga asegurada a cambio de bailar en su grupo, Marcia aceptó. Tenía una buena base como bailarina clásica y algunos conocimientos sobre baile moderno que podían ser de suma utilidad para el proyecto que Lorenzo tenía en la cabeza. Y Marcia se mentalizó de que lo de sus preferencias sexuales habría que aparcarlo para circunstancias más propicias y que su única oportunidad pasaba por hacer de tripas corazón y continuar tirando hacia delante. Fantaseó con que, tal vez, entre las chicas de la compañía pudiese encontrar alguna de su gusto, pero no fue así. Antonia le pareció un personaje aborrecible desde el primer momento y Regina, que fue quien la sacó de su estado paupérrimo, se le hizo enormemente cargante con sus aires maternales y sus consejos continuos sobre el modo en que tenía que afrontar los problemas. ¡Hasta ahí podíamos llegar! Otra fracasada, tanto o más puta que ella, dándole lecciones de ética más propias de una monja o de una dama caritativa. Tampoco congenió demasiado con Dominique. Y las mujeres de color, como Brenda, no estaban entre sus preferidas. De modo que se entregó a su triste faena diaria disimulando lo mejor que podía sus verdaderos instintos, no fuese a suceder que Lorenzo reparase en «su peculiaridad» y se propusiera hacerle la vida aún más difícil. Menos mal que el portugués nunca quiso de ella otras prebendas que las meramente profesionales. Tal vez ese mismo instinto que le llevó a vislumbrar en Marcia un buen fichaje para la faceta artística, también le advirtiese de que aquella no era mujer recomendable para otros menesteres. Había demasiado hielo en sus ojos, demasiada inteligencia soterrada bajo la capa de indiferencia con que se cubría. No obstante, como intuyó desde el principio que en ella anidaba el germen de la indisciplina, no se abstuvo en absoluto de castigarla e incluso de torturarla cuando así lo consideró necesario. Aquellos malos tragos la convirtieron en una mujer dura y calculadora sin otro consuelo que el de jurarse a sí misma que aquel canalla se las pagaría todas juntas. «Algún día cambiarán las tornas —se decía— y entonces se arrepentirá de haber nacido».

Luego apareció Martina como un regalo de la providencia, y un impulso amoroso que creía muerto renació en su interior. Por fin un motivo de esperanza en su vida. Alguien que reclamaba su atención y revitalizaba sus deseos de amar y ser amada. Un sentimiento que le llevó a decir, casi con el mismo tono fervoroso de Caine: «Dios mío, ¡qué hermosa es!». Y luego a enamorarse de todo lo que emanaba de la recién llegada: de su educación, de su capacidad para sentir el arte, de su timidez… Aquella mujer tenía sensibilidad. No era un trozo de carne como las otras. Levantaba los brazos o caminaba por el escenario con una elegancia natural que le hacían ser distinta, aunque los patanes que acudían cada noche al espectáculo fueran incapaces de reconocerlo o valorarlo y babeasen de emoción cuando la ordinaria de Antonia les ponía el culo a la altura de las narices. No era la danza su manera natural de expresión y nunca llegó a bailar con maestría, pero al menos sabía moverse, y mirar, y sonreír de una manera entre tímida y armoniosa que bien hubiese merecido un auditorio más selecto. Sin duda fue ese halo de distinción el que llevó a Lorenzo a convertirla en su amante, y a preservarla, en un principio, de caer en esa rueda implacable que arrastraba a las otras chicas de cliente en cliente. Otra vez el instinto del portugués induciéndole a reconocer lo auténticamente valioso; a veces sin saber muy bien el porqué, pero acertando casi siempre. Y así siguieron las cosas hasta llegar al cataclismo del embarazo. A partir de ese momento, Martina hubo de ganarse el sustento de la misma forma que las otras y, como ellas, sufrió la violencia del tirano. La primera paliza la recibió por haber ocultado su gestación durante los primeros meses y no haberse privado de su dosis diaria de droga durante ese periodo. Paradójicamente, el mismo Lorenzo que le había prohibido con amenazas de muerte quedarse embarazada, ahora explotaba de ira al saber que había puesto en peligro el desarrollo de «su hijo». Martina se excusó torpemente mientras el portugués le lanzaba patadas llenas de odio:

—¿Por qué demonios me lo has ocultado? ¿No te das cuenta de que siendo su padre tengo todo el derecho del mundo a saberlo?

—No podía decírtelo —le respondió Martina—. Sabía que te enfadarías y me daba miedo.

Desde ese día todo cambió para ella. En primer lugar, el portugués dejó de proporcionarle droga, y eso tuvo como consecuencia el tener que soportar un terrible síndrome de abstinencia del que hubo de salir sin el apoyo ni las atenciones de nadie, pues Lorenzo se negó a que recibiera cualquier tipo de ayuda por parte de las chicas.

—Queda terminantemente prohibido que ninguna de vosotras se acerque a ella. ¿Está claro? Así la veáis reír, llorar o patalear, vosotras a lo vuestro. ¡Pobre de aquella a la que pille intentando ayudarla!

En cuanto pudo tenerse en pie, la sacó con las otras al escenario, exhibiéndola en avanzado estado de gestación a la búsqueda de un morbo miserable que pensaba podría serle rentable, pero contrariamente a lo esperado, su presencia en el espectáculo provocó el rechazo de la mayoría, lo que le obligó a recluirla en el interior de la *roulotte* y a encomendarle tareas de intendencia: hacer la comida, fregar los cacharros, remendar la ropa del espectáculo... Ningún médico se ocupó de ella en el parto, y a la semana justa de parir ya se contoneaba de nuevo en los bailes del grupo realizando el número con las otras. Y como castigo que quisiera compensar su anterior situación de privilegio, la hacía descender del escenario y mezclarse con los babosos de las primeras filas a los que les estaba permitido tocarla y manosearla entre gritos de júbilo y palabras soeces que elevaban la temperatura del espectáculo hasta los límites de lo controlable. Y lo calamitoso de la nueva situación no hizo sino renovar las esperanzas de Marcia. Martina estaba más necesitada de cariño que nunca, y aquella podía ser su oportunidad. Un día en que excepcionalmente pudieron estar a solas más de cinco minutos, hablaron de su odio compartido hacia Lorenzo, y fue ese momento el que aprovechó Marcia para sacar a colación el tema consabido de los hombres y generalizar sobre su condición de alimañas.

—Yo no puedo soportarlos —le dijo—. No puedo soportar sus manos sobre mí, ni tampoco el modo en que se sobrepasan cada noche contigo. No puedo soportar que nos utilicen como un mero objeto para su desahogo. Yo he conocido otro tipo de amor y te aseguro que no tiene punto de comparación. Un amor que se transmite a través de la piel. Un amor suave y profundo, sin violencias. Algo que solo podemos compartir y sentir las mujeres, porque necesita de una sensibilidad muy especial.

Aprovechó el hecho de que Martina hubiese dado a luz hacía tan solo unas semanas para engarzar sus razonamientos con el hecho biológico de la maternidad.

—Ese amor que tú le has dado a tu hijo durante el embarazo es un sentimiento puramente femenino. Pero no solo podemos ofrecérselo a quien llevamos en las entrañas. También podemos sacarlo al exterior para depositarlo sobre otro ser humano, sea este hombre o mujer. Yo puedo darte ese amor, y tú podrías devolvérmelo a mí. En las actuales circunstancias, es lo único que podría salvarnos de la locura y ayudarnos a sobrevivir en medio de este infierno. ¿Por qué no dejas que ejerzamos ese milagro la una sobre la otra?

Dicho esto, acercó su boca a la de Martina, pero esta alargó su brazo y lo interpuso como una barrera infranqueable entre ellas.

—Yo no soy de ese tipo de mujer al que tú te refieres. Yo no siento nada por mi hijo. Ni lo sentí cuando lo llevaba en mi vientre ni lo siento ahora. Nunca podré quererlo. Una mitad de él pertenece a ese cerdo y la otra mitad es lo peor de mí. Es lo que me llevó a consentir que sucediese algo de lo que ahora me arrepiento profundamente. Si pudiera renunciar a él, te juro que lo haría. Yo no puedo darte ese amor del que me hablas porque estoy vacía, ni tampoco me encuentro en disposición de recibirlo. Yo ya no sé lo que quiero ni lo que soy. Creo que a partir de ahora dejaré que la vida discurra sobre mí procurando inmutarme lo menos posible. Quiero estar dormida y que todo aquello que tenga que sucederme lo haga mientras miro hacia otra parte, o me cubro con una coraza de indiferencia. Eso es lo que quiero. Dormir, vegetar... Solo eso.

Y, efectivamente, poco a poco fue desentendiéndose de Daniel, mientras su vuelta a la droga le procuraba esa somnolencia emocional que tanto deseaba. Y Marcia fue testigo de cómo Regina se ocupaba del pequeño salvándole la vida y dándole el cariño que le era tan necesario. Y soportó dolorida el hecho de que Martina nunca mostrase hacia ella la menor de las inclinaciones. Prefería la amistad de Brígida, aquella mujer hermética con la que apenas hablaba, pero que era su fiel escudero. De modo que Marcia procuró hacerse a la idea de que Martina era un amor imposible. Y centró sus esfuerzos en procurarse los amantes más propicios para alcanzar una vida mejor. Hasta que un día llegó Pelayo: aquel hombre de necesidades nuevas y radicalmente distintas. Aquel tipo que, como ella, sufría los rigores del inadaptado. Por fin un hombre que admite su condición de miserable y que quiere ser tratado como tal. No le fue difícil tomar el látigo y marcar la espalda de aquel varón dispuesto a ser castigado de la manera en que ella creía que debían de serlo todos los hombres. Hacerlo le procuró un placer hasta entonces desconocido. Y la posibilidad de vivir en Benidorm y de seguir teniendo cerca a Martina.

Al final pensó que sería mejor ganársela con gestos sinceros de amistad. Complicidades que, ¡quién sabe!, tal vez en el futuro pudiesen desembocar en algo más profundo. Por de pronto, el trato condescendiente que dispensaba a Martina poco tenía que ver con el mal genio que casi siempre sacaba a relucir con las otras. Y de ese modo la historia volvía a repetirse. Como en sus primeros tiempos con Lorenzo, aquella niña bonita gozaba de privilegios que les eran denegados a las demás. Pronto Martina fue dejando a un lado la desconfianza que le generaba la condición sexual de su amiga y la convirtió, junto a Brígida, en su habitual receptora de confidencias. Por eso no dudó en desahogarse con ella confesándole lo mucho que le torturaba el recuerdo de su hijo Daniel. Sus palabras de apoyo y el ofrecimiento de ayuda que recibió de parte de Marcia hicieron que la confianza entre ellas creciera enormemente. El primer paso en la batalla por conquistar su amor ya estaba dado. Aunque de momento tuviera que conformarse con admirarla en la distancia y murmurar para sus adentros, como ya lo hiciera Michael Caine en *Hannah y sus hermanas,* aquello de: Dios mío, ¡qué hermosa es!

# Capítulo 25.
# ¡ENTRA!

Sergio Aceña era un suicida vocacional. Nunca estuvo entre sus planes eso de llevar una vida sosegada dentro de una familia tradicional y siguiendo los cánones de lo «socialmente correcto». Cuando las cosas le fueron medianamente bien, siempre le faltó tiempo para jugarse el futuro una y otra vez hasta estar bien seguro de que lo perdería todo. Solo entonces, desencadenada ya la catástrofe, parecía sentirse a gusto.

Se casó a los veintitrés años con una muchacha de su pueblo —guapa y hacendosa— que parecía encaminarlo hacia un futuro lleno de hijos y huérfano de sobresaltos. De niño estudió en la capital hasta los catorce años y luego se metió de lleno en las tareas del campo ayudando a su padre a que la finca familiar —sita en el pueblecito segoviano de Marazuela— fuese todo un ejemplo de buen hacer y óptima explotación. Después vino lo de su boda y luego la muerte repentina del padre, que le llevó —como hijo único que era— a convertirse en dueño y señor de un buen puñado de hectáreas. Sin duda se abría ante él un futuro prometedor.

Pero tanto augurio de felicidad y de confortable rutina terminaron por incomodarle, y no se le ocurrió mejor cosa que frecuentar partidas de cartas donde en una noche los invitados podían jugarse varios millones o prostíbulos secretos de Madrid en los que, a partir de ciertas horas y en grupos reducidos, se practicaba una modalidad de juegos amatorios donde el placer y el dolor se entrelazaban de manera peligrosa, y el uno conducía al otro como si de vasos comunicantes se tratase. Cuando perdió las tierras y todo el efectivo, decidió emplearse como comercial de una conocida marca de tractores, logrando de nuevo una cierta estabilidad económica. Pero pronto su afán autodestructivo volvió a jugarle una mala pasada. Y cuando su ama de Madrid —una furcia muy avispada a la que denominaban Greta Bravo— le ordenó que traicionara a sus clientes entregándole a ella el dinero que estos le adelantaban, Aceña lo hizo sin dudar, como prueba irrefutable de amor y sumisión. Y el desfalco fue tan burdo y temerario que inmediatamente fue descubierto, lo que provocó su ingreso en prisión y su tan buscado cataclismo familiar. Como era lógico, a esa última trastada le siguió la correspondiente demanda de divorcio por parte de su mujer, la depresión irreversible de la madre y el odio incontenible de su familia política, que no encontraba una justificación posible para comportamiento tan descabellado. «Parece mentira —se decían todos— que siendo tan serio y cabal en apariencia cometa luego semejantes locuras...». Pero nada de esto pareció hacer mella en él. Es más, tras evitar aquel futuro tan exitoso como predecible, pareció sentirse profundamente aliviado.

Ya en la cárcel, pasó momentos terribles al sentirse abandonado por su ama. La echaba de menos a cada instante y no dejaba de escribirle cartas incendiarias donde le juraba amor eterno. Pero esta había abandonado el burdel de Madrid donde trabajaba para huir con el dinero de los tractores hacia un destino desconocido. Y como a Aceña su espíritu masoquista le exigía nuevas mortificaciones, a falta de una mano de hierro que le marcara los nuevos caminos de perdición, decidió complicarse la vida por su cuenta, metiéndose de lleno en fregados carcelarios tan absurdos como peligrosos. Así, tomó partido por uno de los dos clanes que dominaban la cárcel haciéndose enemigo furibundo del otro, lo que le llevó a caminar por el filo de la navaja manteniendo difíciles equilibrios para seguir vivo. Hasta que un buen día, dispuesto a rizar el rizo de la temeridad, traicionó también a los que estaban de su parte con el fin de que todos le odiaran, y así la sensación de peligro fuese realmente excitante. Una reducción de pena alcanzada a base de dar chivatazos le permitió pisar la calle antes de tiempo. Y como era evidente que lo más recomendable para su salud presente y futura pasaba por quitarse de en medio, comenzó un periplo que le mantuvo cuatro años viajando por todo el mundo sin un destino concreto. Se dedicaba a tomar un camino y a seguirlo hasta el final, sin mayor afán que el de ponerse en manos de la providencia; otra dama peligrosa y siempre dispuesta a proporcionarle emociones fuertes. Así trabajó como estibador en el puerto de Génova, colaboró como esbirro de una banda de delincuentes yugoslavos, y durante año y medio viajó por el océano Atlántico enrolado en un pesquero alemán. Fue precisamente con una viuda alemana, que veraneaba en Benidorm, con la que recobró la estabilidad emocional bajo la influencia de su carácter dominante y generoso, y del brazo de la que descubrió la tumultuosa ciudad alicantina. Mientras convivió con la susodicha, su vida discurrió por los derroteros apetecidos y su manutención estuvo asegurada, pues la teutona nadaba en la abundancia. Pero el día en que sus destinos hubieron de separarse, se vio en la necesidad de buscar nuevos caminos y nuevos modos de subsistencia. El anuncio donde se pedía: «Hombre para todo en importante casa-finca de la zona», le animó a dejarse ver por allí. No parecían pedir nada en concreto, y eso le gustó. Sabía que sus antecedentes carcelarios podían ser un obstáculo insalvable a la hora de llevar a cabo la contratación, pero le sorprendió la confianza que Pelayo depositó en él desde el principio. Una confianza que estaría dispuesto a traicionar cuando alguien se lo pidiera de la forma en que a él le gustaba que se le pidieran las cosas. Y como todo parecía estar de su parte —su jefe confiaba en él, el resto del servicio le había aceptado satisfactoriamente, etc.—, sacando de nuevo a relucir aquel carácter suicida que era parte fundamental de su impronta, se dirigió a la que ejercía de gran dama de la casa para ofrecerle sus servicios.

—Quiero ser su esclavo —le dijo—. No, no ponga esa cara de no saber a qué me refiero. Lo sabe perfectamente. Conmigo no tiene que disimular. Ni siquiera tiene que decirme nada. Solo aceptarme con un gesto. Yo le obedeceré ciegamente, se lo juro. Viviré con el único objetivo de satisfacerle y estaré dispuesto a cumplir sus deseos hasta las últimas consecuencias. En mí tendrá al amante más fogoso, al perro más fiel o a un simple gusano al que podrá pisotear cuando quiera. Piénselo, no es necesario que me conteste ahora. Solo le pediré una cosa: que cuando esté conmigo, lleve siempre puestos unos zapatos de tacón de aguja y la melena suelta. Con ello me haría muy feliz. A mí no me pone, como al jefe, el que me peguen con una regla. Yo hace tiempo que dejé de ser un colegial. Espero su contestación.

Tardó algunos días en decidirse. Los suficientes para urdir su plan. Cuando estuvo bien segura de los pasos a dar, se presentó ante él sin titubeos y, abriendo de par en par una puerta que daba directamente a los sótanos, le invitó a pasar con un seco y concluyente: «¡Entra!».

# Capítulo 26.
# UNA NUEVA DAMA NEGRA

Marcia sabía perfectamente que, el día en que Lorenzo abandonase la cárcel, todo podría complicarse para ella y el resto de las chicas. La condena del portugués había supuesto un paréntesis de paz en sus vidas, una etapa de bonanza que todas ellas habían aprovechado para mejorar en muchos aspectos. En tres años, habían logrado conquistas inimaginables: dejar las drogas, llevar una vida más o menos ordenada, gozar casi todas ellas de una apariencia respetable... Pero Lorenzo ingresó en prisión lanzando al aire proclamas de futura venganza, y estaba claro que no dudaría en cumplirlas. Aquella sentencia rabiosa de: «Os mataré a todas» vaticinaba un terremoto de consecuencias imprevisibles. Una vez en la calle, no pararía hasta dar con ellas y, después..., después habría llegado el momento de comprobar hasta qué punto la protección de Pelayo era parapeto suficiente para resguardarlas de tanto odio. A buen seguro que aquellas que no dispusieran de tal escudo serían las más expuestas. Regina y Dominique eran blancos fáciles. Pero sin duda el portugués se aplicaría para llegar tan lejos como le fuese posible, y no contento con descargar su venganza sobre ellas, era probable que Pelayo, e incluso Carlos González, tampoco quedasen a salvo de sus represalias.

No había jornada en que su ánimo no se viese asaltado por aquellos malos presagios. Y aunque al principio temblaba con solo pensarlo, pronto reparó en el hecho de que quizás estuviera en condiciones de controlar los efectos de aquel cataclismo. E incluso, y eso era lo más importante, de llegar a manipularlos en su provecho. Su plan tomó forma definitiva cuando Sergio Aceña se le entregó de aquella manera tan incondicional. Aquel anormal dispuesto a todo con tal de ver satisfechas sus peculiares necesidades sexuales se había revelado como un arma potencialmente devastadora que la providencia había puesto a su disposición. Un personaje tan desconcertante, tan loco, tan peligroso y tan decidido a inmolarse, merecía ser aprovechado del modo más favorable.

En sus primeros encuentros sintió miedo e incluso asco. Miedo a la falta de límites en su entrega. Y asco por las burradas masoquistas que le suplicaba ejerciese sobre él. Castigos desmedidos que sobrepasaban ampliamente los demandados por Pelayo. Indignidades y sometimientos que le convencieron de que se trataba de un enfermo de verdad y no de un simple fantasioso obsesionado en probar experiencias nuevas a modo de capricho.

Cuando Aceña se declaró dispuesto a matar, e incluso a morir por ella, un escalofrío difícil de definir recorrió su cuerpo. Un escalofrío que prefirió disimular para no mostrarse débil. Tenía que convencerle de que era un ama digna y fuerte. Y ejercer de gran actriz capaz de representar a conciencia su papel de monstruo sin alma, como requisito para que la ceremonia resultase creíble. Aceña solo le exigía una actuación convincente. Nada más. De ello dependería el éxito final de su estrategia. Un vestuario adecuado y una asunción de los roles propios de la dominación harían el resto. Aquí no cabrían las medias tintas o las concesiones al raciocinio que a veces se le escapaban en sus sesiones privadas con Pelayo. Aceña iba a por todas, y exigía autenticidad. De esa manera fue cómo la *exvedette* ajustó los engranajes de su mortífero juguete con precisión milimétrica.

Se reunían muchas tardes en la zona más secreta de los sótanos, siempre aprovechando las ausencias del dueño de la casa, y poco a poco lo fue convirtiendo en un esbirro fanático. Todo lo practicado anteriormente con Pelayo le era muy útil ahora para erigirse ante él como una diosa sabia y convincente, y para persuadirle de que las pruebas de lealtad que pronto le exigiría estaban encaminadas a sellar entre ambos un irreversible pacto de sangre. Así, desde su atalaya de poder, hizo varias consideraciones que le llevaron a enjuiciar el asunto con ojos bien distintos.

Dominique era una amenaza constante. Estaba fuera de control y a las primeras de cambio ya le había chantajeado. Era una persona débil, sumergida de nuevo en el estercolero de las drogas que, de momento, seguía enmudecida por el miedo, pero que tarde o temprano acabaría por darle un disgusto. Todo un peligro, sin duda, cuya desaparición de manos de Lorenzo era tan deseable como necesaria.

Lo mismo sucedía con Brígida, la amiga inseparable de Martina, y un elemento altamente molesto y confuso en su proyecto de atraer hacia sí a la que consideraba el gran amor de su vida.

Y qué decir de Regina, el otro peón de primera línea que no gozaba de protección. La puta con ínfulas de santa que se las ingenió en su momento para apoderarse alevosamente de Daniel. Otro estorbo en el camino que con su desaparición dejaría el terreno libre para que ambas —Martina y ella— pudiesen criar al muchacho cuando más adelante formasen una auténtica familia. Hasta ese punto llegaba su enamoramiento y su entrega. Hasta el extremo de estar dispuesta a cargar con un bastardo de Lorenzo. Así pasaría a tener dos madres quien seguramente estaba creciendo huérfano de cariño. En el fondo, un objetivo lo suficientemente noble como para justificar cualquier medio.

Solo Brenda se le antojaba un personaje neutro en aquel magma de sentimientos entrecruzados.

Y luego estaba Pelayo. Los machos irreductibles como Lorenzo no permiten que otros machos se apoderen de su harén sin que corra la sangre. Su orgullo de dueño de la manada impone códigos muy estrictos imposibles de quebrantar. Esa era otra de las víctimas que podía considerarse como lógica. Lógica y... ¿deseable? Se había hecho esa pregunta muchas veces, y ahora sabía con certeza que la respuesta era afirmativa. Aunque junto a él, el lujo y las comodidades estuviesen garantizados, ya estaba harta de aguantar las excentricidades de aquel pervertido. Además, todos los intentos en pos de dar valor legal a su relación habían chocado con la negativa de aquel hombre incapaz de valorarla. El muy cabrón no estaba dispuesto a concederle ninguna prebenda legal que pudiera otorgarle derechos sobre su fortuna. Y sabía que el tiempo corría en su contra. En el fondo, por mucho que compartieran lecho y que le dejase gobernar los entresijos de la casa, su situación era tan precaria como la de las otras. La necesitaba para satisfacer un tipo muy determinado de deseo, pero no dejaba de considerarla un objeto más de su colección. Una mujer que ahora mismo le era útil, pero de la que no dudaría en desprenderse tan pronto encontrase otra más joven o más dotada a la hora de procurarle placer. Inexorablemente, su interés por ella tenía fecha de caducidad. Y estaba claro que después de haberle soportado como un mal necesario durante aquellos años, quizás hubiese llegado el momento de darle el golpe definitivo utilizando a Lorenzo como mazo contundente. Además, y eso era lo importante, Pelayo era un escollo insalvable en su carrera hacia el verdadero amor.

Y lo mismo sucedía con Carlos González, aquel mequetrefe chupatintas que Pelayo había impuesto en la vida de su amada. Un capricho de dueño morboso al que quizás Martina se hubiese acostumbrado, e incluso acomodado, pues aquel patán parecía quererla de verdad, y a todos se nos puede engatusar con el trato delicado y las palabras bonitas. De cualquier manera, era un foco de futuros conflictos que debía ser eliminado. Seguro que a Lorenzo no le costaría demasiado llevarse por delante a aquel otro peón solitario que deambulaba como alma en pena por el centro del tablero.

Y hasta ahí tenía que llegar la venganza. En ese punto concreto de la partida, la dama tenía que dejar de comer piezas. Y estaba claro que para ese papel no le servía un tipo tan incontrolable como Lorenzo. Le hacía falta una nueva dama negra implacable, fiel y fácil de manejar; una dama obediente y fanática encarnada en la figura de Sergio Aceña.

Al poco de urdir su plan, le llegó la noticia de que Lorenzo era víctima de un cáncer que le robaba la vida por momentos. Aquello aún le afianzó más en su idea de la suplantación de identidad. El exproxeneta quizás no contase con las fuerzas suficientes para llevar a cabo su venganza. La enfermedad ablanda los espíritus, y cuando somos conscientes de que el final está próximo, un conformismo inesperado suele apoderarse de nosotros para apuntar hacia despedidas más comedidas y menos aparatosas. Y ahí es donde le encajó como anillo al dedo aquella idea tan atrevida del secuestro. Lo que además posibilitaría la cristalización de otro de sus anhelos: disponer de aquel miserable a su antojo para así devolverle multiplicado por cien el dolor de antaño. Lo mismo que él las necesitó impolutas y sus métodos de tortura se adaptaron a esa necesidad; en este caso también ella se ocuparía de que Lorenzo pagase por sus pecados, pero sin marcas ni señales delatoras de que hubiese sido torturado hasta la muerte. Incluso en ese pequeño detalle su plan se le antojaba atractivo.

De ese modo fue cómo secuestraron a Lorenzo y cómo decidió enviarse a sí misma y a cada una de las otras chicas la vieja fotografía de *Las siete magníficas* con aquel texto inquietante. Así, quedaba patente ante la policía y ante el mundo que los deseos de venganza aún seguían vivos en el pecho del portugués, y que de alguna manera este había logrado averiguar el paradero actual de todas ellas. Ahora, la viabilidad de su plan pasaba porque el estado físico de aquel cabrón todavía fuese lo suficientemente bueno como para hacer de él un asesino en serie verosímil

Tan pronto supo de la existencia de los avisos, Pelayo asumió el papel de macho protector que arropa celosamente a sus hembras. Al fin y al cabo, le pertenecían, y eso llevaba consigo ventajas muy gratificantes, pero también deberes inexcusables.

Brenda intentó tener voz en aquel asunto, mostrándose partidaria de acudir a la policía, pero Pelayo se opuso rotundamente a ello.

—Dejadme hacer las cosas a mi modo y os aseguro que ese hijo de puta no va a tocaros ni un solo pelo.

Luego, a solas con Marcia, y mientras buscaba refugio entre sus piernas y le lamía los zapatos como un perro, reconoció los motivos que le obligaban a afrontar la embestida de Lorenzo sin otra ayuda que la de su exiguo valor.

—Si la policía se enterase del tipo de relación que mantengo con vosotras, se formaría un escándalo terrible que podría llevarme a perderos para siempre. Y no estoy dispuesto a correr ese riesgo. Os necesito demasiado.

Marcia le sacudía con la regla sin poder evitar un gesto de aburrimiento. Aquel seboso le crispaba los nervios. Y además mentía como un bellaco. Ella y las demás eran simples objetos que Pelayo no dudaría en renovar cuando llegase el momento. No obstante, tampoco a ella le interesaba la intervención de la policía.

—Haces bien tomando precauciones —le contestó una Marcia sonriente mientras acariciaba su enrojecido lomo—. La gente no sabría entenderlo, y hemos de ser prudentes con nuestras cosas. Seguro que sabremos cómo defendernos. Ese cabrón aún no sabe a quién se enfrenta.

# Capítulo 27. CAMINO DEL CALVARIO

Cuando Lorenzo salió de la cárcel, dos urgencias de orden bien distinto bullían en su cabeza. La primera, la de llevarse a la boca algo libre del regusto metálico y ligeramente dulzón que era nota común en los alimentos del presidio; y la segunda, la de regresar al pueblecito de Portugal que le vio nacer para dejar discurrir allí lo que pudiese quedarle de vida. En el fondo, lo de acceder a la libertad en aquellas condiciones tan precarias no era en absoluto un suceso que le llenase de gozo. En «la trena» tenía un médico a su disposición las veinticuatro horas del día y un régimen carcelario garante de que la mayoría de sus necesidades estuviesen suficientemente cubiertas. Ahora tendría que buscarse la vida en condiciones harto difíciles. Pero si esa era la voluntad «del que todo lo gobierna», nada tenía que objetar. Un puñetero cáncer de pulmón había venido a pasarle factura por aquel maldito vicio de fumar dos cajetillas diarias desde los trece años. Y lo aceptaba con serenidad. En la cárcel había comprendido el auténtico sentido de la vida, y estaba dispuesto a afrontar «lo que viniese» con total entereza.

Era de suponer que, después de llevar una existencia tan alejada de las normas establecidas por Dios, hubiese de pagar una justa penitencia que le redimiera de todos sus excesos. Había vivido demasiados años en el lado oscuro de la vida como para pretender ahora marcharse «de rositas». Sabía que lo poco que pudiese quedarle, forzosamente, estaría teñido de dolor y sufrimiento. Pero él estaba dispuesto a soportarlo de manera consciente y silenciosa. Ni una queja saldría de su boca cuando llegase lo inevitable. Demasiado tarde había caído en la cuenta de lo intolerable de su pasado. Fornicar en público por dinero y jalear los bajos instintos de la gente eran sin duda actitudes contrarias a la ley de Dios. Como también tenía que serlo la promiscuidad que había practicado durante toda su vida.

Era culpable en lo sustancial, pero también se sentía víctima. Durante años había soportado los embates del diablo personificado en aquellas siete mujeres. Demasiado tiempo bajo influencias malignas como para no sufrir ahora las secuelas. Dios y el Diablo se valen de personas y circunstancias, hábilmente escogidas, para conseguir sus fines. Y él, ahora estaba seguro, no había sido otra cosa que un instrumento necesario empleado por «el Supremo» para descargar su ira sobre aquel grupo de pecadoras insensatas. Cuando las golpeaba con dureza o les infligía quemaduras con la ascua de su cigarro, no hacía otra cosa que ejecutar ordenanzas directas del más allá. Él era el látigo divino. El brazo ejecutor que las castigaba con dureza por aquella exhibición desenfrenada y lujuriosa de sus encantos. De modo que así dividía sus pecados en dos grupos bien distintos: de un lado, los voluntarios, aquellos originados por su mala cabeza y por los que forzosamente habría de pagar un alto precio; y de otro, los cometidos al mandato de la providencia celestial, y que sin duda le serían enjuiciados con mayor benevolencia.

Confiaba en que el dolor y la soledad a que se vería abocado a partir de ahora fueran méritos suficientes para lograr la ansiada redención. Qué cierto es que a veces las ovejas más descarriadas son las elegidas. También San Pablo fue un gran pecador hasta el suceso del «camino de Damasco». Ahora todo tenía sentido para él. Nada era casual. Ni era casual su paso por la prisión, ni era casual que de pronto hubiesen llegado a sus manos aquellas lecturas sagradas que tanto le habían iluminado... «Dios no me abandonará, —se decía—. Seguro que me da las fuerzas necesarias para pasar esta prueba. Y después, volveré a ser un instrumento al servicio de su voluntad, pero limpio ya de las faltas que ahora me mancillan».

Entró en un modesto restaurante dispuesto a probar el sabor de la libertad en forma de menú del día. Antes de rebasar el umbral de la puerta, encendió un cigarro de su marca preferida. Ahora ya no tenía que dar cuenta de sus actos a los médicos de la cárcel.

Espantaba el frío saboreando una sopa caliente cuando se acercó hasta él un tipo fornido y de aspecto resuelto.

—¿Tiene un cigarro? —le preguntó.

Lorenzo, sin molestarse demasiado en levantar los ojos, le pasó el paquete que tenía sobre la mesa.

—¿Es usted Lorenzo Andrade? —inquirió el desconocido mientras adoptaba una postura que esta vez reclamaba fuego por parte del portugués.

—Sí, ese es mi nombre —le contestó mientras encendía el mechero.

—Vengo de parte de una vieja conocida suya. Alguien que quiere saldar con usted una antigua deuda.

Allí estaba su pasado, presto a pedirle cuentas cuando aún no llevaba ni tres horas en la calle.

—Termine de comer —le dijo el desconocido—. No tengo prisa. Cuando acabe, alquilaremos un coche y yo le llevaré hasta el lugar donde ella nos espera.

Sabía que no tenía elección y que todo lo que le pasase a partir de aquel momento sería tan doloroso como necesario.

—¿Está lejos ese lugar?

—En Benidorm. Será un precioso viaje turístico.

Mientras hablaban, Lorenzo seguía comiendo pausadamente sin apenas mirar a su interlocutor. Estaba seguro de tener frente a él a otro «intermediario de la voluntad divina». Sin duda todo estaba desarrollándose de acuerdo con un plan preestablecido por Dios contra el que no cabía la lucha, ni la queja.

—De acuerdo. Vamos cuando quieras.

Salieron del bar y se dirigieron en silencio hacia una oficina de alquiler de coches que se encontraba no muy lejos de allí. Lorenzo, obedeciendo las órdenes del desconocido, entró solo y alquiló uno a su nombre. A la salida, Aceña le esperaba con seis fotografías y un bolígrafo.

Al ver que se trataba de una foto antigua de él con *Las siete magníficas,* no pudo evitar un comentario irónico.

—¿Quieres que te firme un autógrafo?

—No. Solo quiero que escribas una frase en el reverso.

Escribió con mayúsculas la consabida frase de: ¿TE ACUERDAS? YO SÍ, y después seis direcciones en otros tantos sobres. A continuación, introdujeron las seis cartas en un buzón.

—Perfecto —concluyó el desconocido, algo perplejo por la actitud sumisa del portugués.

—¿Algo más? —preguntó este.

—No, eso es todo cuanto quería. Lo has hecho muy bien.

Se pusieron en camino hacia el levante, mientras pensamientos bien distintos ocupaban la cabeza de ambos. Lorenzo sabía que aquella tarde comenzaba su penosa subida al calvario. Podía resistirse. En su maltrecho organismo todavía albergaba las fuerzas suficientes como para enfrentarse a aquel sujeto de parecida corpulencia a la suya. Pero prefería afrontar el cadalso del modo sereno y digno en que lo hizo Jesucristo. Aceña, por su parte, hervía en deseos de comparecer ante Marcia para ver recompensado su buen hacer con una de aquellas sesiones privadas que tanto le complacían. Para él, aquel juego endemoniado y absurdo al que se había prestado era la gasolina que empujaba su motor de piloto suicida. Era curiosa su necesidad de sentir cercano el escalofrío del dolor y de la muerte. De entregarse devotamente a un «ser superior» que no aparecía en ningún libro sagrado, ni estaba representado en el retablo de una iglesia. Le gustaba fabricarse ídolos de barro sobre los que depositar aquel cúmulo de obsesiones irracionales a las que tenía que dar salida de alguna manera. Todos buscamos experiencias trascendentes que den sentido a nuestra vida, y él, en sus ansias de autodestrucción y huida de la realidad, las había encontrado en aquel oscuro sótano a cambio de obediencia ciega y sacrificios.

Más tarde, después de dos horas de un silencio que ya parecía definitivo, Aceña se dirigió al exproxeneta con estas palabras:

—Lo que te espera a partir de ahora va a ser muy jodido. Fuiste un cabrón y lo vas a pagar.

Ante el silencio de Lorenzo, Aceña continuó:

—¿No vas a hacer nada para evitar que te jodamos?

—No —concluyó tajante el portugués.

—¿Ni tampoco sientes curiosidad por saber el nombre de la mujer que me envía?

—No.

Aceña admitió que se encontraba frente a un tipo fuera de lo común. Seguramente de pasado nauseabundo, pero capaz de afrontar las contrariedades de un modo admirable.

—No tengo nada contra ti. Es más, reconozco que me caes simpático. Porque yo odio a esa gente que pretende saberlo todo o controlarlo todo. La vida tiene que esconder sorpresas para que merezca la pena ser vivida. Me gusta tu falta de curiosidad y tu aplomo. Aun así, te diré que la mujer que me envía se llama Marcia, y que si ella me lo pide no tendré ningún reparo en cortarte el cuello. No sé qué demonios le hiciste, pero te odia con todas sus fuerzas. Me ha pedido que venga a buscarte, y yo le he obedecido sin preguntar nada más. Sin pretender saber nada más. ¿Lo ves? Soy como tú, me gusta que la vida me sorprenda. Vamos hacia Benidorm, y ninguno de los dos sabemos lo que va a suceder. ¿Qué te parece?

Para llegar a ser un mártir como Dios manda son necesarias unas dosis de templanza y de resignación que no están al alcance de cualquiera. No es fácil soportar la cruz sin mudar el gesto. Y Lorenzo, de carne y hueso, al fin y al cabo, no pudo reprimir durante unos segundos su impronta agresiva de antaño

—¿Que qué me parece? ¿Me estás preguntando a mí que qué me parece? Pues que tú estás loco como un cencerro y que ella sigue siendo la misma puta asquerosa de siempre. Eso es lo que me parece —contestó Lorenzo.

En décimas de segundo, Aceña cambió de expresión. Y sin dejar de conducir, sacó de su chaqueta una navaja cuyo filo colocó en la entrepierna de Lorenzo, advirtiéndole en un tono pleno de autoridad:

—¡A mí puedes insultarme cuanto quieras, pero como vuelvas a decir algo ofensivo sobre mi ama, te cortaré los huevos! ¡Te llevaré ante ella vivo, pero *capao*! ¡Palabra!

# Capítulo 28.
# EL SANTÓN Y LA SERPIENTE

En el apartamento de Sergio Aceña todo estaba perfectamente organizado. Pocos objetos fuera de los estrictamente imprescindibles y pocos muebles, pero cada cosa ocupando su lugar preciso. Incluso la cocina estaba libre de esos costrones de grasa fosilizados tan corrientes en los fogones de algunos hombres solitarios. Y, por supuesto, ni el menor atisbo de platos sucios apilados en el fregadero o de montones de ropa esperando la lavadora o la plancha. Anteriormente vivía en otro de menor tamaño y peor situado, pero trabajando para el empresario inmobiliario más importante de la ciudad no era raro que, al menor comentario sobre la posibilidad de buscar algo mejor, Pelayo le hubiese hecho llegar un auténtico *dossier* con multitud de viviendas que mejoraban su situación de aquel momento tanto en calidad como en cuantía del alquiler.

Rellenó la amplia superficie del salón con una mesa de plástico muy rudimentaria y varias sillas de idéntico material que le conferían un aire provisional. Las paredes, desnudas en su mayoría, se conformaban con albergar algunos pocos muebles de bricolaje montados por él. Ni rastro de libros, ni de plantas, ni de objetos decorativos…, solo una enorme televisión y algunos *souvenirs* de sus numerosos viajes se atrevían a romper la monotonía del ambiente.

Como se pasaba buena parte de la jornada trabajando en la finca de Pelayo, apenas era conocido por sus vecinos. Para los pocos que sabían de su existencia, pasaba por ser un tipo correcto y reservado, de los que no ocasiona ruidos ni molestias a sus semejantes; algo muy valorado en una ciudad tan bulliciosa como Benidorm.

Aceña y Lorenzo atravesaron la puerta que conducía al interior de la urbanización con el gesto sombrío. Un grupo de turistas ingleses, con bañadores y toalla por todo atuendo, y una señora mayor que vivía sola en el tercero, pasaron por delante de ambos, ignorantes de que uno de ellos, el de aspecto desmejorado, caminaba hacia un destino de lo más incierto.

Sin que nada en sus movimientos llamara la atención, con un aire extrañamente cotidiano, entraron en el piso donde reinaba el calor y olía ligeramente a cerrado.

—Puedes sentarte —dijo Aceña a su invitado mientras cerraba la puerta con llave.

—No es necesario que tomes tantas precauciones. No pienso escaparme —dijo Lorenzo en un tono fatalista, ante las medidas de seguridad que adoptaba su nuevo carcelero.

—Por supuesto que no vas a hacerlo. Antes tendrías que pasar por encima de mí.

—Y de mí —remachó la voz de una mujer que entró en escena desde algún rincón de la casa, y que Lorenzo reconoció al instante.

—Vaya. ¡Cuánto tiempo!

—Tres años para ser exactos. Tres años que no han sido suficientes para curar las heridas. La última vez que nos vimos, tú acababas de matar a un hombre y de propinarme una soberana paliza. La paliza más terrible que nadie me haya dado nunca. ¿Lo recuerdas?

—Sí, lo recuerdo. Cómo no iba a recordarlo —contestó Lorenzo, agachando la cabeza con gesto serio—. Hoy no lo haría, porque me repugna el uso de la violencia. Pero sigo manteniendo que a las mujeres endemoniadas como vosotras solo se les puede tratar de esa manera. Por entonces, todos ofendíamos gravemente a Dios, yo el primero, y era justo que la desgracia cayera sobre nosotros. Nada de lo que nos pasó, ni de lo que nos vaya a pasar, es casual. Todo es voluntad del padre celestial.

—¡Cómo puedes decir semejantes estupideces! —contestó Marcia sin poder contener la risa—. Algo había oído sobre lo místico y lo cursi que te habías vuelto, pero no pensaba que hubieses llegado a esos extremos tan patéticos. Tú, Lorenzo Andrade, convertido en un místico... Ja, ja, ja. ¡Anda, ya! A quién pretendes engañar...

—Es inútil que te dé explicaciones sobre eso. Son conquistas interiores que tú nunca podrás alcanzar ni entender, porque estás ciega. Nunca has querido ni has podido salir de ese inmenso estercolero en el que vives. Yo, sin embargo, he aprovechado estos años para reflexionar y encontrar un nuevo sentido a mi vida. Te juro que soy un hombre nuevo. Quizás tú también debieras intentarlo.

—No, gracias. Para ti es muy fácil retirarte del mundo y convertirte en un «meapilas» cuando ya lo tuviste todo: dinero, diversión, sexo, independencia... Yo, sin embargo, todavía anhelo ser feliz. Es algo que aún me debo a mí misma. No quiero morirme sin haber paladeado esa sensación de plenitud. Los asuntos del espíritu los dejo para otros. Para los satisfechos. A mí me urge recuperar las ilusiones que me fueron robadas por tipos como tú. Y aunque no sea empresa fácil, te juro que voy a luchar por conseguirlo.

—No has cambiado. No sé si alguna vez te habrás preguntado por qué demonios no te hice mi amante cuando tuve la posibilidad de hacerlo. Aunque te encontré muerta de frío y de hambre, como a las otras, enseguida te transformaste en una mujer de bandera. Eras muy hermosa, pero había algo en tu interior que me repelía. Siempre tuve claro que eras la peor de todas, la más peligrosa. La serpiente de cascabel a la que es mejor dejar a un lado. Me dabas asco y desconfianza en la misma proporción. De no haber sido porque me hacían falta tus habilidades como bailarina, te hubiese echado del grupo a patadas. Y tú lo sabes. Y hubieses vuelto a tu vida arrastrada en la calle. Te hubieses quedado en puta callejera, que fue de lo que te conocí. Aunque tampoco creo que hayas llegado mucho más lejos.

—Estás muy equivocado. Yo ya no soy la que conociste. Ni yo, ni las otras. Nos hemos buscado la vida y no nos ha ido nada mal. Yo ahora soy una señora. La señora oficial de Ramón Pelayo. Él nos tiene protegidas ahora y se ocupa de que no nos falte de nada. Le satisfacemos, como ya lo hacíamos antes, pero ahora se nos compensa de una manera justa. Como bien sabes, es un hombre inmensamente rico y poderoso al cual tengo bajo la suela de mi bota. Obtengo de él lo que quiero…

—¿Y no te basta con eso para ser feliz?

—No. Hay muchas cosas que me faltan. Por de pronto vengarme de ti y devolverte el dolor que nos causaste multiplicado por cien, o por mil… ¿Sabes que tuve miedo de que pudieras morirte en la cárcel? Temí que te marchases de este mundo dejándome con la duda de si habrías sufrido lo bastante y llevándote a la tumba el secreto de dónde guardas el dinero que te dimos a ganar abriéndonos de piernas para tus clientes.

—¡Válgame Dios! Así que era eso… —exclamó Lorenzo esbozando una sonrisa por primera vez—. Debí de habérmelo imaginado. Quieres el dinero…

—El valor material de ese dinero me importa un rábano. Pelayo me daría diez veces esa suma en cuanto se me antojase. Pero está manchado con nuestro sudor y con nuestro dolor, y eso hace que sea muy especial. Sé que Antonia compró joyas con él y quiero ver el brillo de esas joyas. Quiero tenerlas en mis manos para cuantificar cuánto brillan y cuánto pesan nuestras lágrimas y nuestros sufrimientos.

—Te burlas de mí por haber encontrado un sentido a la vida, y tú lo reduces todo a billetes de banco y brillo de joyas… Pues voy a darte una mala noticia, porque no tengo ni puñetera idea de dónde puede estar ahora mismo ese dinero. Se lo quedó Antonia y te aseguro que nunca le pedí cuentas. Supongo que se lo gastaría. Y de no haber sido así, me temo que ya es demasiado tarde para preguntárselo. Murió en Soria hará cosa de un año.

—Ya lo sé. La maté con mis propias manos porque se negó a decirme dónde lo tenía escondido. Pareció un accidente. Fue un crimen perfecto. El primero de los varios que tengo proyectados.

Lorenzo la miró fijamente sin llegar a perder la calma y, después, con el mismo tono frío, le respondió:

—Estás loca. Tan loca como siempre, solo que ahora has perdido el sentido de la realidad creyéndote fuerte y más lista que nadie. Y siento decirte que estás muy equivocada. Te valoras en exceso. Matar a Antonia fue un gran error. Se ha llevado el secreto a la tumba.

—Parece que a ti no te importa.

—Yo no lo quiero. Ese dinero está maldito como todas vosotras. Me mancharía las manos con él. Además, a mí me queda poco. Si lo que quieres es verme muerto o retorciéndome de dolor, no era necesario que me hubieses traído hasta aquí. El destino se ha encargado de tomarse la venganza por ti. Hasta eso va a salirte mal.

—No. Tú aún estás a tiempo de sufrir. Aún no has muerto y puedes serme útil. Todavía puedes matar, hacer daño, o sentir lo mucho que duelen el hambre y la sed. Te quiero vivo y entero durante unos días. Vas a vivir para llevar a cabo una misión en la que estoy muy interesada. Luego me desharé de ti cuando ya no te necesite. Pero no vas a morir de esa estúpida enfermedad. ¿Te acuerdas de los tiempos en que nos torturabas teniendo sumo cuidado de no estropear el pedazo de piel que lucíamos para tus clientes? Tú me hiciste una experta en dolor y ahora voy a aprovechar los múltiples conocimientos que adquirí a tu lado para demostrarte que a veces la muerte puede llegar a ser un consuelo. Esto es solo una continuación de lo que tú comenzaste hace ya muchos años. La cadena del dolor que pusiste en marcha va a continuar, pero ahora lo hará a mi antojo y para mi deleite. Porque en estos años he descubierto que el sufrimiento de otros puede ser algo muy gratificante para los que ya hemos dejado de padecerlo. La ventaja es que yo voy a saber en todo momento la dimensión de tu dolor, porque ya pasé por ese trance. Y eso me va a dar mucho placer. Me he hecho experta en infligir dolor a los cabrones como tú, y he descubierto que es lo único que me compensa del que soporté antaño. Ahora soy yo la que tiene el poder en sus manos, y la que puedo lograr que el mundo gire a mi antojo. Y me he propuesto manejar los hilos de la realidad para divertirme un poco. Voy a hacer que pateéis de dolor unos cuantos para así poder reírme a gusto.

—¿Qué quieres de mí?

—No me gusta esa pose como de pastor protestante que has sacado de la cárcel. No va contigo. Juraste venganza hace tres años, y tienes que cumplir tu palabra. Primero, acabarás con Regina y Dominique. Están solas, y no serán unos blancos difíciles para empezar a desahogarte de la mala sangre que a buen seguro has tenido que criar tras esos gruesos barrotes. Y luego te encargarás de Pelayo.

—¿Pero no me has dicho que era tu protector? El que te daba todos los caprichos…

—Ya te he dicho antes que te estabas confundiendo. Para mí el dinero no lo es todo. Es más, en estos momentos de mi vida, como a ti, me importa un bledo. He descubierto el amor, y es ese sentimiento el que quiero que presida mi vida a partir de ahora.

—De modo que te has enamorado —concluyó Lorenzo riéndose—. Y quién es el afortunado, si puede saberse…

—Y a ti qué te importa —le contestó Marcia—. Serías la última persona en el mundo a quien desvelaría una intimidad tan sagrada para mí. No te he traído hasta aquí para hacerte confidente de mis sentimientos, sino para matarte. ¿Entiendes?

Lorenzo movía la cabeza entre asustado y alucinado. Su silencio permitió que Marcia prosiguiera con el relato de sus planes inmediatos.

—Como te he dicho, Pelayo también debe morir. Ha de pagar por haberse quedado con tus chicas. Además, se ha empeñado en imitarte y lo hace de una forma burda y patosa que no puedes tolerar. Y, por último, está Carlos González, el pobre diablo que vive con Martina. Ese no nos ha hecho nada a ninguno de los dos, pero por razones que no vienen al caso, a mí me apetece que desaparezca y vas a darme ese capricho. Al final de la carnicería, alguien te encontrará desangrado en un sucio callejón y ahí se terminará Lorenzo Andrade, al cual le habré buscado un final mucho más digno y quizás hasta más rápido que el que su enfermedad le tenía deparado, con lo que todavía tendrás que agradecerme lo que he hecho por ti. ¿Qué te parece?

—Vuelvo a repetirte que no voy a usar la violencia contra nadie. Antes me dejaré matar.

—No. No me has entendido. Tú no vas a hacer nada. Tú vas a quedarte aquí muy quietecito, pagando por todo lo que me has hecho. Sergio lo hará por ti. Se pondrá tus gafas negras, tu ropa, y el brazalete y los anillos que no te quitas nunca. Con eso encima, todo el mundo pensará que el autor de esos crímenes eres tú. ¿Lo comprendes ahora?

—¡No lo hagas! —dijo Lorenzo volviéndose hacia Sergio—. Tiene el demonio dentro, ¿no te das cuenta?

—Hará lo que yo le pida —afirmó Marcia tajante—. Y nadie podrá pararlo, ni siquiera tu Dios. ¿Qué te parece?

Lorenzo bajó los brazos, agachó la cabeza, y con una teatralidad digna del mejor auto sacramental, se arrodilló ante ella gritando:

—Eres la mayor pecadora que he conocido y creo que has perdido la cabeza y el corazón. Sin embargo, quiero que sepas que yo te perdono desde ahora y que pido a Dios que él también lo haga.

—Ja, ja, ja. Pero qué es esto. Si no lo veo, no lo creo. Habló el iluminado. El nuevo Mesías que ha venido a salvar el mundo. ¡Aleluya! —gritó Marcia con los brazos abiertos en dirección al techo.

Después, continuó riendo durante un buen rato, mientras Sergio Aceña, agazapado en un rincón, esperaba las órdenes precisas para desencadenar la catástrofe.

# Capítulo 29.
# EL ASESINO INEXPERTO

Lo de secuestrar a Daniel no formaba parte del descabellado guion trazado por Marcia. A lo largo del desarrollo de su plan, las víctimas tendrían que ir cayendo como fichas de dominó, y deberían hacerlo en un tiempo lo suficientemente breve como para que fuese imposible la reacción de la Policía. Pensó que lo mejor sería empezar por Regina. Era un blanco fácil, vivía sola, y una vez muerta no sería difícil reclamar la custodia de Daniel para su verdadera madre: una mujer rehabilitada, con un trabajo respetable, y poseedora de todos los atributos necesarios para hacer feliz al pequeño. Después, y una vez superado el escollo de Carlos González, quizás Martina se aviniese a reconocer como bueno el amor sin condiciones que ella le había ofrecido tantas veces. Afecto, comprensión, lealtad, tres de los ingredientes básicos para toda relación que se precie, y el ideal por el que suspiran millones de personas en el mundo.

Martina era, además, un ser dependiente por naturaleza, un espíritu frágil acostumbrado a buscar cobijo en otros espíritus más fuertes, y ella podría acogerla en su regazo justo en el momento crucial en que se enfrentase a su responsabilidad de madre. Sería maravilloso, pensaba, poder gozar las dos juntas del placer de ver crecer al muchacho, y también —por qué no— de compartir con ella el dinero y algunas propiedades que con argucias había logrado arrancar al magnate en aquellos tres años de convivencia. Pues, aunque fracasados sus intentos de ser reconocida como esposa legal, había reunido un pequeño patrimonio que, bien administrado, podía ser suficiente para vivir sin problemas. Cambiaría la mansión imponente por una casa convencional y se conformaría con las migajas de aquel suculento pastel económico, pero a cambio tendría junto a ella a la mujer amada. Eso sí, Martina nunca debería enterarse de los turbulentos medios que habían hecho posible todo aquel caudal de dicha. Era demasiado bondadosa como para aceptar el carácter violento de los mismos. Demasiado débil y demasiado poco egoísta. Dos rasgos de su carácter de los que ya se habían aprovechado suficientemente quienes habían tenido la oportunidad de vivir a su lado. De pronto, sin esperarlo, se vería sorprendida por un ciclón de felicidad que le llegaría de la mano de Daniel y del amor que ella pensaba brindarle. Y desde ese momento, unidas ya las dos, solo habría sitio para la dicha y la plenitud. ¡Por fin la recompensa a tantas penurias!

Pero a la hora de llevar a cabo el crimen, las cosas no salieron de la manera prevista. Marcia conocía al dedillo el itinerario que cada tarde realizaba la prostituta para dejar al niño en el colegio, y había elegido una callejuela estrecha y normalmente solitaria para perpetrar el asesinato. El problema fue que Sergio Aceña, aunque dotado de la irracional sangre fría que caracteriza a los psicópatas, carecía de la pericia y rapidez de movimientos exigibles a un auténtico profesional. Y cuando vio que su brazo no era certero y que el niño se ponía a llorar como un energúmeno, presa de la impaciencia, soltó varias cuchilladas aceleradas y erráticas sobre aquellos lugares del cuerpo que se le pusieron más a propósito, aunque fueran zonas de escaso compromiso vital para la víctima. La primera de ellas, que le alcanzó en un costado, fue la que más se acercó al objetivo mortífero, pero las demás se estrellaron sobre un organismo ya contraído y pleno de resistencia y apenas si acertaron a lastimar zonas superficiales del cuello y los brazos. Como el ataque fue por la espalda, Regina no llegó en ningún momento a encarar el rostro de su agresor, aunque sintió claramente el roce de los múltiples anillos que ornamentaban sus dedos y la raspadura sangrienta de las uñas exageradamente largas que, como seña de identidad algo siniestra, siempre caracterizaron al portugués.

Atenazada por la sorpresa, Regina apenas pudo gritar y, cuando chocó con el suelo, lo hizo para quedar desmayada y sin sentido. Pero el niño, por contra, continuó chillando presa de la histeria. Y ahí fue donde vaciló Aceña, dudando de si lo más conveniente sería asestar el golpe definitivo a su víctima o salir corriendo antes de que numerosos pares de ojos se asomasen a las ventanas para posarse sobre él, o que incluso brazos fornidos surgidos de cualquier parte intentaran retenerle. El niño lo miraba con fijeza mientras lloraba, y eso hizo que, precipitado y confundido como estaba, le sacudiese varios cachetes para echárselo después a la espalda y salir corriendo en dirección hacia donde le aguardaba aparcado el coche. Allí volvió a abofetear al muchacho hasta que este enmudeció presa del pánico. «¡Cállate!», le ordenó, mientras lo estrellaba contra los asientos de atrás. Después, arrancó veloz en dirección a una carretera que le sacase de aquella maldita ciudad. Ahora el niño ya no gritaba, sino que se limitaba a reclamar con voz apagada la presencia de su madre.

Una vez tomada la dirección correcta, decidió aparcar el automóvil junto a una cabina telefónica y, tomando a su rehén de la mano, se introdujo en el interior con una serenidad impropia de los asesinos inexpertos. A continuación, marcó el número que le puso automáticamente en contacto con su ama.

—Ya lo he hecho. Ahora mismo vuelvo hacia Benidorm.

—¿Te ha visto alguien?

—No. El sitio era perfecto.

De pronto, el niño perdió la compostura y retomó su llanto amargo al tiempo que golpeaba con furia las paredes de la cabina. Aquellos gritos inesperados que atronaban a través del auricular alarmaron profundamente a la *exvedette*.

—¿Quién llora? ¿De quién es ese llanto?

—Bueno, se trata… del niño.

—¿Qué niño?

—La mujer iba con un niño…

—¿Cómo? ¡Pero qué me estás diciendo! No es posible. ¿Qué demonios hace contigo ese mocoso? ¿Acaso te pedí que lo secuestraras?

—Creí que era lo mejor —respondió Aceña avergonzado—. Se puso a berrear y no había manera de callarlo. No podía dejarlo allí. Me miraba fijamente y temí que pudiera acabar delatándonos. Creí que era necesario hacerlo —repitió en un tono suplicante.

—¡Pero qué estupideces dices! ¡Eres un inútil, un auténtico idiota! ¡Eso me pasa por confiar en retrasados mentales!

Aceña sintió cómo la vergüenza le encendía la cara. Marcia era consciente de que mostrarse severa con él era una parte fundamental del juego, y que cuánta más dureza emplease, más segura podría estar de su lealtad.

Por otro lado, aquel secuestro tenía su lado positivo, pues reforzaba la evidencia de que Lorenzo era el autor del crimen. Quién si no su padre podía arriesgarse a huir con el pequeño. Bien mirado, tenía bastante sentido. Aunque la presencia imprevista de Daniel complicaba muchísimo las cosas.

—¡No va a ser fácil esconderlo! ¿Es que no te das cuenta? Además, en ningún momento te he dado permiso para tomar decisiones. Tienes que consultármelo todo. Me has decepcionado, y corres el riesgo de que te abandone y me busque a cualquier otro. ¿Lo entiendes?

—No. ¡Eso no! —suplicó Aceña—. Ya verá como de ahora en adelante todo sale perfecto. Yo me encargaré de que se sienta orgullosa de mí.

—¡Cómo voy a estar orgullosa de un mentecato! Todavía tienes que demostrarme muchas cosas. En cuanto vuelvas, te castigaré de la forma en que mereces. Supongo que al menos te habrás asegurado de que esa desgraciada esté muerta, ¿no?

—Claro... —mintió Sergio—. Ya sabe que yo nunca le voy a fallar.

—Más vale que sea así. Y no vuelvas a llamarme. Te estaré esperando en el apartamento para preparar lo de Villajoyosa. Y ten cuidado con el niño; trátalo bien. No quiero que le suceda nada malo, ¿entendido? Después, ya hablaremos tú y yo. Y te juro que esta vez lo vas a pasar muy mal.

—Sí, mi ama. Sé que merezco un castigo y lo aceptaré gustoso. No volverá a repetirse, se lo juro.

Y dicho esto, colgó el auricular y descargó toda su ira sobre Daniel, al que golpeó y zarandeó como si fuera un muñeco.

# Capítulo 30.
# EL HOMBRE DE VITRUVIO

Llevar a cabo el segundo de los crímenes resultó bastante menos complicado. Allí no había niños empeñados en poner las cosas difíciles y el vientre de la noche se mostraba especialmente oscuro en los aledaños de la calle de la Paz. Incluso el expreso, que a las seis de la mañana irrumpía puntual por entre las casas, se añadía al paisaje como cómplice eficaz a la hora de ocultar los gritos.

Dominique tenía la costumbre de ser la última en abandonar la barra americana donde trabajaba. Era un garito triste y barato del que normalmente salía sola, rutina que Marcia conocía a la perfección. Aquel día lo hacía especialmente temblorosa, pues el cóctel de cocaína y alcohol que se había metido en el cuerpo le había destemplado de una manera inusual. Al poco de pisar la calle, Aceña se acercó hasta ella con el pretexto de pedirle fuego. Y después, cuando confiada apartó los ojos de él para sumergirlos en el interior del bolso, aprovechó la ocasión para abalanzarse sobre su cuello, y esta vez sí, ejecutar la acción criminal según lo señalado por los cánones: llevando directamente la hoja de la navaja hasta el centro de la yugular, y dando un corte seco y profundo.

En su regreso desde Zaragoza, disgustado como estaba por el modo atolondrado en que había hecho las cosas, no dejó de repasar mentalmente cuál sería la secuencia de movimientos y la velocidad que imprimiría a los mismos cuando estuviese frente a Dominique. Sabía que esta vez no podía fallar, y efectivamente no lo hizo.

Algunas horas antes, había dejado a Daniel en el apartamento. El niño, tras llorar y resistirse de manera violenta durante la primera hora de viaje —que se hizo eterna—, terminó por sumergirse en un sueño profundo que ya no le abandonaría ni siquiera en el momento en que Aceña lo sacó del coche para depositarlo con cuidado en la única cama que había en la casa.

Lorenzo siguió sus movimientos desde el suelo, donde llevaba más de una semana atado con las piernas y los brazos estirados, adoptando una figura parecida a la del *Hombre de Vitruvio,* o quizás —por qué no decirlo— emulando a la que debió de componer el mismísimo Jesucristo en su suplicio del calvario. Llevaba sin comer ni beber desde el día anterior, y su aspecto era ciertamente lastimoso.

Marcia estaba sentada a su lado, saboreando lo que parecía un refresco con gesto malicioso. En ocasiones, dejaba caer alguna gota que, tras resbalar aceleradamente por el rostro del portugués, era capturada ansiosamente por la lengua de este.

Durante los primeros días, había sufrido la impotencia de no poder descargar sobre él la fuerza de su látigo.

—Tienes mucha suerte de que no pueda arrancarte la piel a tiras —le decía.

Ahora, sin embargo, con el paso de los días, su rehén ofrecía una imagen tan rendida y deteriorada que ya no invitaba a castigos adicionales a los que la propia enfermedad le infligía; y los ratos que pasaba junto a él, los consumía en silencio, saboreando un cigarro con despiadada satisfacción, mientras hacía oídos sordos a las quejas que salían del enfermo. El resto del tiempo, el portugués lo pasaba solo, con la boca bien cerrada por un esparadrapo y manteniendo aquella postura que incrementaba hasta el límite sus dolores musculares. Solo una vez al día, Aceña le soltaba las ataduras para que hiciese sus necesidades y comiera y bebiera alguna cosa. Después, volvía al suplicio con el gesto resignado de quien se sabe en medio de una prueba necesaria. De vez en cuando, a causa de una tos que apenas le abandonaba, Lorenzo soltaba salivajos teñidos de sangre que amenazaban con ahogarle. Llegó un momento en que solo abría la boca para pronunciar delirios incongruentes, motivados tal vez por una febrícula que ya de noche le empapaba en sudores.

A cada momento, Aceña se ofrecía voluntario para reventarle los huevos a calambrazos o para destrozarle uno a uno los dedos de la mano, y en más de una ocasión Marcia hubo de enfriarle los ánimos, pues todo hacía presagiar que muy pronto la mayor de sus preocupaciones sería la de cómo mantener a su rehén con vida.

Al poco de empezar la cadena de crímenes, Marcia decidió dar por terminada la fase de tortura, sin duda alarmada por las lagunas de consciencia que presentaba la víctima. Se lo hizo saber a Aceña aquella misma tarde en que se presentó con el niño.

—Ya vale de joderle. Está demasiado débil y no quiero que se nos muera en el apartamento. A partir de ahora, tendrás que darle de comer y beber más a menudo. ¿Entendido?

—Sí, mi ama. Haré lo que me diga. Pero no sabe hasta qué punto me altero cuando pienso que este hijo de puta se atrevió a ponerle la mano encima —proclamaba Aceña, mientras apretaba los puños, colérico—. Si por mí fuera, ese tipo no duraba ni cinco minutos.

La propia Marcia lo incorporó con cuidado para poner en sus labios un vaso lleno de agua, al que Lorenzo se aferró con la desesperación de los náufragos. Mientras bebía agónico, Marcia le susurró:

—Cómo me gusta verte así de desvalido. Había soñado tantas veces con este momento... Cuando pienso en lo mucho que nos hiciste sufrir, me parece mentira que ahora te tenga tan a mi merced. Al final todos acabáis así. Os creéis inmortales mientras os dura la fuerza, pero luego termináis como gallinas asustadas mendigando compasión a quienes tanto habéis torturado. Y no sabes el placer que me produce verte morir lentamente. Aunque he de reconocer que me desespera tu entereza. Me encantaría verte llorar y suplicarme piedad. Es un deseo que todavía espero conseguir.

El agua le devolvió la lucidez, y fue en medio de ese último impulso de cordura cuando se dirigió a Aceña con el ánimo de que este recapacitase antes de seguir cometiendo atrocidades.

—A ella la conozco y sé que va a llegar hasta el final, pero no entiendo qué demonios ganas tú con todo esto. ¿No te das cuenta de que no dudará en aplastarte cuando ya no le sirvas?

—No le importa —se apresuró a contestar Marcia, hablando por boca de su esclavo—. Es más, esa posibilidad es la que le impulsa a seguir adelante y le aferra más a mí. Su entrega es absoluta, y el peligro de llegar a perderlo todo, incluso la vida, es parte fundamental del juego que nos une. Él nunca me ha pedido amor, o piedad, o sentimentalismos. Él solo busca una mano fuerte que le marque el camino. Quiere sentir el vértigo de lo desconocido, porque eso le da placer. Y caminar con los ojos vendados por la dirección que yo le indique. Ha pasado muchos años buscando una mujer como yo, y ahora que la ha encontrado está dispuesto a todo con tal de no perderla. Le pone cachondo saber que es un juguete en mis manos. Y sabe que la destrucción final del juguete es parte fundamental en algunos juegos. Sergio no necesita que le amen ni que le cuiden, necesita que le entiendan. Y yo lo hago. Por eso me será fiel hasta el final. ¡Ven aquí! —le ordenó.

Aceña se arrodilló ante ella y se abrazó a sus piernas llorando de gozo.

—Te has portado mal trayéndome al chico —le reconvino Marcia—. Trae el látigo.

Se acercó sumiso hasta ella con el látigo en la mano y dejó que le azotase varias veces hasta hacerse visibles en su espalda algunas líneas de sangre. Después, plenamente excitado, se bajó los pantalones para que su ama le masturbase de un modo frío y distante.

—¿Te convences ahora de hasta qué punto puede serme fiel?

Luego, pensando en la manera de mantener vivo su dolor, le descubrió la identidad del niño que acababa de pasar ante de sus ojos.

—¿Has visto al mocoso que traía Sergio en los brazos? Es tu hijo. Está en nuestro poder y podemos hacer con él lo que nos venga en gana. Nos pertenece tu vida y ahora también la suya. ¿Qué te parece?

No dijo nada. Se limitó a cerrar los ojos como si el dolor se le hiciese más intenso por momentos. Después, en un tono apagado y apenas audible, solicitó:

—Dejadme verlo. Quiero saber cómo es.

—Ja, ja, ja —rio Marcia divertida—. ¿No te parece que ya es un poco tarde para eso? Cuando nació, lo apartaste de tu lado como se aparta a un perro. Y estoy segura de que en la cárcel jamás te acordaste de él. ¿Qué esperas ahora? ¿Que se arroje a tus brazos? ¿Que te llame papá...? Ja, ja, ja.

—Reconozco que no obré bien. Yo entonces no estaba preparado para ser un buen padre. No podía ofrecerle nada bueno. Además, supuse que con Regina estaba en buenas manos...

—Pues olvídate de Regina, porque ya está muerta.

—¿Qué le habéis hecho?

—Nosotros no hemos hecho nada. Has sido tú. Tú y tus ansias de venganza.

—Estáis locos. Dios sabe mejor que nadie que en mi corazón ya no hay sitio para el odio. Él os castigará. No permitirá que sigáis adelante con vuestra paranoia.

—No te fíes de tu Dios. En ocasiones se despista. Ya ves lo poco que se preocupó de nosotras cuando nos torturabas. Entonces no dio señales de vida y tampoco creo que ahora las dé. Desde luego, no va a mover un dedo por librarte del infierno. Ni por librarte de mí. Ni por evitar que dentro de unas horas te cargues a Dominique. Es algo irremediable.

—Tú puedes parar todo esto —dijo Lorenzo dirigiéndose por última vez a Aceña—. Intenta escuchar la voz de Dios en tu interior. Seguro que de alguna manera te está hablando. No hagas caso a esta blasfema. ¡No podréis luchar contra la voluntad del Altísimo! —gritó utilizando sus últimas fuerzas.

Marcia se dirigió a Aceña, que desde un rincón apartado esperaba sus órdenes.

—Ya puedes irte. Y esta vez procura cumplir mis órdenes a rajatabla, ¿está claro?

—Sí, mi ama —contestó el esclavo.

Y dicho esto abandonó la casa con dirección a Villajoyosa.

# Capítulo 31.
# MÁTER DOLOROSA

Solo dos hombres se repartían en exclusiva la responsabilidad de proteger a Ramón Pelayo. Uno era su jardinero, Sergio Aceña, y el otro un guardaespaldas profesional que Pelayo contrató algunos años atrás, cuando vio que peligraba seriamente su integridad física a causa de un negocio desafortunado. Todo derivaba de la época en que construyó varios bloques de viviendas junto a una playa de Alicante.

Eran años donde el dinero corría abundantemente y se vendían los apartamentos con suma facilidad. Dinero fresco en manos de jubilados europeos o de una pujante clase media española que reclamaba una segunda vivienda en la costa. Como todo estaba vendido incluso desde antes de empezar las obras, la codicia de algunos promotores hizo que muchas edificaciones estuviesen llenas de deficiencias o de promesas sobre amplias zonas verdes, equipamientos interiores o acabados de lujo que luego se incumplían, lo que se traducía en amargas reclamaciones por parte de los compradores que casi siempre terminaban en dilatados pleitos.

Pelayo y su arquitecto de confianza en aquella época no fueron inmunes a ese afán de enriquecimiento rápido, y los apartamentos de Alicante resultaron un desastre. El asunto, que llegó a ocupar algunas páginas en los periódicos, dio lugar a una marcha de protesta por las calles de Benidorm, con acampada posterior frente a las puertas de la inmobiliaria, destrozos en varios coches de la zona y rotura del escaparate de las oficinas. Aunque la policía logró poner fin a los incidentes, Pelayo no pudo evitar la escucha de airadas y repetidas amenazas de muerte contra su persona. Desde entonces, quedó en su subconsciente un justificado sentimiento de fragilidad que trató de solventar con la contratación de Alberto Peris, un gorila de casi dos metros de altura capaz de amedrentar a cualquier malintencionado con una simple mirada.

De esta forma, la protección y el cuidado de su hogar quedó en manos de Aceña, mientras que, en la calle, en la oficina o en el transcurso de sus múltiples viajes, quien se encargaba de acompañarle pegado a él y de librarle de cualquier tipo de problema era Peris. Por si esto fuera poco, Pelayo decidió pertrecharse un auténtico búnker en la primera de las torres que construyó en el Rincón de Loix. Se trataba de un apartamento aislado en todas sus paredes, sin ventanas a la calle y al que solo era posible el acceso mediante un ascensor privado que arrancaba del garaje respondiendo a una clave secreta. Dentro, la guarida inexpugnable disponía de aire acondicionado, dos bañeras con *jacuzzi*, aprovisionamiento permanente en comida y bebida para varias semanas, y todas las comodidades necesarias para hacer lo más llevadera posible una hipotética temporada fuera de la circulación. Pelayo sabía que allí sus chicas estarían a salvo del portugués, de manera que, tan pronto llegaron a sus oídos las tristes noticias sobre Regina y Dominique, Pelayo no se lo pensó dos veces y las confinó en su refugio ultrasecreto mientras él proseguía con su frenética actividad profesional, siempre bajo la atenta protección de Peris. Como sabía que el peligro podía rondar por los lugares donde se movía habitualmente, prefirió no dejarse ver ni por la oficina ni por su casa de Altea. En ambos sitios dejó dicho a sus empleados que se marchaba de vacaciones al extranjero durante varias semanas. Esperaba que ese tiempo fuese más que suficiente para que los movimientos de Lorenzo quedasen bajo el control de la policía. Al día siguiente de su triste viaje a Hendaya, acompañando los restos de la pobre Dominique, se vio obligado a partir con destino a Barcelona para revisar unas obras que su empresa estaba llevando a cabo en dicha ciudad.

Marcia no podía ocultar su nerviosismo. En los informativos habían dado la noticia de que Regina no estaba muerta. Al parecer había recibido varias puñaladas, pero que no hacían temer por su vida. Aceña no había podido estar más torpe: primero con su ineficacia a la hora de manejar el cuchillo, y después con su descabellada idea de secuestrar al niño. Menos mal que con Dominique las cosas habían salido mucho mejor. Qué incómoda se había sentido en Hendaya tratando de fingir dolor. Qué lejos estaban todos de imaginar que las manos que en última instancia habían teledirigido el puñal hacia el cuello de aquella desdichada habían sido las suyas. Ahora solo le quedaba actuar con rapidez y sin perder los nervios. En cuanto Pelayo regresase —tal vez al día siguiente—, la marcha de los acontecimientos seguiría imparable.

Lo que más crispaba sus nervios era el comportamiento de Daniel. No sabía qué hacer con el mocoso. El condenado no paraba de llorar, se negaba a comer, y solo buscaba a cada momento la presencia de su falsa madre. Fue un *shock* para ella comprobar que aquel niño no era normal. Que, a pesar de sus cuatro años, solo era capaz de articular sonidos ininteligibles, al tiempo que su capacidad para entender cualquier cosa era prácticamente nula. Sin duda tenía cierto retraso mental, lo que le confería un carácter endiablado que ni ella ni por supuesto Aceña estaban capacitados para dominar. Muy al contrario, la presencia de este último le crispaba el carácter hasta límites insoportables, llevándole a berrear y a temblar de manera permanente, quizás porque aún mantenía en su retina las imágenes de aquel salvaje apuñalando al único ser que le había dado cariño, a la única persona bajo cuyo abrigo había encontrado un refugio cálido. Al principio pensaron que, chillándole, o incluso golpeándole, lograrían controlar su inestabilidad, pero no fue así.

—¡Tu hijo es un tarado! ¡Hasta en eso has fracasado! —le recriminaba a un Lorenzo, que los observaba desde el suelo con la consciencia cada vez más deteriorada.

La deficiencia mental del muchacho ofrecía sin embargo la ventaja de que Daniel nunca pudiera señalarlos ante la policía como culpables del secuestro. Pero, por otro lado, desde su aparente fragilidad, parecía conocer muy bien el modo de fastidiarles, llenando el apartamento de gritos furibundos que bien podrían alertar a los vecinos. Sin duda sería altamente llamativo todo aquel jaleo en una morada donde hasta entonces siempre había reinado el silencio que acompaña a un ser solitario. Aquella podría ser una prueba comprometedora, caso de que a la policía le diese por investigar entre el vecindario. Por ello decidieron que lo mejor sería amordazar también al niño, aun a costa de que este entrase en un estado de nervios y *shock* traumático altamente preocupantes.

Pero fueron la desesperación y también quizá el deseo urgente de impresionar a su amada los que determinaron que Marcia tomara una decisión tan sorprendente como arriesgada: la de poner al pequeño en manos de su verdadera madre. «¡Mejor que se entere cuanto antes de la clase de hijo que tiene! Espero que así se le enfríen los instintos maternales y se olvide de él para siempre. Con tal de verla feliz, yo estaba dispuesta a cargar con este bastardo, pero, en estas circunstancias, me niego rotundamente a ello».

Al final, ya no le parecía tan nefasto el hecho de que Regina hubiese sobrevivido al intento de asesinato. Quién sabe, igual una vez recuperada de sus heridas, hasta estaba dispuesta a seguir haciéndose cargo del mocoso.

No lo pensó más y, al regresar al apartamento refugio, se acercó con sigilo hasta Martina y le dijo:

—Ya sabes lo mucho que significas para mí y lo que me duele verte tan triste. Por eso, desde que me confesaste cuál era el motivo de tu tristeza, no he parado de darle vueltas al asunto y, al final, me he decidido a ponerle remedio. Quiero que te enfrentes a la verdad y que luego decidas. Te voy a hacer un regalo totalmente inesperado para ti y que me ha costado mucho poder ofrecerte. Un regalo que te demostrará hasta qué punto estoy dispuesta a hacer cualquier cosa por ti.

Martina no pudo ocultar su perplejidad e incluso su temor. Pero permaneció quieta como una estatua sin poder articular palabra.

—¡Vamos, reacciona! ¡Y deja de mirarme con esa cara! Mi regalo está esperándote muy cerca de aquí. Sergio nos acompañará.

—No podemos salir —contestó Martina sumisa—. Lo tenemos prohibido.

—No podemos ni debemos salir solas, pero con Sergio estamos seguras. Tienes que fingir que estás enferma. Esa será la excusa perfecta para que pueda sacarte de aquí.

Tenía mala cara y no le costó demasiado simular un fuerte dolor en el vientre. Marcia y Sergio se encargaron de convencer a las otras dos mujeres de que lo mejor sería que Martina regresase a la mansión temporalmente. Allí había medicinas e incluso podría visitarla un médico.

—No es un dolor normal. Puede ser un ataque de apendicitis —mintió la bailarina.

Y Brenda y Brígida, todavía bajo los efectos del apuñalamiento de Dominique, no tuvieron más remedio que aceptar las consignas de quienes en ausencia del dueño de la casa eran los encargados de tomar decisiones.

Sabía que mostrar el niño a Martina era emprender un camino sin retorno. Pero era tal su grado de desesperación, y tenía tantas ganas de hacer efectivo su amor, que no pudo reprimirse. En el fondo, albergaba la secreta esperanza de que su amada, una vez enterada de todo, fuese comprensiva y hasta agradecida con su comportamiento tan temerario como generoso.

—Todo lo que vas a ver y a sentir a partir de ahora va a ser muy desconcertante para ti, pero no tiene otro objetivo que el de demostrarte lo mucho que te amo —le dijo Marcia a una Martina cada vez más alarmada, mientras Aceña conducía el coche impertérrito.

Tan pronto entraron en el apartamento, Martina lanzó un grito de terror al reconocer el rostro de Lorenzo Andrade en la figura yacente que presidía la sala.

—Sí, es él. No estás soñando —afirmó Marcia mientras cerraba la puerta—. Y está pagando por todo el daño que nos hizo —remarcó—. Es una venganza que estoy llevando a cabo en nombre de todas. Antonia fue la primera en pagar, y ahora le ha llegado el turno a él. Cuando le veo sufrir y retorcerse de dolor, me vienen a la cabeza muchas sensaciones y muchos malos rollos. Pero te aseguro que, sobre todo, me acuerdo de ti y de lo mucho que te jodió la vida. De cómo se ensañó contigo cuando más necesitada estabas de cariño. Eso no se lo perdonaré nunca. Pero no te he traído hasta aquí para que veas a este mal nacido. Mi regalo está dentro de esa habitación.

Y dicho esto, abrió una puerta que hizo visible ante sus ojos la presencia del pequeño Daniel, atado a la pata de una cama y con los labios sellados por un segmento de esparadrapo.

—Este es tu hijo. Me lo he jugado todo para que se haga realidad tu sueño y puedas tenerlo entre tus brazos. Siento que tengas que verlo en este estado, pero por desgracia no es un niño normal, y hemos tenido que ser algo duros con él. Padeciste mucho durante el embarazo y me temo que sufre alguna tara psicológica que lo hace muy problemático. A ti te toca ahora decidir qué es lo que quieres hacer con él.

Martina permanecía quieta y absolutamente aturdida, sin mostrar ninguna capacidad de reacción. Después, lentamente, se acercó hasta su hijo y lo abrazó con fuerza. En contra de lo esperado, el muchacho aceptó con gusto su cercanía y sus caricias, como si fuese consciente de que aquel afecto era sincero y le trajese a la memoria aquel otro afecto anterior que seguramente daba ya por perdido.

—¡Hijo mío! —musitó Martina entre lágrimas—. ¿Qué te han hecho? ¿Qué le habéis hecho? —preguntó encarándose con la extraña pareja—. ¿A qué viene todo esto?

—A Dominique no la ha matado Lorenzo —se atrevió a confesar Marcia—. Ni tampoco fue él quien intentó acabar con Regina. Hemos sido nosotros.

—¿Cómo? ¡Qué dices! ¡No puede ser!

—Nosotros retuvimos a Lorenzo desde el momento en que pisó la calle en Soria, y nosotros enviamos las notas amenazadoras desde allí. Sergio ha sido el brazo ejecutor, pero soy yo quien lo ha planeado todo. Y lo he hecho por ti, porque te quiero. Porque quería que recuperases a tu hijo y que pudiésemos criarlo entre las dos.

—¡Esto es una locura! —explotó Martina—. ¡Me das asco! ¡Eres abominable y estás completamente loca si piensas que algún día yo voy a sentir algo por ti!

—¡Por supuesto que vas a sentirlo! —afirmó Marcia altiva—. Me lo he jugado todo para lograr que ese sentimiento sea posible y no voy a aceptar un no por respuesta. Esta noche la vas a pasar conmigo. Y como te niegues a hacerlo, el niño morirá. Tengo pensado para Lorenzo un final muy melodramático, donde aparecerá con las venas cortadas en una calle cualquiera de esta ciudad cuando ya no me haga falta. En su desesperación, no sería descabellado que previamente se las hubiese cortado a tu pequeño y que la policía se encontrase con dos cadáveres en lugar de uno. Ahora que lo pienso, sería el final perfecto. Se iría de este mundo tras haber ajustado cuentas y dejándolo libre de cualquier vestigio vivo de su paso por el mismo. Sí, es un final que me gusta y que solo se podrá impedir de una forma. ¡Tú decides!

Martina, sin dejar de abrazar a su pequeño, dirigió la mirada hacia el suelo en un claro gesto de derrota. Después, contestó con voz apagada:

—De acuerdo. Seré tu amante si es eso lo que quieres, pero, por favor, no le hagas nada a Daniel.

—Así me gusta —sentenció plena de satisfacción, mientras tomaba su mano entre las suyas—. Estoy dispuesta a compartirlo todo contigo, incluso a cuidar de tu hijo si así me lo pidieras. Tú sola no podrás hacerlo. ¿No te das cuenta? Saldrás ganando, porque ahora vas a tener a tu lado a alguien que te ama de verdad. Ya no volverás a pasar penurias, ni a tener que fingir amor por ese mamarracho indigno con el que se te ha obligado a vivir. Ya verás cómo a partir de ahora todo será mucho mejor. Te lo prometo.

Martina asintió con la cabeza al tiempo que se secaba las lágrimas.

—No sabes cuánto me alegro de que empieces a entender las cosas. Y ahora deja ya de llorar como una estúpida y acércate a darme un beso.

# Capítulo 32.
# CORAZONES DESCORAZONADOS

Al día siguiente, el estado físico de Lorenzo empeoró de manera muy preocupante. A pesar de la postrera decisión de mejorar sus condiciones de vida, una tos persistente que amenazaba con ahogarle ponía un punto de dramatismo a sus continuos quejidos.

—¿Sabes que en el fondo te admiro? —le confesó Marcia, mientras acercaba a sus labios un tazón de caldo que el portugués iba ingiriendo penosamente—. Siempre has hecho lo que has querido. Has fornicado como un cerdo, te has divertido hasta el límite, has vivido como te ha dado la gana y, para colmo, ahora que se te acaba la cuerda, decides convertirte en beato para que así se te abran las puertas del cielo. Ese Dios tuyo tiene que ser muy ingenuo para creerse todos tus cuentos y al final perdonarte. Pero hay que reconocer que siempre has sido un embaucador. Eres muy listo y muy cabrón. Y eso te hace doblemente peligroso.

A pesar de su tono irónico, le daba pánico que Lorenzo decidiese palmarla antes de tiempo. Durante aquellos días le había hecho pasar hambre, sed, dolores intensos, le había negado la medicación… Pero cuando la policía lo encontrase desangrado en algún callejón de Benidorm, su nivel de degradación física no podía ser incompatible con la de un asesino de cuatro personas. Ni podía llevar muerto más tiempo del preciso.

Había pasado la noche con Martina y se sentía profundamente decepcionada. En sus mejores sueños había imaginado aquel primer encuentro como lo más parecido a una noche de bodas. ¡Todo un derroche de ternura y frenesí amatorio! Desde que Martina apareció en su vida, comprendió que, del mismo modo en que cada uno de sus poros destilaba odio hacia el género masculino, existía en lo más profundo de su corazón un caudal ingente de amor dispuesto a desbordarse sobre aquella mujer. Pero toda esa pasión, a fuerza de ser retenida, se le había emponzoñado en las entrañas y ahora le dolía intensamente. Y se había malogrado por la actitud desdeñosa de una amante a la que quizás había valorado en exceso. Pero ya no había vuelta atrás. Se lo había jugado todo por ella y la rueda tenía que seguir girando. Si no aceptaba su amor por las buenas, tendría que hacerlo por las malas.

Martina era débil, un ser acostumbrado a claudicar, y ahora tendría que rendirse ante otra mujer mucho más fuerte que ella. «Primero le perteneció a Lorenzo, luego a Pelayo, y ahora me pertenecerá a mí», sentenciaba. No obstante, le entristecía enormemente saber a ciencia cierta que aquellos sueños de amor correspondido ya nunca se cumplirían.

Aceña abandonó la casa a las once de la mañana. La experiencia le decía que su jefe y Peris, caso de regresar aquella jornada, lo harían a partir de las doce. Lo mejor sería esperarles en el interior del garaje y aprovechar el factor sorpresa para atacarles.

Se presentó ante Marcia como se presentan los toreros en la capilla antes de salir al ruedo, o los caballeros medievales ante su princesa antes de partir hacia la batalla. Vestía chándal de marca y zapatillas deportivas blancas, aunque en una pequeña mochila portara su habitual uniforme de asesino, que no era otro que la camiseta color pistacho y los vaqueros desgastados con que Lorenzo había salido de la cárcel. Marcia dejó que le besase los zapatos con fervor, y que después se abrazara con devoción fanática a sus piernas cubiertas por medias de rejilla negra. El jardinero le pidió perdón repetidas veces mientras se humillaba a la espera de sus golpes o de sus órdenes. Pero solo obtuvo el silencio triste y una actitud cansina por parte de su ama. Escasa de energías como estaba, Marcia prefirió que ni Lorenzo, sumido ya en una ausencia definitiva, ni Martina, que permanecía inmóvil como una muerta sobre el lecho conyugal, fuesen testigos de una actuación que en este caso se prometía deslucida. De modo que ambos se introdujeron en el pequeño cuarto, donde Daniel permanecía sedado por un tranquilizante, para desarrollar allí los pormenores de un ceremonial íntimo que no duró más de cinco minutos. Después, el criminal abandonó el apartamento reflejando en los ojos una determinación que daba miedo.

Efectivamente, Pelayo y Peris regresaron unos minutos después de las doce. Parecían cansados por el trajín del trabajo y los efectos de una noche barcelonesa demasiado larga. Si Pelayo salía de juerga, Peris también lo hacía. Y si todo discurría con normalidad, hasta le era permitido al «musculitos» formar parte de la jarana, terminando los festejos en brazos de alguna de las damiselas cuyos nidos de amor frecuentaban. Esa actitud permisiva de su jefe mantenía contento al guardaespaldas, y hacía que la relación entre ellos fuera de franca camaradería.

Ahora regresaban con ganas de recuperar las horas de sueño y, tras acceder al garaje, se posicionaron frente a la segunda puerta metálica que daba paso a las seis plazas de aparcamiento con que contaba Pelayo. Antes de enfilar el oscuro pasillo que les conducía al ascensor privado, cerraron la puerta automática con el mando a distancia y escudriñaron el coche de Aceña que aparecía aparcado en su sitio como tranquilizador indicio de normalidad. Precisamente, casi al final del pasillo, divisaron la figura del jardinero que se acercaba hacia ellos.

—¿Cómo ha ido todo? —preguntó Pelayo sin esperar a que este llegase a su altura y algo sorprendido por lo zarrapastroso de su atuendo.

—Bien. Muy bien —afirmó Aceña.

—¿Hay alguna noticia de ese loco?

—Nada nuevo. La policía sigue tras su pista.

—Pues estamos aviados como haya que esperar a que esa panda de inútiles lo capture —refunfuñó Pelayo—. ¡Bueno! Ya que estás aquí, saca el equipaje y súbelo. ¡Ah! Y ya de paso, echa un vistazo a los intermitentes, que creo que uno no funciona. Y cámbiate de ropa, por favor, que pareces un mendigo.

—O.K. —respondió Aceña.

Una vez se cercioró de que los recién llegados le hubiesen dado la espalda, el jardinero actuó con la pericia propia de lo que ya empezaba a ser: todo un profesional. Sabía que la primera víctima había de ser Peris, pues una vez acabado con este, Pelayo no tendría ni la serenidad ni la capacidad de reacción suficiente para oponer resistencia. Y así fue cómo lo hizo. Utilizando la misma estrategia que tan buen resultado le dio con Dominique, desenvainó la navaja, dio media vuelta y corrió en dirección hacia los dos. Se lanzó según lo planeado sobre la espalda del forzudo, y quedó colgado de su cuello como si fuese un niño pretendiendo que alguien le llevase a cuestas. Desde allí, dirigió certera la navaja a la yugular del guardaespaldas, provocando un torrente de sangre que de inmediato dio con el gigantón en el suelo. Pelayo corrió hacia el ascensor todo lo rápido que pudo, pero era demasiado lento y pesado como para evitar que su hasta entonces hombre de confianza le tomase la delantera.

Al verlo allí plantado, blandiendo la navaja ensangrentada, comprendió que las posibilidades de escapar con vida eran remotas, de modo que sacó a relucir su vena de hombre de negocios.

—¿Por qué haces esto? ¿Qué quieres? ¿Necesitas dinero? Te daré lo que me pidas. Llevo una buena suma en esta cartera. Incluso puedo darte una participación en mi empresa. ¿Qué te parece?

Con Pelayo la secuencia de navajazos fue distinta. Y así, la primera cuchillada se la asestó en el vientre. Cuando el especulador inmobiliario agachó la cabeza para, entre incrédulo y confundido, echarse mano a la zona ensangrentada, Aceña le cogió del pelo y, tirando de la cabeza hacia arriba, le rebanó el cuello de lado a lado. Tras el grito de dolor correspondiente, un silencio gélido vino a inundarlo todo.

Después, Aceña corrió en dirección a la entrada, y allí, recostado sobre el coche de su jefe, se despojó de la camiseta color pistacho y de los vaqueros desgastados de Lorenzo, poniéndose su ropa. Aquella camiseta que mezclaba la sangre de todas sus víctimas habría de llevarla puesta Lorenzo el día en que fuese descubierto desangrado en cualquier callejón oscuro de la cuidad. Cerca, con Daniel en su interior, aparecería el Opel corsa alquilado en Soria el mismo día de su puesta en libertad. El mismo Opel corsa que ahora descansaba en otro garaje cercano.

Seguidamente, regresó a donde estaban los dos cadáveres y sustrajo de uno de los bolsillos de Pelayo el mando a distancia de la puerta. Él disponía de otro idéntico que unos minutos antes le había permitido acceder al interior, pero le interesaba el de su jefe. La idea de Marcia era hacer creer a la policía que el portugués había esperado pacientemente en el interior del garaje principal a que Pelayo y Peris regresasen de su viaje, y que, después, sin ser visto, se había deslizado al interior del particular cuando estos abrieron la puerta al llegar. Luego, tras asesinarlos, Lorenzo tenía que haber usado el mando a distancia de Pelayo para salir y dejar definitivamente cerrada la puerta, logrando así que la escena del crimen permaneciera oculta.

Arriba, Brígida y Brenda esperarían aburridas el regreso de los dos hombres, hasta que Marcia y él mismo fingieran un tremendo *shock* al descubrir los cadáveres al día siguiente. Seguro que para entonces ya habría aparecido el cuerpo de Lorenzo con el mando a distancia de Pelayo en alguno de sus bolsillos y una nota con las direcciones de sus víctimas que le habían hecho escribir de su puño y letra. Mientras se vestía, aceptó complacido que Marcia era una mujer muy lista. Sin duda, alguien digno de su obediencia.

Volvió a su apartamento y comprobó que allí nada había

cambiado. Lorenzo seguía tumbado en el suelo, aunque ahora sin atar, y varios platos con comida abandonados a su lado revelaban que los esfuerzos de Marcia para que este probase bocado habían resultado baldíos. Aquejado de extrañas convulsiones, parecía haber entrado en una fase preagónica que no presagiaba nada bueno. Martina, mientras tanto, en la habitación contigua, acariciaba el rostro de su hijo que aún parecía estar bajo el efecto de los narcóticos.

—Ya está —le dijo a su ama mientras se secaba el sudor de la frente.

—¿Estás escuchando? —dijo Marcia dirigiéndose a Martina—. Ese cerdo ya no volverá a tocarte. Ni ese ni ningún otro.

Un chasquido de sus dedos bastó para que Sergio se postrase ante ella. Después, mientras le acariciaba el pelo como se acaricia a un perro que se ha portado bien, masculló:

—Estás aprendiendo a hacer las cosas como yo quiero, y eso me gusta. Ya solo te falta cumplir con mi último deseo para que te considere digno de pertenecerme. Tienes que hacerlo ya. No puede pasar de esta tarde. Lorenzo se muere.

A continuación, Sergio abandonó el apartamento para cumplir con la consigna de matar a Carlos González.

Pasó algún tiempo sin que se dirigieran la palabra. Martina, dominada por el terror, apretaba a Daniel contra su pecho, mientras soportaba aquella sensación tan familiar de que el suelo se hundía bajo sus pies.

—Te voy a hacer una pregunta a la quiero que me contestes con sinceridad —dijo al fin Marcia dirigiéndose a ella—: ¿Qué significa para ti el tipo ese con el que vives? ¿Te ha hecho feliz? ¿Le quieres?

Martina asintió con la cabeza sin dejar de apretujar a Daniel.

—¡Eres tan ilusa como estúpida! Parece mentira que, habiendo conocido a tantos hombres, aún te creas sus mentiras. Yo, ya ves, solo me fío de ese psicópata, de ese enfermo. Para que no se aprovechen de ti, o no te hagan daño, tienen que ser anormales o tarados como él. Y, aun así, tampoco pienses que es muy diferente a los demás. Lo único que le hace distinto es su extraña peculiaridad de que lo que más le excita sea arrastrarse ante mí y obedecerme hasta la muerte. ¡Pero si lo que le hiciese disfrutar de verdad fuese vernos sufrir, o matarnos, o violarnos, da por seguro que ya lo habría hecho! Como no dudaron en hacerlo los otros. Quiero que te olvides de tu tortolito. Es como todos. No difiere ni un ápice de los que nos metían mano en el *show* de *Las siete magníficas*. ¿O es que ya no te acuerdas de aquello? Quiero que ese tipo se borre de tu cabeza para siempre. Y no solo de tu cabeza, voy a borrarlo también de Benidorm, y de España, y del mundo... Sergio se va a encargar de él. Le he ordenado que se posicione ante vuestra casa y lo elimine en cuanto tenga la oportunidad. Será la última víctima.

—¡No, eso no! ¡No permitiré que lo hagas! —dijo Martina reaccionando al fin y poniéndose en pie—. ¡Yo lo quiero y lo querré siempre! ¡Es un hombre bueno que no se merece esto! ¡Quiero volver a su lado!

Lentamente fue avanzando hacia ella. Algo le había estallado por dentro, haciéndole recuperar de pronto todas sus energías y todo su aplomo.

—¡Eres una asesina! ¡Eres peor que nadie! ¡Por qué siempre tengo que encontrarme con monstruos que se empeñan en arrebatarme lo que quiero!

Se abalanzó sobre la bailarina temblando de ira y gritando como una posesa. La agarró por el pelo y dirigió las uñas hacia sus ojos, mientras ambas caían rodando a escasos metros de donde Lorenzo yacía presa de la fiebre y del delirio.

Al principio, Martina pareció dominar la situación, mediante envestidas nerviosas y puñetazos vigorosos que hicieron diana, una y otra vez, en el rostro y en el cuerpo de su adversaria. Pero pasado ese primer ataque, Marcia pudo rehacerse lo suficiente como para sujetar a su rival por el cuello, y con sus manos firmemente posicionadas sobre este, meditar durante breves segundos cuál sería la decisión por tomar. Al final, pesaron más las sensaciones dolorosas de aquella noche y la humillación que le provocaba el hecho de que aquella mujer prefiriese el amor sucio e interesado de un mequetrefe al caudal de afecto que con tanto celo había reservado para ella. Y eso hizo que sus manos, ahora ya decididas, apretasen el cuello como tenazas, haciendo que el rostro y los ojos de Martina se congestionaran por momentos. Cegada por la ira, siguió apretando sin piedad hasta estar bien segura de que aquella mujer, por quien unas horas antes hubiera dado la vida, ya no era capaz de respirar.

La soltó lentamente y se dirigió al balcón como un autómata. Lo abrió. Y al hacerlo le llegaron los rumores lejanos del bullicio y del tráfico. Era octubre, y aunque la lluvia castigaba duramente aquel piso diecisiete, un calor insoportable le escocía en la sangre. Bandadas de turistas enfundados en chubasqueros de colores parecían disfrutar de la tarde como si tal cosa. Reparó en todo ello, respiró hondo, y después saltó al vacío.

# EPÍLOGO

Han pasado más de siete meses desde aquella tarde fatídica en que Aceña intentó matarme. Por suerte para mí, la actuación decidida del inspector Encinas, que no dudó en acribillarle a balazos, fue lo que permitió que hoy esté vivo y escribiendo estas líneas de despedida.

Han sido siete meses muy duros. Siete meses de dolor físico y moral. Siete meses para hacerme a la idea de que Martina ya nunca volverá conmigo. Y siete meses en los que no hubiese podido remontar la pena sin los cuidados de esa pareja maravillosa que forman Regina y Moreno, dos amigos de verdad a los que nunca podré agradecer suficientemente su apoyo y su cariño.

Al final, el tiempo se ha puesto de su parte y ha venido a demostrarme que me equivoqué por completo cuando dudé del futuro de aquella relación. Después de conocer a Regina y comprobar su capacidad para darse a los demás, solo puedo desearle la mayor de las felicidades al lado de Moreno y de Daniel. Así se lo expresé a mi amigo el otro día cuando le hice partícipe de mi intención de abandonar Benidorm.

—Aquí ya no me retiene nada —le dije—. Vivir en esta ciudad solo serviría para alimentar el dolor y los malos recuerdos. Trataré de empezar en cualquier otro sitio, y de sobrevivir.

Y Moreno no contestó, se limitó a asentir con la cabeza y a estrecharme entre sus brazos con fuerza.

Han sido siete meses dedicados a pensar en ella y a trabajar muy duro tratando de reconstruir sus últimas horas en el apartamento de Aceña. Desgraciadamente, no han quedado testigos que puedan contar cómo sucedieron los hechos, pues Lorenzo nunca se recuperó lo suficiente como para poder declarar ante la justicia, y su vida terminó a los pocos días sin otro consuelo que el de aquella fe casi compulsiva y el crucifijo de Epifanio Sustaeta en la cabecera de su cama.

Así que he tenido que ser yo quien, con la minuciosidad de un detective y la clarividencia que me otorga el haberla conocido tan a fondo, haya desmenuzado cada suceso de aquellos días hasta no tener ninguna duda sobre el desarrollo de los acontecimientos y la manera en que ella debió de reaccionar y comportarse en circunstancias tan dramáticas. Y, aunque los diálogos y escenas concretas que he reconstruido en esta historia son obligado fruto de mi intuición, estoy plenamente convencido de que se ajustan milimétricamente a lo que allí sucedió.

Fue muy duro para mí enterarme de cómo la policía daba por segura la complicidad entre Martina y Marcia. Según lo que para ellos eran «hechos probados», la cadena de crímenes fue pertrechada por ambas con la finalidad de hacer realidad su amor y quedarse con Daniel. Cuando supe por Encinas que estaban prácticamente convencidos de ello, creí volverme loco. Incluso hoy en día, esos mentecatos siguen sosteniendo que fue Aceña y no Marcia quien terminó con la vida de Martina. Al parecer, consideran que fueron los celos de este, al verlas tan unidas y enamoradas, los que le llevaron a cometer su enésimo crimen temeroso de que su ama pudiera abandonarle.

Así me lo hizo saber Encinas tan pronto tuvo el informe oficial en la mano:

—Todo apunta a que Aceña se las encontró en plena faena amatoria cuando regresó al apartamento después de haber asesinado a Pelayo y a Peris. Eso debió de enfurecerle hasta el punto de enzarzarse con ambas y terminar estrangulando a Martina. Posiblemente se sintiese muy herido, pues en estas relaciones perversas, como en todas, también existen los celos y el sentido de la pertenencia. Seguramente después se arrojaría a los pies de Marcia implorando perdón o castigo, pero al parecer no tuvo otra respuesta que la del llanto y la desesperación de esta. Nada hay más doloroso para un sumiso que descubrir la debilidad de quien lo domina; la flaqueza de quien tiene la obligación de mostrarse fuerte en todo momento. Aun así, un extraño sentido del deber debió de empujarle a culminar la tarea, abandonando aquel apartamento donde dejaba un cadáver, un moribundo, y una mujer desesperada que no tardó demasiado en arrojarse por el balcón. A continuación, se apostó frente a la puerta de su casa dispuesto a matarle. Menos mal que me dio tiempo a intervenir.

Ponía como pretexto para sostener tamaño desvarío el hecho de que solo los brazos poderosos de un hombre fuerte como Aceña pudieron causar semejantes destrozos en el cuello de Martina, y el testimonio, muy confuso, de algún vecino que pareció reconocer la voz encolerizada de un hombre entre la maraña de gritos que salieron del apartamento aquella tarde. Como si las manos de una mujer desesperada y habituada a chapotear en los terrenos del sadismo no fuesen suficientes para doblegar la resistencia de alguien a quien el dolor y el miedo han debilitado fuertemente, o como si no estuviese comprobado que puede multiplicarse hasta el infinito la energía desplegada en medio de una crisis nerviosa.

—Además —le dije—, según vuestra tesis, Martina habría consentido y hasta planificado mi muerte, y eso es algo que nunca podré aceptar. Porque si de algo estoy seguro es de que ella me amaba. ¡Sí, me amaba! —grité levantándome y arrojando contra el suelo un periódico que llevaba en la mano—. ¡Contra todo pronóstico, yo supe ganarme su corazón, y ella murió porque me amaba! ¡Martina me quería a mí! —le dije ufano—. ¡Solo a mí!

Intentar rebatir las teorías oficiales es lo que me ha empujado a escribir estas páginas, aun a sabiendas de mi torpeza a la hora de manejar la pluma y de mi escasa preparación para llevar a buen puerto semejante envite.

En mi ánimo, durante las muchas horas que he dedicado a emborronar papeles, ha prevalecido ante todo el deseo de dejar bien limpio el honor de la mujer a la que tanto amé. Y aunque sé que al final mis argumentos apenas llegarán a unos pocos lectores, me conformaré con que sirvan de homenaje póstumo a la figura de quien estoy seguro dio su vida por intentar salvar la mía.

El amor nos ilumina y nos muestra como evidentes realidades que otros no alcanzarán a ver nunca. También Moreno supo desde el principio que Natalie no lo había traicionado. Ahora me arrepiento de haber dudado de sus palabras cuando me lo aseguró entre lágrimas aquella madrugada de confidencias. A él no se le ocurrió esta idea loca de escribir un libro para demostrarlo, pero defendió cada noche la lealtad de su amada en las conversaciones melancólicas con los amigos o en las veladas con aquel grupo de clientes irreductibles.

Hasta el final de mis días sostendré que esas dos mujeres murieron por salvarnos. Sirvan estas líneas para reivindicar su dignidad y su memoria.

## ¡GRACIAS!

Gracias por el tiempo que le has dedicado a leer «Las siete magníficas». Si te gustó este libro y lo has encontrado útil te estaría muy agradecido si dejas tu opinión en Amazon. Me ayudará a seguir escribiendo libros relacionados con este tema. Tu apoyo es muy importante. Leo todas las opiniones e intento dar un feedback para hacer este libro mejor.

Si quieres contactar conmigo aquí tienes mi email:
almazul60@gmail.com

Printed in Great Britain
by Amazon

20257127R00171